留美驱魔人

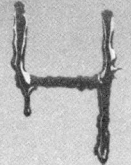

宸彬 作品

图书在版编目(CIP)数据

留美驱魔人.4/宸彬著.—上海：上海社会科学院出版社,2016
 ISBN 978-7-5520-1449-5

Ⅰ.①留… Ⅱ.①宸… Ⅲ.①长篇小说-中国-当代 Ⅳ.①Ⅰ247.5

中国版本图书馆CIP数据核字(2016)第153464号

留美驱魔人 4

著　　者：	宸　彬
责任编辑：	冯亚男　王晨曦
封面设计：	小徐书装
出版发行：	上海社会科学院出版社
	上海顺昌路622号　邮编200025
	电话总机 021－63315900　销售热线 021－53063735
	http://www.sassp.org.cn　E-mail:sassp@sass.org.cn
排　　版：	南京展望文化发展有限公司
印　　刷：	上海信老印刷厂
开　　本：	720×1020 毫米　1/16 开
印　　张：	12.5
字　　数：	176 千字
版　　次：	2016年8月第1版　2016年8月第1次印刷

ISBN 978-7-5520-1449-5/I·196　　　　定价：34.80元

版权所有　翻印必究

目　录

第1章	拯救生灵，巧归人间	001
第2章	人面蝗虫，末世先兆	017
第3章	受援告捷，醉酒误事	033
第4章	地狱骑士，影之交易	047
第5章	除灭一害，又树新敌	065
第6章	助攻天堂，再下地狱	078
第7章	求盟魔王，恶斗骑士	093
第8章	旧案真相，逃出生天	110
第9章	天堂溃败，圣使身死	126
第10章	吴笛身世，再寻米拉	137
第11章	十翅晨星，双面撒旦	152
第12章	龙战晨星，一念荣灭	167
第13章	众斗双魔，移圆归原	180
尾声	最后的最后	192

第 1 章　拯救生灵，巧归人间

我和米拉被母亲大人和地狱的两个魔王俘虏了以后，天使长之一的加百列前来营救。母亲大人却在这时将我扔进了炼狱。而我误打误撞闯进炼狱和地狱还有人间的交界，最后索性跳进了地狱大闹地宫。在我消耗自己的力量吸取了一个红眼魔的记忆以后，我来到了地狱的所谓"兵工厂"。

兵工厂外守卫不少，和大街上的建筑完全不一样。我已经从女恶魔那里得知地狱的布局了。如果把地狱看成是一个社会的话，它的职能其实挺单一的，就是引诱人类堕落，筹划防备和反攻天堂，在黑化堕落天使基础上以人的灵魂为蓝本制造新的恶魔族类，也是钻研巫术的中心和恶魔惩戒所。我觉得恶魔惩戒所是最有趣的，要是到人间执行任务的恶魔慢慢地开始重新显示人性的光辉，会被搜捕回地狱，进行惩戒折磨或者洗脑，这种惩善扬恶和人间还有天堂恰恰是相反的。

我也没有时间没有精力去管那么多了，先来这里捣捣乱再说。至于我选这里的原因，除了我要拯救这些无辜的灵魂以外，我还在女恶魔的记忆里读到过一个案例，这很可能会成为我逃生的一条捷径。

在 40 多年前，曾经有一个灵魂从兵工厂溜走了。因为那是理应上天堂的灵魂，在那样的引导力下，它挣脱了地狱径直往天堂飞去。而在同一天，因为那个急速上升的灵魂被人类无意中看到，还以为是哪个国家在没有宣布的情况下发射卫星或者导弹，那附近的几个国家差点爆发了战争。

如果这一次我能救下那些灵魂的话，借助于他们升天的力量，说不定我

可以搭上一趟顺风车，回到人间去。即使不行，我救下这些灵魂也是功德一件。

我躲在一个四下无人的角落里，打开录音笔，把驱魔咒都录了进去。就在我录的时候，刚好有个恶魔拐弯走了过来。我冲上去把他一下扯进了巷子里，然后把驱魔咒念完了。完全不知道发生了什么事的家伙，身体的骨骼里透出了黄色的闪电，然后整个身躯化成灰雾，消散在空气中。该死的，又得重新录了。

幸好女恶魔之前来过兵工厂，我对地形也大概了解一二。这个建筑相当坚固，而且自从发生那一次灵魂逃逸事件以后，每个出入口的守卫都相当森严，想进去的话，除了硬冲着杀进去以外别无他法。咦？

我听到了卡车缓缓驶近的声音。对了！每个月的中下旬，都会有卡车载着新鲜捕获的灵魂前来这里进行改造，灵魂会被装在密闭的玻璃瓶里，由卡车装载着送到。真是天助我也，这倒是一个可以偷偷潜入的好方法。

最不动声色的上车方法只能是趴车底了，人家总不会把车停下让你慢悠悠从货仓门爬上去嘛。趴车底这事我从没干过，也没有向春运逃票高手讨教过，只能回忆着《速度与激情》和《明日边缘》里的场景自己意会了。我赶紧跑出去躺倒在草丛里。第一辆货车驶过去了，我估算好那个车速，在第二辆货车的车头驶近时我赶紧滚了出去，不行，时机算差了，我又滚了回来。第三辆是最后一辆，只好拼了。我深吸一口气，果断地快速滚了出去，路的前方是个小弯，货车在这里都减了减速，我终于成功在前后轮的中间滚进车底，以卧躺的姿势，双手双脚立马抓住或者勾住眼前出现的第一个车底零部件。终于成功了！

真是差点吓都吓死，这工作真是吃力不讨好啊，千辛万苦拯救了世界，人们丝毫未觉，还是照常生活，根本没有人知道你为他们牺牲了多少。不过，我自己知道自己做的事情是对的，那就够了。

电影里都是骗人的，车底这些零件热得发烫，一般来说根本抓不住。不过不知道为什么，在一阵非常短暂的烫热以后，我感觉到了一股舒适的温

第 1 章 拯救生灵，巧归人间

暖，手上的神经也没有条件反射地缩起。莫非从那个火山口跳下来以后，我对这些温度已经免疫了？

货车终于缓缓停下了，可是还轮不到我松手。我听到司机和守卫交谈了一阵，然后开始准备卸货。我听到了玻璃轻轻碰撞的声音。从车底看向外面，一，二，三，四……一共有7个恶魔在帮忙卸货、安置和清点。来，全部都给我上路去吧！我把录音笔的音量按到最大，点开播放键以后放到地上，朝着他们那边推了过去。他们听着吴笛哥哥富有磁性的动听的声音，在我苦练过发音的驱魔咒下全部倒地，继而蒸发成了灰雾。

我捡起地上的录音笔试了试，没有磨坏，嗯，这个可持续利用的驱魔手榴弹果然不错。不过很快我就开始苦恼起来。刚才太冲动，一下子就把他们全杀了，现在这车里装着灵魂的瓶瓶罐罐，我还得大费周章地把他们都打烂。要是马上就这样做的话，等于给恶魔大军发射了一个挑衅的信号弹，跟他们明着说"我在这里，你来抓我呀"。这样不行。

忽然我发现自己的后背有点凉凉的感觉，用手一摸，我的衣服刚才拖到地上居然被磨出了个大洞。我想在地上找件衣服。可是地上空空如也，那些恶魔的衣服跟着他们的身体一起消散了。"棒极了。"我愤愤地自言自语。

这些货柜先留在这里吧，等一下出来再处理，我得先把那些正在受折磨的灵魂拯救出来。幸好这些货柜车都停在卸货棚里，本来卸货就挺耗时间的，所以估计一时半会也不会有人过来巡视。

我从卸货区溜了进去。从货棚到主体建筑，中间还有一个警卫室，里面和人间一样是一个遍布着各个出口的闭路电视，里面还有两个警卫。让我目瞪口呆的是，两个警卫此刻正在进行羞耻的事情。哎，恶魔真是开放而堕落。我敲了敲半开的窗户，把录音笔举在手上伸了进去。这方法真是好用，我和阿三以前怎么就没想到呢？

把房里混乱的同志行为中止以后，我进去把闭路电视和警报系统全都关闭了。警卫室的储物柜里面有一套警卫的制服，我喜出望外，赶紧换下身上的破衣服。没想到我在地狱里还玩起角色扮演来了。

潜进主体建筑以后，首先出现在我眼前的是无数排望不尽的货架，上面摆满了各种瓶瓶罐罐，里面都装着发光的灵魂。 走近一看，我发现它们都被分门别类地放好，上面贴着标签。 标签上写着灵魂宿主的名字和年龄，捕获于何时，生前职业和扼要的善恶评价，最下面是负责捕获的恶魔签名及其"工号"。 我的妈呀，居然连地狱的恶魔都有任务指标和绩效考核吗？

我沿着货架慢慢往里走，很快就听到了各种鬼哭狼嚎和凄厉的惨叫声。 我离行刑的地方应该不远了。 果然，在货架的尽头我看到了一条长长的走廊，每一个房间单元都被标注起来，门把上还有一个小小的荧光屏，显示着里面正在制造的恶魔数量，和每个灵魂所受折磨的天数。 这样一个小小的房间，里面居然有50个灵魂在被折磨。 要是这所有的房间都是满员，而货架上所有的灵魂都被扭曲成恶魔，那么地狱的势力……这绝对不能实现，绝对不行。

我走进了一个离我最近的单元。 门的后面是一片伸手不见五指的黑暗，我毫不犹豫地大步走了进去。 接下来的景象，使我的脑门像被重物击中了一样，一阵蜂鸣。 我眼前的景象，是两排微微发着光，但已经凝成了人形的灵魂被铁链紧紧缠绕，或者被捆在烧得通红的铜柱上行炮烙之刑。 很多我之前在满清十大酷刑，以及历史长河里的各种酷刑的模拟图，真真实实地出现在我眼前。 我的胸口像被什么顶住了一样，而且我的脑海里除了震惊，慢慢燃烧起了无可熄灭的怒火。

这里面像是一个虚空的黑暗空间，四周布满了各种怨毒的发光眼睛，这画面和我当时在阿三的记忆里看到的非常相像。 现在我知道了，这是各种灵魂在被无尽虐待的过程中衍生出来的各种怨毒的负能量，充斥整个房间形成强大的精神力。 我知道这个黑暗空间肯定还有恶魔正在行刑。

我对着黑暗声嘶力竭地把驱魔咒吟诵了一遍，然后对着正在受难的灵魂大声说："你们一定要坚持住，不要放弃你们的信念。 天堂会宽恕你，救赎你的。 我今天就把你们释放出去，今天我会让你们到达你们理应归属的地方！"

第 1 章　拯救生灵，巧归人间

我把那些无辜的灵魂一个个从柱子上、吊链上解救下来。有些已经奄奄一息的虚弱灵魂从吊架上被释放以后，趴在地上几乎站不起来，我越看越心疼，但很多力气尚存的灵魂，他们的眼眶里尽是感激和喜悦的泪水。看到这一幕，我的心感觉到越发的痛。

"没事的，我吴笛发誓，一定把你们都救出去，一定让那些邪恶的生灵得到他们应有的报应！"

终于，我把一个单元的受难灵魂都解救出来了。可是看着那些虚弱得根本难以站立走动的灵魂，我感到十分担忧。这时候围在我身旁的一群灵魂里，有一个走出来给了我一个建议。他说："我已经在这里撑了快两年了，他们不断削弱我们的灵魂力量，不断诱使我们堕落，去做一些邪恶的事。我见过不少意志不坚定的灵魂屈服了，在他们日复一日邪恶观念的灌输之下，我感觉他们变得很强大。我觉得，灵魂的力量和信仰是息息相关的。吴笛先生，如果可以，我恳请你可以考虑试试这个方法。"

我想了想，觉得他的观点很有道理。别的我吴笛不会，但说到嘴上功夫我敢拍着胸脯说自己绝对是一等一的高手。我干咳两声清了清嗓子，然后开始传递"精神力量"。因为一时间我也不知道应该说些什么，于是乎我把我和阿三受的苦难和我们坚定的信念说了出来。其实我主要是想告诉他们，天堂是可以看到他们的善良和正义之心的，天使是真正存在的，而且一直守护着人类。结果我意外地发现，自己讲故事的才能居然这么不赖，等到以后有空了，整理成书也未尝不可耶。

那些灵魂听着听着，不少人已经热泪盈眶，他们身体轮廓上镀着的光越发的光亮，那些虚弱的灵魂已经慢慢可以站起来活动自如了。这个方法奏效了！

我对着灵魂们继续说道："大伙，请你们听我多说几句。我知道你们过去受了很多生前不曾想象过的苦难，我知道你们值得被救赎，值得去享乐。但是现在在其他的单元里，我们还有千千万万的同胞正在受着同样的苦难，外面的货架上还有更多的无辜灵魂正彷徨并且无可选择地等待着这种惨痛的

命运。我恳请你们可以稍稍帮助一下我们无辜的同胞,给他们一个被救赎的机会。我想,我们当中没有人会愿意看到无辜的人类在被夺去生命,强行掠夺到这里以后,受着这些不应该由你们还有他们来承受的苦难,慢慢扭曲变成恶魔的一员。"

聚集起来的灵魂一片沉默。不过很快,黑暗里爆发出了同一个声音,他们都愿意去拯救那些受苦的灵魂。另外一个男灵魂对我说:"我之前也曾经被关在那个货架上无助地等待。当时我好像看到在我所在的货架上面,有一个可以俯视全场的总控制室,里面有发送通知的麦克风,以及一些闭路电视什么的。我想,如果先生你能把那个总控制室利用起来的话……"

"谢谢你,我知道该怎么做了。"我朝他一笑。每一个灵魂看到我的笑,都有点错愕,然后很多人又流出了眼泪。这些真、善和美,他们已经太久太久没有见到了。

我让他们先待在这里面,等我找到总控制室,用扩音话筒对每一个单元都念一遍驱魔咒以后,他们再冲出去解救同胞。商量好了计划以后,马上开始行动。经过一番搜索以后,我总算找到了那个总控制室。不过里面正好没有人……没有恶魔在看守。我拧开门把,走了进去。

我把所有单元的扩音器都打开以后,开始对着麦克风大喊:"恶魔们,受死吧!"然后,我把驱魔咒完整地重复了两遍。从我刚才进去过的单元房间里,已被解救的灵魂们冲了出来,朝着各个单元涌去,一阵士气高涨的呐喊声传来。我的精神一抖擞,开始继续对着话筒说:"各位无辜受苦的灵魂们,请你们不要慌张,我们是来救你的。我知道你们等待这一刻已经很久了,在过去的日子里,你们被那些邪恶狭隘又卑鄙的魔鬼们万般折磨,辛苦你们了。我很感激各位没有屈服于恶魔的诱惑,依然坚持着自己对正义的坚定信念。我可以告诉你们,这样是没错的……"接下来,我又开始把大道理都侃了一遍。随着被解救的灵魂越来越多,各个单元里的欢呼声和呐喊声更加高涨。

讲完大道理以后,我冲了下去,在墙角处找到一把长柄工兵铲。我也自我鼓励怒叫了一声，挥舞着工兵铲冲到那些满放着灵魂罐头的货架前，搞起了破坏。一阵又一阵"噼里啪啦"玻璃碎裂的声音，一个个如同光球一样的灵魂被我释放出来，化成了人形。在货架上的灵魂们都已经听到了我说的话，当然，对于有些不会说英语的灵魂，有旁边的朋友给他们翻译，大家同心协力，在这里没有了民族肤色和国家的界限，每个人都作为人类向着同一个目标努力前进。语言早已不再是障碍，这一刻我真切感受到了地球村的这个概念。对于一些华夏的同胞，我也亲切地用华文跟他们打了招呼。

此时，在总控制室的话筒旁，我设置成循环播放的录音笔被我放在那里一遍又一遍地重复播放着驱魔咒。这样子，我们等于给自己布下了一个强大而具有攻击性的防护罩。不过无论怎样，我们的行动都必须要快，毕竟这不是长久之计，万一七魔王或者地狱骑士闻讯赶过来的话，我们这样的小成功顷刻间就会化为乌有。更糟的是，我们这里没有任何人可以逃得掉，等待他们的下场只会比之前更惨。

想到这里，我手中的动作更快更拼了。众人拾柴火焰高，很快，单元里和货架上的灵魂已经全部被释放出来了，就连火车上刚到的灵魂也已经被解救了出来。他们里三层外三层地把我围在了最中心，并且满眼泪花地盯着我看，看得我心里都发毛了。不知道是谁带的头，在她说了一句"谢谢"以后，各种道谢声洪亮而来有如山呼。我瞬间有了一种登基为皇的临场感。

当然，我吴笛有什么大场面没见过呢，我举起双手，让大家先安静下来听我说几句。大伙一下子变成了纪律严明的部队，不到半秒，挤满了"人"的现场顿时静如深海鸦雀无声。我又说了一些鼓励士气和感激他们无私帮助他人的话，然后开始转入主题。

我说："大家现在既然已经自由了，那么轮到小弟吴笛来给大家一个选择的机会，也恳请大家帮小弟一个忙。是这样的，在距离这个所谓'兵工厂'的不远处有一个地方，里面'圈养'……关押了我们很多同胞的肉身，作为恶魔们上地面或者和天堂开战以后用来附身的皮囊。那些肉身已经失去了他们的灵魂，是一副副只剩下了动物本能的空壳。

"在场的各位我知道有很多是横死，或者无缘无故就被万恶的魔鬼们掠夺绑架到这里来的，你们本来还有享受生活，追求人生的机会。我想请还有回到人间这个意愿的诸位，去那里附身于那些肉身体内，和他们融为一体，在人间好好地继续生活。当然，或许那里就有你们原本的肉身。但至于上去以后以何种身份，以什么样的方式走下去，恕小弟帮不到那么远了，但我希望你们都至少坚信你们现在的信念，不要被诱惑，不要堕落。

"而剩下愿意上天堂的，只要你们抛开心中所有的杂念思绪，一心想着拥抱平和，天堂自然会召唤你升天的。这也是小弟想拜托大家的事情。因为我，还有很多等一下会重新拥有肉身的你们，是以人类的血肉之躯存在于地狱里的。我想恳请你们在升天的时候，把我们捎带一程，让我们回到地面上去，可以吗？"没想到我居然可以说出这么有水平的话，我都佩服我自己了。

灵魂们没有炸开锅，相反，他们迅速同意了我的请求，并且在决定谁能获得二次生命的选取中，都遵循了自愿和民主的原则，很快就有序搞定了这一切。因为有众灵魂的帮助，以及我们行事低调，恶魔的大部队察觉得很晚，我们很轻易就搞定了圈养设施里的所有恶魔。灵魂和肉身很快进行了挑选和融合。

在恶魔的大部队赶到时，他们眼睁睁看着黑压压的重生人类和被解放的灵魂，还有我，大闹地狱的吴笛在天堂的召唤下冉冉升起，在界的屏障处消失了。因为地狱、炼狱和人间的界都是为隔离各自的"子民"而设的，所以当人类想从一个不属于自己的领域，回到属于自己的领域里去时，绝不会有任何的阻挡。

在胸腔里灌满清新空气的时候，我兴奋得差点手舞足蹈。我终于回到地面上来了！

我所在的位置，是位于温哥华的一个郊区。哇，我居然偷渡到加拿大来了。搭载我的两个灵魂在上来地面以后已经凝不出人形外表了，变成一条巨大的蝌蚪状白光，往天空直飞而去。在远处，有同样一道光正在往天空升去，那一定是另一个灵魂了。

第 1 章 拯救生灵，巧归人间

我在路旁竖起拇指，不一会就拦下了一辆红色的丰田凯美瑞。里面一个红发美女司机按下车窗问我要不要坐一程顺风车，我欣然同意上车。在西方世界，这点信任和坦诚真是一种人间的奇迹，对此我感到非常的舒服。在车上我还厚着脸皮问美女司机阿黛拉借了电话来打。这一次，我拨打了米拉的电话。米拉先是很疑惑地接起了电话，不过在听到我的声音以后，他激动而焦虑地问我现在情况怎么样，安不安全以及我在哪儿。

不得不承认，有这样一个推心置腹的朋友，而且还是天使朋友，真是不错。我说我在前往温哥华市中心的路上，叫他有空的话过来一趟。像我这样什么身份文件都没有带在身上，而且还是非法越境的人，只能借助于米拉的瞬移来避免一些法律手续上不必要的麻烦了。

米拉这家伙真是够朋友，他比我还先到了那个约定的地方。为了报答这个热情奔放的女孩阿黛拉，我让米拉在和她握手的时候，偷偷治好了她的耳水不平衡和偏头痛。我知道这对米拉来讲是很耗费天堂之力的。

"辛苦你啦，兄弟。"阿黛拉开车走远以后，我对米拉说。

"我可不是白干的。我帮你把钱包也拿回来了。你可得请我吃顿好吃的啊。"米拉俏皮地说着，递出了我在科罗拉多被母亲大人搜走的钱包。

"行，没问题。温哥华最多的就是华人，最出名的也是华餐了。走，我们挑一间最好的。"我说。

吃完饭以后米拉把我弄回了北迈的家中。因为传输距离过于长，而他之前被虐待的旧伤还没有百分之百康复，米拉的脸上明显现出了疲态。我挽起衣袖，亲自给他来了一场按摩，两只能拿捏穴道的巧手把这个活了千万年的天使按得连声叫好。在这个过程中，我和他顺便互通了消息。

那天在我被母亲大人弄走以后，加百列终于打退两个魔王救出了米拉。当时米拉因为各种伤痕被强行虚耗了大部分的天堂之力，处于非常疲弱的状态。因为当时别西卜、亚巴顿和母亲大人三大重要人物在场，身为天使长之一的加百列也尝不到什么甜头，只能仅仅救出了米拉。对此米拉深感歉意，一直担心我被母亲大人挟持，会有什么不测。没想到，我竟然被推进了炼

狱，还连带着到了炼狱的邻居地狱，把那儿也闹了个遍。

米拉听到我在地狱对一个红眼恶魔使用了清脑术，狠狠把我骂了一遍，说我擅自用了被划在禁忌之列的黑巫术，也太冒险莽撞了。然而在听到我放走了兵工厂里所有的灵魂，并且把恶魔们好不容易搜集回去的皮囊都弄走了，他高兴得一只手用力拍着大腿，另一只手对我高举起大拇指。

地狱的时间比人间是慢不少的，但炼狱的时间和人间却是基本上同步的。我在地狱炼狱度过的时间加起来，在人间过去了将近三天。在知道自己已经快三天没有合过眼以后，一股睡意朝我汹涌地袭来。米拉说他要去找加百列说一说这件事，正好我可以抓紧时间补一补睡眠。

我正在一个比较少儿不宜的，春光无限的梦境里狂欢的时候，我们的新先知莱蒙锡克迪忽然间就穿着衣服闯入了。我大叫"妙极"，正想朝她扑去，没想到她一个冷脸给我甩来，而且还用她的巴掌，给了我三倍的附加伤害。我捂着脸无奈地看着她时，身后那个堕落的伊甸园消失不见了。

"别做这些没有营养的梦了，我是来找你谈正事的。"原来这真的是莱蒙锡克迪本尊。

虽然她的确很有诱惑力，能让我一些杂乱的坏心情化为乌有，但她这样不打招呼贸然闯入打破我的美梦，我也是有点不开心的。我说："我好不容易才从炼狱和地狱死里逃生爬了上来，在梦里稍微放松一下，你想进来也好歹先给我打个招呼吧。"

她举起她的手掌："你还想要招呼吗？"

"好吧！好吧！你有什么事，说吧，我洗耳恭听。"我无奈地说。虚怀若谷的吴笛大哥决定，好男不与女斗。

印第安女孩直率地开门见山，她说："我不知道我为什么有了这种可以闯进别人梦境的能力，"她顿了一顿，"我梦到了很长、很诡异的梦境。天使长告诉我，那是有关启示录的梦境。"

说实话，在她说她可以直接闯进我梦境的时候，有那么一刹那我想到了西村，那个被食梦兽……不，七原罪魔附身的混血女孩。可是在我听到"启示录"几个字以后，我注意力都集中了起来。我还是问道："可是，你梦到启示录，那和我有什么……"

"天使长说你曾经……"她一直天使长天使长地叫，我不自觉地把这个词和加百列联系起来，而不是那个帮助唤醒她的天使长拉斐尔。

我打断了她，我说："说我曾经也梦到过启示录是吗？可是，天使长应该也说在同一个时间世上只能有一个先知活着。如果我是先知的话，你不应该觉醒。既然你觉醒了我还没死，那我肯定不是先知，或者我现在的状态在天堂看来就已经是死了。"

"我……我不是这个意思，我也……没有说什么。"

"我知道你没有这个意思，那你说吧。你这次是想我把以前的梦告诉你，还是你想把你的启示录告诉我？"我真的没有生气，但不知道为什么我的音量就自然而然上去了一些。这大概是因为我对自己到底是什么还是挺介意的吧。"对不起……"我让自己平静了下来。

"先让我在你脑海里把梦境重现一遍吧。"她说。然后不知道在什么时候，她就已经消失不见了。周围白茫茫的景象开始幻化出各种东西。

首先出现在我眼前的居然是四匹不同颜色的高头大马，不，那是四颗不同颜色的彗星。它们拖着长长的彗星尾，前头凝成了宛若极光一样质感的战马。那四匹马，分别是白色、红色、黑色和绿色。尽管战马上的骑士没有露出真面目，但曾经读过相关传说故事的我已经猜到了这四位是何方神圣。

我喃喃自语："天启四骑士……"他们的降临，意味着世界的末日。白色骑士是瘟疫，红色骑士是战争，黑色骑士是饥荒，而绿色骑士是死亡。

四个骑士齐头并进从远方而来，在我眼前掠过，马蹄铿锵，隆隆跑向了远方。在骑士走过的地方，我看到整个微缩的世界里，人们在各种末世苦难的折磨下苦不堪言，而且渐渐丧失了人性，变得迷茫、罪恶。

就在我呆呆地看着这个画面的时候，整个世界倏尔被一只无形之手拨了一下，然后快速转动。当这个装载着世界的圆球再次停下来时，我一眼就看出那已经不再是地球。因为我认得那里，无尽黑暗中一个火红色的湖泊，那

正是之前我和漂流队员唐尼都误闯进去的隔间，连通炼狱、地狱和人间的通道。在那个火山口，岩浆像是爆发前的沸腾一般，无数气泡拱起而后破灭，一团团黑雾源源不断地从火山口里冒出，形成一个庞大的阵势。

而在与黑雾对峙的另一方，则是同样气势磅礴的，看不见头的白光。天堂和地狱的圣战在这里全面爆发了。

可是战争的结果，我没能看到。在梦境结束的时候，没有再现出任何语言记载下的启示录。忽然间，一个英俊神武而且略带忧郁的面庞快速朝我眼前扑来，却又在贴近的时候"噗"的一声化成了一阵青烟，消散于无形。不过那已经足够使我想起一些东西来了。

又是不知道什么时候，莱蒙锡克迪重新出现在我面前。我问她："这就是你梦境的全部了？"她点了点头。

我又问："那你看见最后那个化成青烟的脸庞了吗？"她还是点点头。

我沉吟了一下，然后用一种我自己也捉摸不透的语气对她说："我见过那张脸……那是路西法。"

我没有看到她后续的反应，梦里的一切都开始崩解，我悠悠地在明媚阳光中醒来了。我一看手机，已经是临近中午了，幸好日期是对的，我没有一下子睡过去好几天。

对于刚才的梦境，跟之前我梦到启示录的梦境一样，就像镌刻进了我的脑海一般，一丝一毫都记得非常清晰。呃……当然顺带包括了在莱蒙锡克迪闯进来以前那些，那些美妙的画面。

我慵懒地拖着脚步进浴室刷牙洗脸。然后我睡眼惺忪地坐在马桶上准备排毒。米拉神出鬼没地突然瞬移出现在我的浴室门口，因为家里没人我也没有关门，我吓了一大跳，本来已经拉了一半的东西差点被吓得缩了回去。

更吓人的是，米拉居然不是一个人来的。有一个人头从米拉的身后伸了出来。哎呀妈呀，老子现在是在拉屎不是在表演！我"砰"一声关上了门。米拉的声音在门外幽幽地传来："对不起，我不知道你是在……"他没有把最后那个动词说完。直到按下冲水键以后，我都在好奇地思考，如果他真要把句子讲完的话，会用什么动词呢？ Shitting, Pooping, Dropping, 还是 Defecating 抑或 Emptying the bowels 呢？（这些词都表示排泄固体那个意思）

洗手的时候我忽然知道在米拉身后那个人是谁了。 比米拉高出一个头的修长身材还有那亚麻色的头发，那一定就是天使长加百列了！ 哇，天使长过来看我吴笛拉……算了还是不说了，说好了做个高素质的文明人。 我破天荒地挤按了一下买回来基本没用过的洗手液。

幸好这两天没怎么吃肉，从厕所出来的我身上没什么味道。 打开门的瞬间，我又变成自信满满落落大方的驱魔人吴笛了。 我很绅士地和加百列握了握手。 他的手像女人一样柔软顺滑，我不自觉地多握了两秒。 看着他有点局促不安的表情，我松开手，礼貌地说："我刚才洗过手了。"米拉在后面咳嗽了两声，一副想掐死我的模样。 这年头，天使也不怎么友善了，不是吗。

在通用的礼仪上，这时应该由认识双方的中间人米拉来做介绍的。 我笑着说："幸会幸会，我在米拉的记忆里见过你。"这话说出口以后，总感觉有哪里不太对。

天使长是个不拘小节的人，他哈哈大笑地看了米拉一眼。 气氛一缓和，我们很快就扯开了。 我忽然记起，之前米拉在向我和阿三展示记忆时，加百列说话的时候是一会儿男声，一会儿又变成女声，而且宗教上也记载，天使长是没有性别之分的。 看来加百列是为了让人类听起来不那么别扭，选择任意一种形态呈现。

我吴笛是何等聪明，知道天使长肯定不是过来和我聊往事侃大山的，我很自觉地把话题往正事上靠。 于是，我把米拉牺牲以后发生过的所有事情，都扼要地跟加百列讲了一遍。 至于之前的事情，我相信米拉都已经跟他说了。 我很自然地把我在缅因州和阿三相遇的事情隐去了，但其他事情，比如前来追杀先知的拿斐利军团那些事情，只要我知道的我都和盘托出。

当我讲到在加百列前来营救米拉时，我被小萝莉母亲大人推进了炼狱，一路杀到小溪然后栽进了那个冰火两重天的黑暗世界时，加百列的眼睛睁得

快要掉到地上了。连米拉都露出了一样的反应,他说:"你昨天没有跟我说这个事情。"

"啊,我没有吗?可能我漏掉了吧。"我不好意思地挠挠头。

"这是最为关键的一部分,怎么可以漏掉!"米拉很激动。加百列制止他继续说下去,然后让我尝试着用尽可能多尽可能详细的语言来形容那个地方。我耸耸肩,把我记得的所有细节,包括那些繁星,那个酷似地球的蓝色月亮,冲破岩浆而出的黑雾,我遇到已故的漂流队员唐尼,还有我吃下几棵红色的草来充饥,最后跳进岩浆当中,全都一一说了出来。我甚至还道出了我跳进去时那种剧烈的灼热感和灼热感减轻以后那种对我来讲舒适的温暖。

在我讲的时候,加百列托着下巴始终全神贯注地听着,整个人像是被遥控按了暂停键一般。在我把对米拉说过的话,也就是我在地狱如何放生无辜灵魂,使用清脑术那些对加百列又讲了一遍以后,加百列像是石化了一样陷入了久久的沉默。直到我刚泡的绿茶放得快凉成室温了,他才找着了魂儿。

"我大概知道了,吴笛所形容的那个有灼热岩浆,周围却是一片寒冷漆黑的地方,我想应该是在伯利兹大蓝洞的下方深处,在那个洞的底部,一层膜隔开了地面世界和吴笛到过的另一个维度……"然后他就没再说下去了,这些解释就此打住,他把话锋引向了另一个方向,"在搜集灵魂的事情上,如果地狱是通过正当的手段,跟人类进行灵魂交易而收取的话我们无可辩驳,但要是他们处心积虑为了开战而胡乱收集灵魂,这件事我们绝不能不管。而且他们这样明目张胆地和炼狱勾结,开了道后门逃到地面上,他们就已经单方面撕毁了当年的停战协议。"

地狱要解救路西法,反攻天堂的意图,光从他们圈养没有灵魂的人类肉身还有训练更多恶魔这些恶行来看,就已经是司马昭之心——路人皆知了。知道了这些情报以后,加百列急匆匆地想离开,进行下一步部署。可是出于好奇心,我还是开了口:"呃,加百列先生,我想问一个问题……"

"我知道,你是想问我知不知道,你到底是什么身份,或者说你到底是什么……东西。对不对?"他早就料到了。刚才我说到在加州时我被吸血鬼咬了，而且身体里发生了一些变化。他听到的时候眉毛稍稍上扬，但很快就恢复了平静。

"那你可以告诉我吗？"

加百列叹了一口气，轻轻地摇了摇头。他说："要是我知道，我早就告诉你了。我一眼就看出你和普通人类不一样，但你不是先知，也不是拿斐利，更不是什么乱七八糟的吸血鬼。你的真正身份是什么，对不起，"他再次摇了摇头，"我不知道。看来，你还是得自己努力，靠自己去找到这个答案了。不过我可以很肯定地告诉你，我相信你也可以很肯定地告诉你自己，你的心是向善的，你是站在天堂和正义一方的。你不是我们的敌人。只要你一直坚信这一点，就足够了。"说完，他抱歉地跟我和米拉打了声招呼，然后就凭空消失了。

米拉拍了拍我的肩膀，说："加百列不会骗人的。在我们这些普通天使，包括中立者们看来，你在很多方面都很像先知。可是，你没有受到天使长的召唤，没有经过觉醒的环节，慢慢地天堂那边开始质疑你先知的身份，撤回了对你的天堂守护。当然你也不要责怪天堂，我们毕竟是天使不是神，也会有犯错和看不清事实的时候，对你的身份加百列没有隐瞒，他的确没有看透。

"其实就连萨米特是拿斐利这件事，我也一直没有看透。反而是父……彼列他追查到，并让萨米特黑化觉醒了。幸好，你已经成功帮他拨开那层蒙住他双眼的纱了。不管他现在在做什么，希望他能拿捏好他的分寸。"米拉盯着我看了2秒，然后压低声音说，"再告诉你一个秘密吧。当时在我自爆牺牲以后，不是没把七原罪魔彻底轰死嘛，她钻进了你的梦里，企图重生。其实那时候天堂已经觉察出你不是真正的先知，不仅撤回了对你的天堂守护，还在暗中调查关于你的一切，企图找出你的真正身份，以及为什么你同样会接受到启示录的信息。

"在天使长紧急会议里，是加百列以自己名声作担保，并且自作主张打着'保护先知'的名义发动了天堂之怒，既解救了你，也把七魔王之一名正言

顺地彻底轰成了稀巴烂，地狱那一边也无可反驳。这种机会难得，于是天堂的其他天使长也睁一只眼闭一只眼了。"

在米拉讲完以后，我更加觉得加百列不是为了我，而是单方面为了给他钟爱的天使米拉出头，对七原罪魔公报私仇呢。你看，早在米拉下凡以前加百列就对他青睐有加，米拉在科罗拉多被抓，他不惜下凡以身犯险，以一己之力单挑两个地狱魔王加一个炼狱吸血路西法，这里面是满满的激情啊。

第 2 章　人面蝗虫，末世先兆

我问米拉有没有关于阿三的消息，米拉摇了摇头。阿三自从缅因州一别，再次人间蒸发了。不过从米拉收到的最新情报来看，那些黑化的拿斐利已经没有再出现了。不知怎么，我脑海里浮现出了阿三独自深入敌穴奋勇作战的画面。

阿三，你到底在哪里，在做些什么呢？接下来的几天，米拉也踪影全无，只撂下一句："这些天没有什么大动静，母亲大人和魔王们也销声匿迹，你看看附近有什么案子，去处理一下吧，现在外面很多怪物都开始骚动了。"

说完之后他就走了，留下我一个人在风中凌乱。没办法，我只好过上了老日子，一边跟进大局的动静和阿三的下落，一边找些事情来做。中立者联盟自是好得没话说，现在局势紧张而且大家都有事在忙，他们居然一直不忘定期给我打款，我找不到任何言语来表达我的感激之情，唯有做好本分，拼命驱魔了。

果然，像米拉所说的，自从新的先知觉醒，关于炼狱和母亲大人的消息传遍开来以后，本来蛰伏着低调行事的怪物都相继浮出水面，开始制造麻烦。在这样的情形之下，有一些唯恐天下不乱的病态分子，也跑出来让他们本来失败的人生发出一些负面的光。就在上个月的月中，也就是 6 月 17 日，在南卡罗莱纳州的查尔斯顿发生了一宗连环枪杀案。

那一天，9 名黑人在 1 名叫伊曼纽尔的黑人教堂进行祷告时，被一个无故闯入的白人男子枪杀，其中包括教士克雷蒙。这个带有强烈种族主义思想

的凶手被逮捕归案以后，在拘留室里极其狂躁，还扬言要杀尽所有黑人教堂的教徒和神职人员。为了安全起见，我过去调查了一下，以免是借种族主义清除战争障碍的恶魔。没想到这家伙真的只是一个可悲的疯子。最讨厌这种厌世者，不仅浪费警力，也浪费了我们驱魔人的人力。

调查完这个案子以后，我接到来自中立者联盟的情报，要再开车去一次坦帕。在熟悉的I-75高速上，我想起上次走这条路还是和阿三一起去办费根汉姆府的案子，那是我们在经历了怀特之死和活死人以后第一次作为驱魔人接的案子，当时那个汽车旅馆的可恶老板，还非要给我们开了个大床房。回想起来那段时光也真是搞笑。

这一次，坦帕那里出现了一窝子狼人，县里的人口失踪案和动物袭击案之前一直都在正常的范围里，可是最近突然犯罪率飙升，而且大都是行人发现街头有横尸然后报的案。中立者联盟怀疑那些原本尽量不引起注意的狼人们，嗅到了圣战即将再一次降临，于是开始大规模转化无辜人类扩大自己的势力。但是新生狼人控制不了那种兽性，在适应期往往会失控。他们这样贸然的扩充，是会招来像我这种驱魔人，给狼群带来灭顶之灾的。

我的行事标准很明确，你做了坏事，而且还放任它坏下去，但我就来帮你结束了它。对付狼人的方法很简单，把族群的头狼杀掉，那些新生而没有让兽性完全控制自己的狼人会自动变回正常人类，至于那些中毒太深无法自拔的成员，唯一制止的方法就是一并杀掉。杀狼人的方法很简单，就是用银器把他们杀掉，银子弹也管用。

我还是秉行着我一贯的作风，使用冷兵器在战场作战。枪声会引来很多麻烦，美国警方的应急反应还是很快的。现在米拉给我的那把银匕首再次成为了我的王牌武器，毕竟在英语里标榜的银质餐具（Silverware）都只是银色的不锈钢餐具而已。

因为有狩猎的经验，而且新生的狼人们非常不善于掩盖自己的痕迹，我轻而易举地就追踪到了他们的下落，并且成功地用饮血的银匕首把他们送回属于他们的地方——炼狱了。

第 2 章　人面蝗虫，末世先兆

在挥刀的时候，我忽然想起了当时用霜之哀伤的时光。嗯，还是巨剑比较适合我这么霸气的职业和性格。说干就干才是真正男子汉。第二天我就在美国淘宝 eBay（易贝）上搜了好多关键词，居然还真让我找到一把合心意的店，里面卖的全是各种自主设计的锻造冷兵器。我喜欢那把酷似《最终幻想》里克劳德的巨剑。我马上联系了店家想买，店家很友好地告诉我说那些都是在克利夫兰和匹兹堡定做的，而且就是空心的模型而已。我很诚恳地对他说我想买把实心的，就放在家里摆。

店家表示挺无奈的，但在我软磨硬泡下终于松了口，给了我匹兹堡一家私人锻造店的联系方式。我千恩万谢之后随便在他的店里买了个模型，给一个美国朋友送了过去（他收到以后肯定满脑子问号），在这笔交易里给了店家一个良心好评。接着我连忙打过去联系那家锻造店。原来在美国的东北部工业区衰落成为锈带以后，还有一些锻造业的商家依旧苦苦支撑着不肯开城投降，没想到还真有几家店做出了他们的商业特色，吸引了很多慕名而来的顾客。在听到我想造一把轻便但是要足够大的精钢巨剑以后，店家二话不说就答应了，并且信誓旦旦地说一定要做好，只不过考虑到法律层面的事情，他们不能给我开锋。我也豪爽地答应，大笔一挥 600 多美元拨到了他们的账户上。

在我作为一个男人终于也体会到购物的乐趣和真谛以后，我对这份工作又焕发了新的热情。趁着夜色，我主动把狼人一家的尸首埋在他们围墙高筑的后院，以表谢意。毕竟我是用他们家里的钱去买的刀。顺便一提，购物的真谛是得有钱。

完成了狼人的案子以后，我又去明尼苏达州，废了一个 6 人的吸血鬼小队和一个恶魔。我拿着弑魔刀刀尖轻轻戳着恶魔的额头，得意洋洋地说："每一次我被你们夺走这把刀，它总会回到我的手上，说明我吴笛是注定要杀尽你们这些肮脏生物的那个人。受死吧！"黄色闪电状的光芒在他体内透出。这一次，我收集到了一条重要的情报，也算是验证了阿三之前在加勒比海岛上跟我说的那番话。

先知会受到来自天堂的守护，这一点是毋庸置疑的。但天堂之怒是只针对恶魔，尤其是魔王级别的恶魔，并不能保护先知免受一些怪物的袭击，以及一些人为的谋杀误杀和遵循自然的生老病死。这一点，也大概解释了为什么恶魔会和炼狱联手，并且之前会专门让成群的吸血鬼来围攻我，他们则站得远远的冷眼旁观。现在他们知道我不是先知了，成百上千的吸血鬼小分队开始转移目标，四处寻找新先知莱蒙锡克迪的下落。

在我把这则消息传递给米拉和缇娜，让他们加强防范的时候，他们给我带来的消息更加震撼。当天使和中立者查出还有一个禁锢路西法的封印是在英国的自治海外领地——百慕大群岛上时，他们还是比地狱稍稍晚了一步。因为封印阵法周围还有一个困魔阵，恶魔不能进入，他们让他们的炼狱盟友帮忙，把封印破坏了。

事情发生以后，全球都出现了极端的天气，厄尔尼诺现象反常地出现，很多天气晴朗的地区出现了旱雷。在墨西哥同一周竟然出现了两起人体自燃的案件。美国中部州的森林里，很多在深山里居住的熊窜到市区伤人。而远在大洋洲的澳大利亚，堪培拉郊外的野生鸸鹋（Emu）和沙袋鼠（Wallaby）忽然自相残杀导致死亡，等等。就在我居住的美国佛罗里达州，浣熊（在华夏我们亲热地叫它们"干脆面"）毫无征兆地大规模聚集并往北进行迁徙，这是前所未有的。

另外，还有很多州的电线杆上，都黑压压地站满了一排排在愤怒乱叫的乌鸦，亚利桑那州有一根电线被压断，电死了一个停在电线杆旁等红灯的男人，搞得驱魔人组织又要分派人手去那里处理一宗怨念的案子。

加百列变得很激动也很紧张，他告诉米拉，这些异象是路西法堕落以后神在自然界设立的一道道警戒线。这意味着，现在完好无损的封印阵法只剩下一个了。要是我们连那一个也失守的话，束缚着路西法的其中一道枷锁就会被打开。恢复了小部分力量的路西法会慢慢把其他的封印枷锁都打开，他重获自由也就只是时间问题了。

听到这个消息以后，我更加懊恼和自责。毕竟在这件事上，我也很傻很

第 2 章 人面蝗虫，末世先兆

天真地出过一份力。我问米拉接下来的部署是怎么样的，他说关于最后一个封印，天堂会调出在人间的所有资源去寻找，中立者联盟也会积极配合。但是我们还是得盯着几个魔王还有母亲大人的动向。地狱被我这么一闹，肯定会找上门来报复，米拉叫我这段时间行动一定要多加小心，他在办完他那边的事情，尤其是落实好莱蒙锡克迪的安全以后，会来和我会合，然后一起行动。

米拉说那些封印是神把路西法禁闭起来以后设的，而且封印是随机散落的，寻找起来根本没有任何规律可循。如今唯一的途径，只能是通过广泛撒网，多派人手到各地去寻找，并且通过科技手段去搜索任何与那个阵法形状相匹配的闭路电视画面或者网络上的海量视频照片。我惊呆了，这不就是传说中的鹰眼系统吗，原来这么霸道先进的系统真的已经被研发出来了。

至于阿三的下落，还是没有人知道。该死的家伙，你到底在搞什么啊。

于是，我只能拼了命去收集相关的线索，去追查可能会涉及吸血鬼的案件，沿着硫黄的气味去猎捕恶魔，能做的我都尽力做了。每天只睡5个多小时的我不是在办案，就是在去办案的路上。这样一折腾，从心理医生到联邦探员，从野生动物保护协会到神父，我都能在穿上假制服的瞬间完全变了一种谈吐举止。看来，驱魔人的后备谋生职业除了开锁匠或者落草为寇以外，还可以去当骗子。

我成功剿灭了三个吸血鬼窝，作为回馈我的身上多了大大小小七八个伤疤。在这过程里，我还和小怀特见了一面。当时他也在帮忙追查封印阵法的事情，他笑着说我现在更像一个吸血鬼猎人了。

"卡萨把那件事告诉我了。在北迈公墓里，我们的同行兄弟，老怀特光荣牺牲了。对你的损失我感到很抱歉。"小怀特说。

"是啊，可怜的老怀特死了，始终是个遗憾啊。过去快一年了，我和萨米特努力地学习，努力地驱魔，却依然没有找到真凶。后来有一个神父和他以同样的方式遇害，可是就连一个天使也查不出什么头绪。在那个神父之后就再也没有类似的案件发生了。不过，时间到了，问题总会解决的不是吗？

心中不要放弃就是了。"

"你说得对。就像我已经决定了，不放弃，一定要成为一名出色的驱魔人。"小怀特说。

"你会的。"我说。然后我们微笑着告别，朝着同一个方向，走我们自己要走的路。

我又追查了一些有硫黄痕迹的案子，但不知道为什么恶魔好像突然聪明了很多，每次我都在快追上的时候被甩掉了，到现在连一根恶魔的毛也没有摸到。之前我在地狱释放了众多灵魂和一些重生的人类，在地面上也有不少目击者看到。那一次灵魂冲上地面的事件是全球性的，一时间国际社会议论纷纷，一些子虚乌有的"诺亚方舟"骗局又开始让一些人为自己的慌张埋单了。

除了那些已经上了天堂的灵魂以外，我还带回来了一些重新获得灵魂的人。现在中立者联盟和天堂还有更重要的事情等着去办，那就由我来尽可能多地找到那些人的下落，跟进他们的安全。地狱很可能会去一个个追踪并且杀了那些人，以报复他们所受的这份耻辱。尽管我很愿意承认我有点想把他们当作钓出恶魔踪迹的饵料，但这也的确是能保护他们的方法，而且是有可能找到恶魔踪迹的办法。

然而在我好不容易把一些线索理顺并且开始按部就班地执行时，恐怖的事情发生了。就在这个入秋的时期，印第安纳和伊利诺伊斯等农业州，突然之间大规模遭受了不知从何而起的蝗灾。不仅农田里的作物，甚至包括牧场里的牛羊以及在农场牧场里正在工作的农夫农妇们，都被蝗虫啃食得一片血肉模糊。

因为有天使和中立者还有驱魔人组织这些后台通道，我才得知这个所谓言论自由新闻自由的国家也不是无限度的自由，它只是在一个尺度和范围比较大的程度上。可能因为现在末日理论正传得沸沸扬扬，而且一个像疯狗一样的极端恐怖组织在全球制造了一些不愉快的气氛，还策划了不少伤及人命的事件。在这个道德沦丧的时间里，美国的电视台都没有过多报道这些新

第 2 章 人面蝗虫，末世先兆

闻，当地政府只好不断扔钱安抚民众。

可是渐渐地，恐慌已经收不住了。很多网民相继通过各种渠道发布他们见到了人面蝗虫的消息，而且带有图片、视频，还有人把一些宗教典籍和神话传说都搬出来引用了。其实这些发达国家的人民，也是会去超市哄抢各种货物的。

米拉给我打电话，让我赶紧去一趟印第安纳的时候，我已经在去的路上了。在电话里，他焦虑的心情溢于言表，但没有跟我多说，只是让我带着喷火枪和汽油过去，拜托大哥，我是坐飞机的好吗，我没有翅膀！他这般吊我的胃口，我一路都忐忑不安地想着会是什么事情。另一方面，我特别好奇，当我真正看到黑压压一大群长着人脸的蝗虫时，我会是什么样的心情，什么样的反应呢？

由于虫害的缘故，飞机在抵达印第安纳波利斯的时候，盘旋了两三圈才安然降落，但还是有一些蝗虫"笃笃笃"地飞来撞到飞机上。这些蝗虫外表看起来和平时看到的差不多，不细看的话也还看不出是不是人脸。出了机场，我找到 National（除了 Budget 以外美国的另外一个大型租车公司），交完押金还有保险以后，开车前往米拉和我约定的拉法叶城。听说拉法叶机场因为蝗灾已经关闭了，真的有这么严重吗？想起这个城市，我很自然地想到那个曾经在普渡大学读书的混血女孩西村，紧接着又想到了附身在她身上的七原罪魔。我努力摆脱这些回忆。

从印第安纳波利斯去拉法叶大概是两三个小时的车程。汽车开上 I-65 号公路行驶了大约半小时，在进入黎巴嫩城以后，我已经可以很明显地看到，大片大片有如乌云一般的蝗虫群了。渐渐地，一大波褐色的蝗虫朝着我这个行驶中的铁皮盒子冲过来，仿佛要把我和车子一并吞噬一般。它们撞击到我的车玻璃上，我得不停地用雨刮器一边喷水一边把虫子刮开。车轮碾压过的地方基本上都有虫尸，发出"哔啵哔啵"的响声。

我足足开了将近 5 个小时，才进入了拉法叶城的辖区。我坐在车里给米拉打电话，说我已经到了。他给了我一个龙卷风庇护所的地址，让我先往那

附近开,他半小时后会到那里。

跟米拉讲电话的时候,我这才认真观察了一下爬在驾驶舱一侧玻璃上的蝗虫。顿时间我大吃一惊,那些虫子的头部,居然真的是一张很逼真的人脸!看清那些人脸蝗虫的瞬间,我联想到了以前看过的一篇关于人面疮的报道,不由得打了一个激灵。

幸好,并不是每一只蝗虫都长着人脸,大部分还都只是普通的蝗虫。我看到城镇里一片死寂,只是偶尔在一些民居的窗帘缝里看到里面透出的灯光,蝗虫如浪一般一波一波袭来,郊区的田野基本上已经被啃得干干净净。通常只有在干旱的情况下,蝗虫大量繁殖并且相互摩擦,才会突变从而形成这样的灾难。前两年在马达加斯加发生蝗灾,我从台湾媒体的报道里学到过一些基础的知识。

拐过一个街角以后,导航显示我已经靠近庇护所了。我看到原本用来救火的消防车横在街头,水缸里装满了汽油,在喷洒的时候由一个消防员拿着点火器,一条长长的火柱射出,驱赶蝗虫让我进去保护区。街道的里面,每隔十来米就有一个人拿着喷火枪为我保驾护航。我听到天空中掠过一阵"隆隆"的声音,估计是政府派出飞机在喷洒杀虫剂了。

在路标的引导下我终于停好了车,把头巾包裹在面部前,戴上帽子和手套,走下车在警察护送下进了庇护所。

庇护所很大,我一进去,地上至少有300双眼睛齐刷刷地看了过来,而且不少人条件反射地用身上的衣服布料做好打虫子的准备。不知道是不是心有灵犀,我下意识地往人群的右边看过去,一下子就看到了正看着我笑的搭档,阿三!

我穿过人群快步朝阿三走去,给了他一个大大的拥抱。分开以后我还没来得及说话,另外一个声音从我身后响起:"哈,你比我还先到了啊。"我回头一看,是米拉。自从他重生并且恢复记忆以后,我就没有再见到他把"苍空"那两个字的文身重新弄上去了。

我们几个相视一眼,默契地挪到了一个没什么人的角落里开始谈正事。

可是在盘腿坐下来以后,三个人面面相觑,都不知道怎么开启这次谈话。 米拉在电话里说是有紧急的事情,可是阿三又忽然出现,关键是米拉重生以后没有再见过阿三,也不知道他们之间现在有着怎样的一种复杂情感,真乱。

米拉率先打破了这个尴尬的局面。 他说:"先说正事吧。 我已经把凯瑟琳的记忆抹掉,让缇娜瞒着天堂保护起来了。"

"喂,你让我千里迢迢冒着蝗虫雨来到这庇护所,而且装出十万火急的样子,就是来告诉我们,你把妞头交给你追不到的女神来保护了?"我激动地说。 我还真以为有什么大事呢。

"哎,笛,"萨米特打住了我,"凯瑟琳不是米拉的妞头,他们已经结婚了。"听完他建设性的意见以后,我满脸黑线,抹也抹不掉。

米拉有点尴尬地说:"我,我也就只是开个头,还没说到叫你们来的目的呢。"他坐直了身子,脸色变得紧张而凝重,"你们知道吗,这次我们真的摊上大事了,末日要来临了。"

阿三看了他一眼,然后对着我沉重地点了点头。

"因为外面那些虫子吗? 我知道肯定发生了什么事,可到底是什么事,你们倒是说出来啊。"一个天使和一个觉醒的拿斐利,合起伙来让我这个变异失败的吸血鬼猜哑谜,很好,棒极了。

阿三说:"这次一爆发,范围就波及好几个州的蝗灾,是由毁灭者亚玻伦的苏醒引发的。 而他,就是路西法的封印枷锁被打破的末世信号之一。"阿三讲的时候米拉一直盯着地面。

我尝试着把阿三的话补充完整:"也就是说,那道封印阵法已经被地狱一方找到,并且破坏了。 而且,亚玻伦在蝗灾爆发的这个范围里,苏醒了。"米拉抬起头来看着我,轻轻地点了点头。

我喃喃道:"所以我们终究还是没能阻止……不仅没能阻止,我们还是破坏第一个封印阵法的先锋。"

阿三对我说:"他们没有找到新的阵法。 上次他们在百慕大破坏的那一个,已经是最后一个了。 对于这些情报信息我也一直不知道,直到人面蝗虫

出现，我才意识到……他们已经完成了。"

我扑上去抓着阿三的衣领："你明知道情况这么紧急，还是依然我行我素地躲在暗处干些不知道什么事情。这些天你到哪里去了，你……"米拉急忙迎上来，把我扯开了。在庇护所里大家都很不安，情绪难免波动，所以我这样的行为大家也没多大在意。

把我摁回到自己座位上的米拉对我说："他已经付出够多了，在恶魔那一边忍辱负重了这么久，收集了不少情报，而且还独自冒险把莉莉丝除掉了。你看看他腰间受的伤！他要不是个拿斐利，早就已经死了！"

我看着阿三，惊诧得差点说不出话来："你……你把莉莉丝杀掉了？"这真的有点难以置信，他竟然凭借着一己之力，就把七魔王之一灭掉了。另外，阿三还很轻松地补充了一下，他"顺便"把那支黑化拿斐利的势力连根拔起了。

阿三苦笑了一下，我看到他的嘴唇有点发白，肯定是我刚才扑上去蹭到了他的伤口。他说："你和米拉一起也把七原罪魔和彼列给放倒了啊。"我挽起他的衣服，看到腰部那里一大片已经被纱布盖起来了，而且一直到肚脐那里都还有缝针的痕迹，纱布已经透出了淡淡的红色。他伤得真的很重，对普通人类来说，这种伤已经是致命伤了。

"米拉，你倒是给他疗伤啊。"我说。

"不，我不用，是我叫他不用帮我的，现在这种情况下，天堂之力绝不可以浪费一分一毫。我这种体质，复原很快的，我没事。"阿三说。我一看，就知道他在拼命撑着。该死的，我什么忙也帮不上。

米拉说："这样吧，我帮你复原一半，至少把外面这个伤口先愈合了，剩下的部分你自己搞定。"说完以后他也没有征求阿三的意见，直接就撕开纱布把一只手盖了上去。我默契地帮他们挡住了。一阵微弱的白光闪过以后，米拉已经把伤口愈合了。阿三的脸色慢慢好转了，力气也恢复了不少。

在我问及他杀莉莉丝的过程时，他说因为他是偷袭莉莉丝的，所以基本上没有遇到什么麻烦。就是在他逃亡的时候，一直被莉莉丝虐却又一直恋着莉莉丝的魔王利维坦追杀过来，他是在逼退追兵的时候受伤的。"利维坦不是好惹的角色，遇到他真得多加小心。"阿三说，似乎还是心有余悸。

"偷袭莉莉丝，你是怎么做到的？"米拉大吃一惊，原来他也是只知其一不知其二，"她可是出了名的警觉性高而且动作敏捷，下手也是很狠辣的，针对的还专门是男人的……咳咳，你懂的。"听到这里我下身感到寒风阵阵，赶紧用手护了一下某个部位。

阿三红着脸说："呃……我也就，也就和她在酒店的房间里……"这家伙真是一点没变，而且似乎还变本加厉荒淫无度啊。从阿三的片面之词来看，他是在和魔王大战了四五回合以后才下的手，原来拿斐利在觉醒以后，真的各项能力都更胜一筹了吗。阿三笑着从怀里掏出了一把天使之刃，"你看，我还带回了战利品。"原来他手刃莉莉丝的武器竟然是天使之刃，难怪可以一举成功。

"可是，这东西藏在枕头下，她肯定会察觉的啊。"我说。

阿三一脸鄙夷："所以说你缺乏经验花样少，谁说一定要在床上，还可以在窗台前，在浴室里，在衣柜里，在桌子上。我就是把刀藏在洗手盆后面，突然抽出来！"他说着说着，还示范了一下举刀往下插的动作。小弟我佩服得五体投地。可是紧接着，米拉说了一句话，让阿三脸都绿了。

"你不知道莉莉丝是那些隐私病的始祖吗？哈哈，你小子冒的险够大的呀！"米拉说这句话的时候像变了个人似的，活脱脱一个猥琐大叔。

"我……我有保护好我自己的……"阿三说话有点颤抖了，而且眼睛不住地往一个方向瞟。

在有说有笑中，米拉和阿三的神色忽然间一起变得凝重了起来。"发生什么事了？"我紧张地问。

米拉说："我已经能感受到一股强大的力量了。亚玻伦，他在靠近了。这一行，我们就是在等待他的出现。我们走吧，把我们这次的任务给办了。"

不需要任何商量，三人齐刷刷地站了起来。我摸了摸藏在大衣下，插在

腰间的弑魔刀。这时,阿三把手伸了进去,把我的弑魔刀拿出来揣进了自己的兜里,然后他把他手上那把天使之刃的刀柄递了给我,说:"拿着这个,很爽的,一刀捅了他。"我哈哈大笑,答应了这一笔"交易"。好了,我、阿三还有米拉,三个人齐齐整整,今天,就让我们兄弟战团杀出去,遇亚玻伦杀亚玻伦,遇路西法诛路西法!

在这个热血沸腾的当口上,我差点开口用汉语说:"奔跑吧,兄弟!"

我们把自己都包成粽子以后,米拉递给我一支喷火枪,我们几个开始往庇护所外走。警卫对我们的行为表示不解,劝了又劝。可我们又不是在坐牢,我们坚持要出去,也就出去了。

外面天色已经暗下来了,那些刚才站在路旁护航的消防员和警察们要么已经回家,要么就是进庇护所里了。路灯已经开了,但在四周爬满蝗虫的情况下基本上也没什么用,周围漆黑一片。蝗虫们在入夜以后已经消停了不少,但还是有挺多虫子在天上乱飞,我们的喷火枪"轰轰"地喷出火焰,靠近我们的虫子被烧死以后径直往地上掉。不过防不胜防,我们身上已经爬了不少虫子,我感觉分外心痒。

这时候,远方的天空上传来阵阵雷声,云层处隐隐亮起了光,在夜色中现出灰蒙蒙的颜色。我也感受到了一些不寻常的,让人压抑的气场。亚玻伦要出场了吗?

随着我们越走越远,周围的蝗虫密度越来越大,仿佛所有的虫子都针对着我们包围成一个球。在我们走进一个开阔的草场以后,围着我们的蝗虫数量已经到了触目惊心的程度。我随便用手一拨,基本上全是蝗虫没有空气。喷火枪的汽油罐已经快空了,蝗虫们也变得越来越凶猛。

不过我还是能大概看清周围的,这是一个牧场,草地中间有一盏强光射灯,就像在足球场旁看到的灯一样,把草场照亮了。我看到了远处倒在地上的奶牛尸体,上面爬满了蝗虫,而且裸露的肉已经干成了棕黑色。

喷火枪终于熄灭了,我们几个只能拿着刀胡乱挥砍。又有一阵雷声响起了,米拉隔着保住他整张脸的毛线帽模糊地说:"再坚持一下,他就要来了。"在他说的当口上，我拿着天使之刃又帮阿三扫开了他身上的一拨蝗虫。

强光射灯闪了一下以后，照明恢复正常。就在这不到一秒的时间里，紧紧包围并且猛烈攻击我们的蝗虫群突然间全部散开了，在我们面前几米飞转成了一个大球。

忽然间，大球收缩了一下，然后往四周伸展开，那些蝗虫居然在空中飞成了一个人的形状，连眼耳口鼻和手指都有。那个人形从一个简单四肢张开的"大"字形开始动了起来，就像一个人悠然地把手插进裤兜里一样。

紧接着，一个满脸邪魅笑容的青年男子从蝗虫堆里走了出来，正是双手插兜的姿势。在他的身后，蝗虫消失了！或者说，蝗虫凝成了这个穿着衣服有血有肉的……人！

"你就是毁灭者亚玻伦了。"把毛线帽和手套摘下塞进裤兜里的米拉说（等一下说不定还会有蝗虫出现，当然不能很有风度地把它们扔掉了）。显然，这不是一个疑问句。我看到米拉已经进入备战状态了，他裸露的皮肤泛出了淡淡的白光。再看阿三，他的眼睛也在慢慢变白。

倒是我吴笛最没有本事，只能依靠这把厉害的天使之刃。不过，我依然不甘示弱地摆出了一个动作，不，很有大侠风范的姿势，左手握着天使之刃垂下，右手举在身前虚有其表地打了一个响指，中指和拇指的指甲触碰摩擦，溅出了点点火星。

"嘻嘻嘻，看来你对我还是知根知底呢。方圆百里就你一个天使，而且还和禁忌之物与一个不知名的怪物站在一块儿，有趣有趣。"这家伙说话尖声尖气，一点男子气概都没有。

"你这个'碧池'的儿子说谁是怪物呢！"这句话把老子惹毛了，米拉连忙伸出一只手拦在我身前。我不是只会冲动的人，米拉也太小看我了吧！我没有动身，只是回击了他一句："我还以为亚玻伦是谁呢，原来只是一堆蝗虫。顶着'毁灭者'这个名堂的，竟然是个娘娘腔。"

阿三被我这段话逗乐了，一边咔咔笑一边口头点赞："哈哈，笛你说的真是一点儿也没错。毁灭者居然是个娘娘腔，是个娘娘腔，啊哈哈哈。"阿三

这么一笑，不仅使我们这边气场全无，而且还成功地把娘娘腔惹火了。

他插在裤兜里的右手伸出来用力往上一扫，一股强大的压力墙排山倒海般朝我们拍来。本来就已经作好准备的米拉砰然爆发力量，身体绽放出强盛的白光，比射灯的灯光更加耀眼，他一双翅膀的阴影在草地上映了出来。他双手推出，接下这道攻击。可是从他的神情来看，他一定很吃力。

阿三的眼睛已经变成白色，现出了拿斐利的形态，和米拉一起合力抵挡这股强大的力量。亚玻伦自然也没有闲着，只见他左手右手好几个慢动作，一股股力量不断拍击而来。这些力量在空气中高速摩擦，产生了巨大的热量。我感觉米拉和阿三似乎瞬间就满额都在滴汗。我很茫然不知道要怎么样才能帮得上忙。

我试着往前迈了一步，可是阻力太大，就像有一张看不见的大网朝我们头上罩下来，寸步难进。空气宛若利刃一般，在我的脸上和衣服上都划出了小小的几道口子。我尝试着从侧面出去也是不行，看来这毁灭者是存心羞辱我们，让我们不断退却。我掏出天使之刃往那个该死的力量墙上砍了几下。

真是无心插柳柳成荫，只听到米拉和阿三的脸上相继露出了喜色，阿三兴奋地说："笛，继续，它管用了！"一开始我还愣了一下，在明白过来以后，我的斗志马上高涨起来，朝着迎面而来的空气以及这强大的无形压力砍过去。真的，我能感觉到，迎面来的压力像一个充满气的气球被划破了一样顿时萎靡。

这下总算轮到我发挥了。我一路挥砍着向前冲去。今天我吴笛打头阵，誓要把这所谓的毁灭者娘娘腔干脆真正的毁灭掉，让毁灭者亚玻伦变成被毁灭者亚玻伦！

"有趣，有趣，你们尽管来吧。"看到我们终于破解他的第一道攻击，亚玻伦居然稍稍显得有点兴奋。话音刚落，他已经换了一种攻击方式。他的右手在打出一道新的风刃以后，往旁边一挥，从他的手心开始，出现了一道猩红色的光芒，这条射线光往他拇指指着的方向吐出了1米多长，然后他松开的手掌一握，就把那道光握住了。

第 2 章 人面蝗虫，末世先兆

我心想：哇，他要跟我们玩星球大战啊？可是细看那一道光，渐渐变细的尖端柔软地弯了起来，并在风的吹拂下轻轻摆动，那是一条光鞭。

才看清那是什么，长鞭已经被亚玻伦高高举起然后快速甩了过来，在空气中虎虎生风。被它抽中一下肯定会皮开肉绽，说不定还会中一道什么诅咒。可是要避开已经来不及了，就在我想好了用手臂去硬挨这一下时，"啪"一声，原来是米拉跳到我的身前帮我挡了这一下。天使始终不只是个虚名，在强盛的白光之下，光鞭只是堪堪和白光擦了一下，甚至连米拉的皮肉都沾不到。

我毕竟不是个一无所长毫无实力的废物（咦我怎么一不小心用了行运超人的名言），我看准时机，一刀朝着光鞭削了过去。

成功了！光鞭在刀刃所过之处断成了两截，鞭头消失不见了，光鞭短了一大段。可是，就在眨眼的工夫，它又自己长回来了。亚玻伦左手又推出一堵风刃压力墙，右手朝着我们几个横扫着抽了过来。

"笛，萨米特，冲上去！"是米拉的声音。鞭子扫过来的时候，米拉主动递出一只手去挨了一下，鞭子在他的手臂上缠了几圈。他用另外一只手连忙抓住了鞭子。米拉说的时候我已经会意，挥刀割开压力墙以后一个箭步朝着这该死的家伙冲了过去。阿三在旁边给我打掩护，他使出他的禁忌天堂之力，也朝亚玻伦推出一股力量。

我听到米拉一阵低沉的忍痛声。那条光鞭肯定有其他的魔力。亚玻伦单手挡下阿三打过去的力量，手稍微一缩卸力蓄劲再往前一推，一股更为强大的力量朝着阿三直攻而去。在这同一时刻，我已经顺利冲到了亚玻伦身边，朝着他攻击阿三的手削了过去，可是已经慢了一步，他已经打出去了。在刀切开他手臂的时候，趁着刀劲未老我把刀路猛然一改，对准他的胸口猛插下去。

我插中了！可是握刀的手告诉我，这感觉不太对。一看，我才发现虽然刀是插进去了，可是亚玻伦的身上既没有出血，也没有像天使恶魔那样透出任何颜色的光，刀感觉就只是插在了毫无重量和质感的空气中。我把刀抽

出来，那个"伤口"里有一只长着人脸的蝗虫突然朝我的面门直飞过来，我连忙挥刀打掉了。这时，亚玻伦已经恢复了原样，毫发无损。

亚玻伦对着我还是那般邪魅地一笑，然后兀地一瞪眼，两手抽回隔空对着我一掀，一股无形的力量把我双腿往上抛起，我整个人像倒栽葱一样往后倒去，头狠狠撞在了草地上。

"笛！"米拉和阿三异口同声地说。米拉释放出天堂之力，帮我缓冲了一下攻势，我这才没有把脖子折断当场暴毙。阿三朝着亚玻伦再攻了过去，被亚玻伦隔空掐住了脖子。

我挣扎地起来，脚步踉踉跄跄，差点站都站不住。我举起刀，想尝试着对他发出最后一次进攻。然而没走几步，我就又栽倒了下去。我闻到了草地里牛尿和牛粪的味道。

阿三和米拉又发起了几次硬冲，几次接近了亚玻伦，又被掀飞，唯一一次米拉已经把手摁在他额头上了，可是依然伤不了他分毫。难道我们对他真的毫无办法了吗？

米拉的小腹又受了他一记重击，生生喷出了一口血。今天米拉消耗了天堂之力为阿三疗伤，而阿三还未痊愈，现在再来经受这样的伤，真是，我特别恨自己的无能。

就在这时候，我听到了一阵滔天的海浪声，仿佛一阵海啸巨浪正朝这里扑来。"拉哈伯……他……他也苏醒了……"倒在我身旁不远处的米拉，挣扎着起来往四周看去，脸上爬满了惊慌。

第 3 章　受援告捷，醉酒误事

我还在试图从米拉的表情里读出这个拉哈伯是何方神圣，阿三惨叫一声，被径直钉在了射灯的灯柱上，神情痛苦万分。 不会吧，又出现了一个劲敌？ 不过从亚玻伦的手势来看，阿三挨的这一下，还是他的杰作。

我循着越来越近的海浪声看过去，只见在空中飘浮着一个有着绝美容颜的女郎。 她一头卷曲长发是碧绿色的，在末梢处渐变成了浪花一样的颜色，乍一看还以为真的是一波波轻风下的海浪。 就连她的一双明眸，也是海洋一样的颜色，那绝不是国内满街头都是的那种杀马特美瞳。

被阿三猛撞而轻轻摇曳的射灯照射下，尽管拉哈伯所在的地方离灯柱太近倒影稍稍变形，我一下就认出了那样的阴影，是翅膀的形状！ 像我这种新奥尔良鸡翅达人，对翅膀的了解是再透彻不过了，用港剧里的经典对白说就是"这翅膀就是化了灰我也认得"。

"她……她是一个天使。"我喃喃道。

在我旁边和我一起从地上爬起来的米拉低声说："海洋天使拉哈伯竟然是女儿身。"

"什么？ 海洋天使？"我转向米拉。 米拉没有回答我这个没有意义的问题，只是呆呆地盯着她，仿佛认识了很久，却又第一次见面一般。

阿三从灯柱上滑下，然后直直栽倒了地上再也起不来。 这个毁灭者亚玻伦的实力，看来远在七魔王之上啊。 后来说起这件事的时候，阿三替利维坦争辩起来"那家伙绝对没有利维坦强"，那是后话。

再看刚才狂虐我们三人组的亚玻伦，拉哈伯凭空出现以后，他显然吓了一跳。我捕捉到他脸上表情的变化，这些神通广大力量强横的家伙，在情感的造诣上果然还是被我们人类甩了好几条街，一个小学生都能看出亚玻伦对拉哈伯憎恨之极，而且又隐隐透着害怕。可是那种憎恨的感情不是很好形容，很明显他对她恨之入骨，但却不是对着灭门仇人的那种全然带着攻击性的恨，而更像是……更像是在你窘困时好朋友请你吃了一个5元钱的肉夹馍，翻脸以后对方咄咄逼人，让你连本带利还5亿元的那种复杂情绪。

美女天使拉哈伯往我和阿三这边瞄了一眼，没有任何感情也没有任何表情，然后转过头直直走到阿三身旁，手放在了阿三的头顶上，就和米拉、里昂他们驱魔时的手势一个样。

"别！"我正要大叫着冲上去阻止，可就在我踏出第一步的时候，我仿佛踩空坠入深海一般，而且手脚均被沉海的铁锚缚住不能挣脱。拉哈伯没想夺我性命，伴随着被拖进深海的感觉，我被拉回了原地。我双手撑在地上呼呼喘着粗气。

阿三的额头上升腾起一阵蓝光。蓝光暗淡以后，拉哈伯一拨手，阿三重新被钉回到灯柱上，可这时他的伤势已经完全消失，精神也好了很多。她竟然把他治好了。

我完全不知道这是怎么回事。米拉用传音术告诉了我一个令人震惊的事情："亚玻伦是拉哈伯的前夫。"

什么！这样的绝色美女竟然嫁给了，不，嫁给过一堆蝗虫？我只能说："这个世界真奇妙，你们城里人真会玩。"

这对分手夫妻一见面，在前妻给前夫拆台以后又经历了一轮干瞪眼，居然没有任何台词对白就开打了。更离谱的是，他们打架不是蓝光白光一阵乱闪，也非蝗虫蚱蜢满天飞，而单单像是丈夫出门买菜，把猪头肉买错以后夫妻俩相互掐架的情形。唯一能看出加了特效的，是每次拉哈伯出拳出掌都带着一阵浪声，而且真的有海水从手里出来，至于亚玻伦则从刚才的不可一世，变得只有招架之功毫无还手之力。在海洋天使占尽上风的攻击下，毁灭者身上掉出的蝗虫尸体越来越多。 如果硬要我来给这场夫妻打架解说的话，我只有四个字： 毫无看头。

在他们互掐的过程里，阿三完全没有办法从灯柱上挣脱，在尝尽各种动作以后，他索性自暴自弃，挑了个舒适的姿势贴着灯柱，悬空摆成了卧佛的姿势。 真是什么脸都被他丢尽了。

我又尝试了几次走出我和米拉站着的地方，可是每往前迈一步，刚才那种深海体验就会重演一次，被淹的我都怕了。 现在这种情况，唯有等他们慢慢打完再说了。 于是，我向米拉问起了关于拉哈伯的八卦。 米拉也不隐瞒，把他知道的都用传音术向我和阿三娓娓道来。

原来米拉真的从没见过她，海洋天使拉哈伯。 在天堂还只有神、路西法和七大天使的时候，他们合力创造了原始形态的地球。 在地质大变动之前地球表面只是一片汪洋，单细胞生物才刚刚在得天独厚的条件中被创造和孕育出来。 由于大家都不知道应该怎么建设这一片新世界，神创造出了一个强大而富有创造性的天使，那便是海洋天使拉哈伯。 在她的帮助下，一些动物的始祖慢慢出现，在这片天地一线的大洋里安居。 后来神为了多样性，让地质变动出现了会随时间而进行飘移的版块，土地浮上水面形成了大陆。 在几个天使长的建议下，一些海洋动物开始迁移到陆地上，渐而形成丰富的生态系统，里面更有加百列引以为傲的，生物界里多样性最丰富的昆虫家族（没想到加百列居然喜欢虫子）。

拉哈伯是个叛逆的女儿，在大家都转移心思在陆地上造出更好的世界时，她有一种自己被背叛被遗弃的感觉，一个人跳进地球上还有70%多的海洋里，离家出走消失不见了。 后来因为制造和守护这个新世界，神造出了更多的天使。 在大家都一片忙碌，尤其是神在忙着制造他新的宠儿——人类的时候，天堂里有了两条新闻。 一条是海洋天使和一个自然界萌生的地球神祇亚玻伦相爱结合了，一条则是路西法的密谋叛变。 当然，因为后者牵连甚大，而且危及整个天界，前一条消息宛如激不起涟漪的石子，沉进了大海里。

刚好那时候两口子分手，亚玻伦正郁闷地在美洲游荡。可是天空中天使们开始坠落，仿佛在上映"全世界都来看流星雨"，忽然间他的身体被一股力量贯穿。再醒来的时候，他的记忆和法力还在，可已经性情大变，身体可以拆分出无数的人脸蝗虫。他在路西法坠落的时候被路西法强大的力量击中，并且和路西法之间有了一种莫名的感应。

后来在神把路西法封印禁锢起来以后，亚玻伦也随之消失了。在他消失以前，他以毁灭者的身份在地球上搞了很多破坏。后来路西法曾经一度想挣脱枷锁。在这样的周期里，毁灭者就会苏醒出现。上一次亚玻伦出现时，和海洋天使狭路相逢，在大吵一架之后开始动手，亚玻伦两三下就被前妻收拾并且镇压了。海洋天使把他直接和封印阵法绑到了一起，把前夫变成了一个路西法挣脱枷锁的警示器。听说上次在海洋天使出现前，亚玻伦在岛国和爱斯基摩地区分别引发过蝗灾，并且他自己人面蝗虫的分身飞进了人类的脑子里控制人类，进行了惨无人道的大规模屠杀鲸鱼事件。他做出这么恶心反人类的事情，为他无尽受难受虐埋下了今天的伏笔，事情大概就是这么简单粗暴。

在米拉快要说完的时候，拉哈伯的双手向前平举而起，双手忽然像握球一般用力抓紧，空气中竟然快速凝出一个悬浮的大水球，把亚玻伦整个人包围住了。拉哈伯伸出一只手轻轻地在空中弹了一下，然后转过头来，对着我和米拉眨了眨眼。我看着米拉，激动地说："你看见没有，美女在对我放电！"米拉看着我，一脸"这人没救了"的神情。

只见在拉哈伯弹了一下手指以后，整个球在空中开始无定向快速旋转，在水球里的亚玻伦被淹得满脸通红像在窒息，又完全站不稳没了方向，整个人跌来撞去，就像是一只在健身圈里跑步的金丝熊。当然了，他比金丝熊更加狼狈。拉哈伯轻轻笑了一下，像是在看猴戏。然后她玩够了，手掌从左到右拨了一下，水球开始沿着她手动的轨迹按着同一方向疯转，俨然变成了一个高速离心机。

接下来的一幕可以算是成人指引级别了。只见亚玻伦在水球里又重重摔了个狗啃泥，整个前臂从手肘处断掉，断成了无数只乱飞乱撞的蝗虫。他开始呕吐，吐出来的，就像是从被捅蚂蚁窝里涌出来的蚂蚁一般，让人鸡皮疙瘩掉一地。我们的美女海洋天使还在悠然自得地观赏着，脸上带着一抹笑意。

最后，亚玻伦的身体完全消失，纯粹变成了一大群人面蝗虫。拉哈伯的手在空中一拿，水球骤然缩成一颗小珠的模样，被吸到了她的手心里。她转而朝着我们这边一弹，小珠朝着我们激射而来。糟了，这次大难当头了。可周围都是"深海"，我和米拉根本避无可避。然而，那个小珠在靠近我们时猛一减速，在空中划出一道像彩虹轨迹一样的抛物线后，准确无误地落在了米拉胸前的口袋里。海洋天使嫣然一笑："小朋友，姐姐送给你了。不用谢。"

我和米拉都不知道这是什么意思。可我们没有时间去细细研究那个微缩蝗虫琥珀纪念品，因为海洋天使已经踱着步哼着小曲朝阿三走去了。我忘了往前一步又会被深海折磨，下意识就冲了上去。咦，那道束缚已经没有了，我可以自由活动了。我连忙跑了过去，手中还是紧紧握着那把天使之刃。

"姐姐刚刚才帮你们解决了一个大敌人，还给你们送了纪念品，更加帮你们治好了你朋友的伤势，这就是你的回报吗？"她说着，然后头也不回打了一个响指。一阵腥咸的海风扑面而来以后，我的天使之刃像黄鳝一样从我手心处滑走了，稳稳当当插到我腰间的皮套刀鞘里，再也拔不出来了。

她这时候已经走到了阿三的面前，仔细端详起了阿三。忽然间她笑着说："看来我是太久没有从海洋里上来看过这个陆地世界了，也太久没有和天堂接触了，父亲一直强调的禁忌，现在居然已经和天使一起并肩作战了，哈哈。

"老头子走了以后，你们这些小孩子真是肆无忌惮为所欲为啊。不过，我倒是很欣赏这种叛逆和倔。"她笑了一下，然后就要离去。

"哎，等一下。"看见她正要瞬移消失的身影，我情不自禁脱口而出。

她看着我："怎么，你还有事吗？"

"路西法就快要自由了,到时候世界就会有大浩劫,你,你会帮我们的吧?"

"我很早以前就脱离天堂了,你觉得我会帮忙吗?"她翘着手玩味地看着我。

"可是……"我接不上话了。

"首先,我想你们对路西法有点误会。 其次,他是我哥。 要是他跑到海里滥杀我可爱的宝贝,我自然会收拾他的。"说完,她不再给我们任何接话的机会,消失不见。 在她瞬移之前,我好像隐隐看到了她张开的那双翅膀。 不是灯光下的倒影,而是她背上真正的翅膀。 那跟我在莱蒙锡克迪梦里看到的,加百列的翅膀完全不一样。 拉哈伯的翅膀,就像是一排翻涌着的,如同海啸一般的巨浪。

当我回过神来的时候,她已经无踪可循。 阿三终于从灯柱挣脱出来了,我的天使之刃也能拔出来了。 谜一样的女人,这是我们三兄弟共同的评论。 米拉从口袋里掏出那颗如弹珠一般大小的圆球。 他决定先把珠子交给加百列看看他怎么处置。 我和阿三先回家等他的消息。 米拉说天堂已经在紧锣密鼓地部署准备开战,他相信地狱那边也已经集合了所有他们能集合的力量,准备硬拼。 这场战争是无论有没有路西法的参与都会打响的,现在只希望我们能趁着路西法在完全自由以前,把地狱那一方压制住。

但战争毕竟还没有全面爆发,现在这段日子,反而是最太平的日子。 我和阿三都不约而同地想趁着这些平静日子先疯上几天休闲休闲,好好团聚一下,然后再全身心投入到这场牵涉三界和所有生灵的大战。

米拉用天堂之力把我们送回迈阿密以后,他就去找加百列了。 阿三回到久违的家中,一时间激动得说不出话来。 我问他:"要不要试着从熟悉的地方开始回味?"

阿三一愣:"什么?"我笑着从衣橱里搬出了他以前那个三脚架,还有三脚架上安着的望远镜。 阿三和我相视大笑。 他问我瓦列莉亚和矮肥最近怎么样,我耸耸肩,说:"毕竟她们不是身处我们所在的世界,应该过得挺开心的吧,现在说不定已经在哪个州进行公路旅行呢。"阿三点点头,走到落地玻璃门前,盯着那两个女生的家看了好几秒。 这时候,天空泛起了鱼肚白,快要天亮了。

然后他一拍大腿,好像想把那些牵绊再次拍掉一般,笑着问我:"那我们接下来去哪里玩一玩爽一爽啊?"看他猥琐地扬着眉,我就知道他所谓的"玩"和"爽",肯定是有严格年龄限制的地方。 唉,江山易改,本性难移。

阿三觉醒以后不仅体能各方面都棒了不少,就连所需要的睡眠休息时间都大大缩小了。 至于我这个麻烦的身体,有时候完全不感觉累,反而觉得浑身力气没地方使,但有时候又累得像骨头散架一样。 这一天整个白天几乎都让我睡过去了,我醒来的时候,阳台外已经出现晚霞了。 我差点忘了我们住的公寓是向西的,只要是晴天,我们每天都可以看见漂亮的晚霞。 一直这样忙碌着,我们差点忘记了很多美好的东西,原来就在家里。

醒来以后,我看到阿三正在跷着腿喝啤酒看电影。 他看的是我在国内旅游心理学课上老师一直推荐的印度电影《地球上的星星》,电影刚开始不久,我和他一起看完了。 然后我俩一起把房子简单打扫收拾了一下。 这想象起来比较温馨激情的场面,其实不过是我们把冰箱里一些过期发霉的东西装袋扔出去,我铲着冰箱里粘在隔层上的顽固污渍,阿三在马桶前刮着水位线上的一圈千年老垢。

作为一贯的小清新终结者,在做完家务活以后,我们自然是……要去夜店开始浪啦! 在洗了一个能把皮都搓掉一层的淋浴以后,我和阿三都精心打扮了一下,我甚至为自己的大眼睛画上了一道眼影。 我闻到了阿三在喷一种说不出味道的精油还是香水。 我问他那是什么东西,他支支吾吾地说了半天也不知道在说什么。 不过即使他说明白了,也不见得我就会从印度口音里准确过滤出那个单词并且知道它的意思,我索性把瓶子抢过来自己查金山词霸。 这,这竟然是依兰花精油!

我一脸奸笑看着他:"你小子今晚用这东西来钓鱼啊?"

"笛，你也知道它？"他似乎很意外。我自然不能告诉他，我是在看钟宇的小说《心理大师》时无意中记下的，于是我咳嗽了一声，说："这不是常识吗？催情精油，谁会不知道呢。"

这样搞了一大轮以后，我们两个终于坐上车，往迈阿密海滩开去。我们要去的 Nightclub LIV，是全美名堂最响，东西最贵而且影响力最大的夜店，每一次去都得至少提前一个到两个星期订位。听说一瓶店里的招牌香槟就要价 3 000～5 000 美元，当然小费另算。当然，我们事先已经叫沃特帮我们搞定了。

不得不承认，在华尔街开小卖部的胖子沃特是个神通广大的折翼天使。我们把车给了 Fountainebleau（枫丹白露）酒店的代客泊车以后，走进酒店大堂。夜店就在酒店大堂的右侧，入口的那一边真是别有一番天地。

夜店的天幕是一个装点成像星河一样的半球形拱顶，入口的正前方是两条往下走到大厅的楼梯，中间则是 DJ 台，楼梯的两侧是四个像星球一样的透明独立包厢。收费标准如此盛名远播的夜店，服务水平自是没得说，我和阿三还没开口，前台就主动笑嘻嘻迎上来分别道出了我们的名字。我们还在错愕之中，就被他带到了大厅最中心的桌子前。

本来我们"精心打扮"就是为了去夜店的，但在这个每个人头最低消费1 000 美元的地方，我和阿三就是两个赤裸裸的穷小子。别的年轻人身上穿着的不是 Thom Browne 就是 Burberry，要么就是 D&G（三个都是奢侈品衣饰品牌），我和阿三在人群当中给我的感觉，那就像是"同舍生皆被绮绣，戴朱缨宝饰之帽，余则缊袍敝衣处其间"的那种感觉。宋濂那家伙当然是"略无慕艳意"，可是我和阿三有。

尽管气质不太符合，但这仍然阻挡不了我们这一晚玩得像疯狗一样尽兴。在 DJ 的胡乱搓碟之下，一些人开始站上桌面叫喊，一个个大气球在人浪之中飞来撞去，我和阿三则坐在我们的座位上喝酒观赏，我看的是 DJ 什么时候能把他的假发甩掉，阿三则是看着站在桌上的女士们，裙底下那关不住的满园春色。

让我大跌眼镜的是，竟然有一个开着宾利的富家女看上了阿三憨憨的模样和独特的印度口音，主动提出"与其独守漫漫长夜，不如共度千金良宵"。阿三怎么可能会拒绝呢，口水没有当着人家的面流出来，就已经很有涵养很给面子了。

因为这一天我们说好了败家就要败得彻底，再加上我们家里什么家具都没有实在太寒酸，索性，我们在来夜店以前就在 NBA 热火主场旁边的洲际酒店开了个行政套房（总统套房必须电话预定，而且只有达官贵人才能预定，普通富豪也不能随便订）。因为七八月份的迈阿密算是淡季，房价不到 800 美元就搞定了。阿三和富家女上楼了，我坐在一楼的餐吧里喝着酒，等会再上去。

平时我们根本过不上这样的生活，倒不是说钱的问题，我们把一些怪物杀了以后"接替"他们的财产，油水也是挺丰厚的，只是我们每天奔来奔去，把生活过得匆忙之余，每天都像把脖子架在刀上，随时准备着再也见不到朋友家人。既然今晚让自己做梦了，那就好好做梦，把几小时之前还在刷马桶、抠冰箱，把几天前还在哗哗啵啵烧蝗虫的事情都忘掉。我举起了三根手指，对着酒保说："Triple Shot（三倍的烈酒）。"

在我开始微醺兴奋之时，恍然间有一个办公室女郎装扮的年轻女性朝我走过来，高挑的身材，那大白长腿简直够我玩两晚，紧致修身的正装竖纹短裙和修身白衬衫，让我一下子就想到了某个姓波多的岛国女明星。更为离谱的是，她那头金发和美得如同千年狐妖一般的相貌，让我这么有把持能力的名牌大学生都差点在这高级奢华的场所，做出一些像阿三那种市井流氓才会做的事情来。

我的耳边仿佛在远处传来了一句："苏珊娜……"连自报家门都可以这么具有挑逗性，我顿时觉得口干舌燥，把手边的液体饮料一口灌了进去。耳边又隐隐传来了一阵银铃般的笑声："我会看好他的，嗯，你快下班回家吧。"什么，她要看好我？

可是我发胀的脑袋以及我发胀的休闲西裤已经容不得我想，刚刚我端起

那杯东西想用水来灭火,没想到却端错了一杯汽油,现在火烧得更旺,我已经忍不住了。我口齿不清地报出了自己的房号,在女郎搀扶下从椅子上站起来的时候差点站不稳,一个趔趄摔在地上。幸好,这个风度还是守住了……一直守到了套房房门打开的瞬间。

一宿下来,我做了一个非常甜美温馨的梦。醒来的时候我感觉太阳穴还微微有点发痛,但不是不可忍受的那种,一定是传说中的宿醉了。睁眼看到窗外海湾的景色时,我终于记起自己是在洲际酒店的行政套房里。

对于昨晚的记忆,我只记得前面的,后面的片段已经有些模糊了。我和阿三在 LIV 出来以后就直接来了酒店,他和开宾利的富家女上楼快活去了,我在楼下端着酒杯生动演绎"不打扰,是我的温柔",后来有个叫苏珊娜的OL(Office Lady,办公室女郎)走来,我已经挺醉的了,然后我们上楼……不会吧!

我小心翼翼,怀着在赌桌上看牌时一样的心情看到 King 尺寸大床的另一边,果然有个金发女郎躺在我身旁,此刻正朝着床的另一边侧着身子熟睡!我轻轻掀开被窝往里看去,事情无疑是发生了。

哎呀老天,我怎么能这样!我怎么能在喝醉酒以后做这样的事情呢,连这个美妙过程是什么感觉都不记得了!我蹑手蹑脚地下了床,进浴室里刷牙如厕顺便再洗个澡。两个人的衣服在床下掉了一地,看来昨晚心情一定非常着急,动作一定非常迅速。

我把我的衣服捡到了我的房间门口,可这明显不是全部的衣服。我不知道这时候开门走出去合不合适。行政套房是一套复式的大套房。进门以后往前走是一个可以看到海的大厅,有沙发有电视,旁边一侧是长桌会客厅,另一侧是一个大型浴室,里面有一个圆形的按摩浴缸,还有桑拿和全方位式淋浴,大浴室旁边是一个书房。但如果一进门不往客厅的方向走,两边都各自有一条木楼梯上二楼,分别连接两个呈轴对称的大房间,二楼还有一条连同两个房间的可以俯视客厅和观看海景的走廊,还有一个带有办公桌的小厅。

万一现在我出房门捡衣服,见到阿三和那个女郎怎么办。就在我鼓起勇气去抓门把手的时候,我的身后传来了一个熟悉的声音:"笛,你醒了。现在几点了?"听到这个声音以后,我整个人像被蛇头拐杖打中一样石化了。因为我听到的,竟然是瓦列莉亚的声音!我整个头皮都麻掉了,脑袋一片空白。为什么是她,昨晚我明明记得她说她叫苏珊娜的,正是因为那样我的潜意识才允许我沦陷的!

"你,你……那苏珊娜是谁?!"我已经不知道应该说什么了,只好问了一个我自己也不知道为什么会蹦出来的问题。我尽量压低了自己的声音,一只手的食指抵在唇上让她说话不要太大声,另一只手把我捡起来的衣物都抓成一团挡住下身。决不能把阿三引过来。

战斗民族女孩也没有显出多少羞赧之色,脸上微微带着笑意看着我。听到"苏珊娜"这个词,她轻轻嘟着嘴想了一下,然后说:"哦,你说她啊。她是这个酒店的人力资源总监,昨晚我从前台下班以后就看到你坐在餐吧上喝酒,我就走过来找你啊,苏珊娜刚好也是下班走过,我跟她打了声招呼而已。你那时候已经喝得挺醉的了,没想到你还在这里开了房……"说到这里,她才稍微有点害羞地看了看天花板和窗外的景色。

"我,我先去把……掉在外面的衣物捡回来……"我不知所言,赶紧从那一堆衣物里翻出我自己的内裤穿上,然后快速冲下楼梯去捡东西。幸好,阿三那边还没有什么动静,我抱起衣服赶紧溜了上去。因为没有穿鞋而我又紧张得脚心出汗,在木楼梯上一脚踩空,差一点血溅豪华酒店。不过,我总算顺利拿着衣服回到了房间里。谁知我才关上门,就迎来了一个温柔的红唇。

本来快要炸开锅的脑壳顷刻间重新变得意乱情迷,我把刚刚才捡起来的衣物往酒红色地毯上重新一抛,双手在女郎大腿后侧一个环抱,把她整个举了起来扔回席梦思上,东方之龙要施展出十八般武艺了。肾上腺素一涌上来,我顿时变得豪情万丈。反正错都已经错了,管他呢。

在经历翻云覆雨、电闪雷鸣和狂风怒啸以后,我们两人双双倒在床上。我感觉整个人都要飞起来了。可是随之而来的,还是那挥之不去的,对阿三

的歉疚感，毕竟阿三对我身边这个女孩，是动了真感情的。我也怕阿三发现了这件事以后，会和我再次决裂并且彻底黑化。

"瓦列莉亚，其实，你知道萨米特喜欢你吗？"在她过来钻进我臂弯里的时候，我问她。

"我喜欢你啊。"我有点愕然，不过这当然能算是一个答案。

"可是，你看，我们平时联系的并不多，尤其是放假以来，我也根本不知道你就在洲际酒店里上班，我……你看，就在第二天我们就已经这样……"我也不知道我说了些什么。

"这有什么关系吗？而且，萨米特喜欢我，那我就不能喜欢你了吗？"她从我怀里仰视着我，抬手的瞬间金发在我手臂上轻轻扫着，带来一阵直直麻痹我所有警惕性的瘙痒，那大眼睛里是看不尽的柔情。我脑子里自发地响起了一阵警报，要是我和她在一起了，我想不出一个月，我可能就已经被掏空变成人干而死了。

就在这样一个浪漫而又稍显尴尬的时刻，一阵敲门声响起了，我心想这下糟了，我刚才忘了锁门！

可是阿三只是站在门外说话，并没有敲完门就直接走进来，我这才稍稍松了一口气。他说："笛，我先和克里斯汀娜下去吃早餐了啊，你……"我听到他竭力忍笑的声音，当然在旁边，还有一个女声，"注意身体啊，我已经缴枪投降了。"然后，我就听到了他们嬉笑下楼的声音。

"唔！唔唔……"我听到旁边瓦列莉亚的声音，才想起刚才我第一反应是用手把她的嘴捂住了。我连忙松开手。她把气喘顺了以后，娇嗔道："你做什么啊！你……你是不想让萨米特知道吗？"

"总之，总之请你帮我这个忙好吗？不要让他知道你和我发生的事，不要让他知道你来过这里，可以吗？"我恳求道。

她迟疑了一下，终于说："好，好吧……"她的神情里，似乎带着几分失望和落寞，"那么，我们就当昨天晚上什么事情也没有发生过好了。"她忽然间笑起来，"你看你，还是浑身酒气，也出了一身汗，赶紧去洗个澡吧。"

第 3 章　受援告捷，醉酒误事

我被她推进了房间配套的浴室里。我胡乱抹了一下沐浴露然后用水冲掉以后，穿好酒店的浴袍出来，发现我的衣服被叠好放在床边。她已经穿好衣服默默离开了。

我无意中看到被角下面好像藏着些什么东西，我把被子掀开一看，发现雪白的床单上，赫然一小摊已经风干的红色。

我不知道自己是怀着什么样的心情收拾好随身物品，然后到楼下找阿三的。因为这里是行政套房，我们的早餐已经被服务生端到了厅里的茶几上，我下去的时候阿三正和他的克里斯汀娜喝橙汁。

他们见到我下来，阿三放下玻璃杯站起来，介绍了一下克里斯汀娜。昨晚他坐着女孩的车先来，我和她都没怎么见过面。她无疑长得很漂亮，就是……稍显油腻了一些。阿三说他喜欢瓦列莉亚，却又勾搭上这样一个，嗯，口味真广。

富家女和我行了吻颊礼以后，马上像个老朋友一样问我昨晚怎么样。她一个劲往我脖子上看，后来我才从浴室的镜子里看到，我整个脖子基本上都是瓦列莉亚留下的咖喱鸡。

正是富家女这种开放的心态和自来熟的性格，让我对瓦列莉亚刚才的举动感到更加的尴尬。她忽然间变成一个像在江南烟雨小镇里长大的腼腆闺女，或许是因为床单上的那点红？

我尽量把所有关于俄罗斯女孩的画面和记忆暂时压下去，和这对露水夫妻愉快地对话和进餐。用餐以后克里斯汀娜落落大方地拨动她的长发，挑逗性地在阿三脸上扫了一下，然后拿起她的挎包跟我们告别离开。她在阿三的身后指着他对我做口型："他很可爱，技术也很棒，不是吗？"最后，她对我放了一下电，然后又说了一声再见，就离开了。

阿三抬起左手凑到鼻子边上闻了一下，陶醉地闭上了眼睛。他就差把自己那只擦屁股的手也舔一遍了。咦，克里斯汀娜知不知道阿三有这样的民族习惯呢？

阿三说："美好的夜晚不是吗？"他整个人往后靠在了舒服的沙发上。

"是啊……"我也和他做了一样的动作,看着天花板由衷地慨叹。

"多想从现在开始什么也不管,就这样沉沦下去。"

"你知道这终究不是属于我们的生活。"我说。

"生活是我们自己选择的,你想要表达的,只是说我们的责任还没有完结,工作还没有结束罢了。"说着,他往嘴里又放了一颗提子。

我坐起身,惊讶于阿三这样的回答。 他真的变了很多。

第 4 章　地狱骑士，影之交易

　　我鼓起勇气，想把我和瓦列莉亚的事情告诉阿三算了，我不想一直藏着掖着这样的秘密，我知道瓦列莉亚她也不想。我暗自深呼吸了一下，然后对阿三说："其实，关于瓦列莉亚……我想说……"

　　就在我磕磕巴巴地想着怎么继续往下接的时候，阿三倒是把话头接过去了。他说："笛，我知道，我明白。"

　　我一惊："你明白？"难道刚才瓦列莉亚走之前，已经见到他，并且讲了昨晚发生的事？

　　阿三接着说："我相信你说的话，你和瓦列莉亚根本没有发生些什么事。那时候我看到的，只不过是恶魔想我看到的画面而已。是我之前受人蒙蔽，过于偏激又过于钻牛角尖才变成那样而已。谢谢你帮我看清事实，唤醒了真正的我。

　　"我之前，的确是以为自己真的很喜欢瓦列莉亚的，她长得漂亮，又是一个好女生。但是我慢慢明白了，事情并不是这样的。或许如果我真的是爱她的，我就不会那么风流了。但是，无论是我在……和一些女恶魔或者……反正那会儿我是坏人的时候，每次我一接触到别的异性，我都会自然而然地想到她，女神瓦列莉亚，然后再联想到你们在一起……的场景，我对你的憎恨就又多一分。

　　"可是在你把我唤回来以后，我渐渐意识到，在知道你和她根本没发生过那样事情的时候，我不是喜悦，反而是一种很复杂，说不上来的情感。我知

道我并不是真正一心一意爱她的。 再说，她不会喜欢我的。 说实话，笛，我能看出来其实她是更喜欢你的。 你如果和她在一起的话，我想你们俩都会幸福的。 你不要再给我来那一套，喜欢你的女生或者和你有过一腿的女生都没有好下场，放他妈的狗屁。"说完以后，他把那杯几乎全满的橙汁，当酒一样一下干到底。

我正想开口说些什么，结果阿三喝完橙汁又继续说了下去："或许瓦列莉亚会是我想安顿下来找人结婚生子时，一个很好的妻子标准吧，可是现在你也知道，我根本还没有玩够，我不想糟蹋了这个好姑娘。"我拿着枕头朝他砸过去，说得好像人家姑娘已经情系于他了一样。 听他讲完这番话以后，我又决定先不把这事情告诉他了。

阿三诉完衷肠以后就好像减肥成功一样，整个人轻飘飘的。 我问他接下来退房以后想做什么，没想到他来了一句："那我们今晚就去脱衣舞俱乐部吧！"然后，他就拿着行李开始往外走。

"啊？ 还来啊！"我赶紧也拿上自己的东西，追了上去。

不知为何，我感觉自从阿三觉醒并且归队以后，我和他的身份地位好像倒了过来一样，当天晚上我居然被他硬拽着，来到了号称迈阿密最大的脱衣舞俱乐部，位于西北183街，I-95公路西侧的Tootsie's Cabaret（俱乐部的名称）。 我们在路口之外就已经看到那一栋披着绿光和紫光的无窗密闭建筑了。 车驶进停车场的时候，我默默在心里数了数，这停车场至少得有200个停车位，而且将近八成都已经停满了。

俱乐部入口处停了一辆警车，可是警察坐在车里有说有笑，并不像是在执行任务的样子。 入口已经排起了队，有一个目测1.9米但性取向不明的哥们儿正在被警察检查身份证。 轮到我和阿三的时候，可能因为是亚裔，被多看了几眼，确认我们满了21岁以后才放我们进去。 但是那意味深长的几眼，我是不敢再往下想了。

进门以后还要买门票，平日每人8美元，周末15美元，女士免费。 对于那些男脱衣舞俱乐部的话，男人还是得付钱，因为会想要跑到那里去的，

第4章 地狱骑士，影之交易

肯定是有需要的人。没错，这个社会对男人就是这么不公平。这一点，从男留学生想打黑工只能送外卖这个方面，就可以足足说上一天。

总算进去了，大拨大拨的男人和女人在玫瑰红色的灯光下任物欲滋生疯长，美元零钞随着鼓点在舞台上漫天撒落。阿三激动地对我说："来吧，笛，我们做一个堕落的天使吧！"我心想，你这家伙还真的是一个堕落的天使……的后裔。

从售票处进去以后，左边是一个提供饮料的吧台，右边是洗手间、一些隐秘的小隔间还有带床的"香槟房"。而正前方，则是一个带有两个舞台的大厅，完全可以容纳下300人。在最外围，有围成一个半圆的站桌，那多数是供人们随时找到那些在舞台下游走的舞娘然后带进小隔间或者香槟房的。

站桌围成的圈里，周围有很多小桌供人们观赏喝酒，中间是带沙发的大桌，有些舞娘已经坐在沙发或者大腿上开始了舞蹈。而在这些桌子的最前方，又有围着舞台的小把圈横排桌。一众色狼（还有两个色女）坐在前面，等待着舞娘们走过来。

大舞台上有两根钢管，小舞台上有一根钢管。舞娘出现了，在跳了一阵钢管舞以后，从舞台左侧下来，对着坐在内圈桌前的观众们逐个跳了一小段。观众高兴的可以撒钱，也可以手上夹着一张零钞去摸，舞娘会接过零钞。1分钟前，有个男观众用嘴叼着张1美元，舞娘用上身从他头上夹走了，阿三眉飞色舞地说了句："洗面奶！"

在舞娘走过跳过一圈以后会回到后台，新的舞娘就会从后台走出，但每一个都不一样。我和阿三各自买了一瓶啤酒，然后在靠右侧的小圆桌旁边坐下观看。走过几轮以后，阿三和我终于看见个稍微有姿色的女孩上场了，我们开始盯着内圈的桌子，一有人走我们就马上冲上去。有一个戴着圣诞帽的金发女郎特别给力特别劲爆，引得全场连连欢呼，有个看着像是阿三老乡的哥们儿直接抓了一把零钞往台上扔，简直腐败堕落。

在看完又摸完以后，我和阿三撤回到中间的小圆桌上。这时候阿三说要上个厕所，我看着台上刚刚出场的黑长直，挥手让他赶紧去。

过了 2 分钟以后，忽然有只纤手搭在了我的肩膀上，只见一个穿着绿色皮质紧身衣的丰满女郎正站在我身后，她弯下身用肉团弹了弹我的脸颊，在我耳边对我说："你朋友邀请你和我一起到里面去跳舞。"我急忙转过头往后面看去，一眼就看到了在人群里坏笑的阿三。可是现在要是推掉这个女郎可能会显得很不给面子，我只好答应跟她进小隔间里跳一首歌的时间。

她搂着我的腰走进了一个黑黑的长廊，然后拐进了一排排安了沙发的隔间里。所谓的小隔间，是在一个密闭房间里放了一个长排大沙发，然后用厚实木板隔开，形成一个个只够两个人坐的小隔间，房间中间又有一个大木板隔开两边。女郎把我带到一个没有人的隔间里让我坐下，然后她就压了上来开始脱开始跳舞。当然了，我的手又怎么会闲着呢？

终于在一首歌完了以后，我们走出去，我感觉被蹭得有点微微发痛，并且有点缺氧了，看来这样的地方还是不大适合我。女郎又凑到我的耳边对我说："这首歌你的朋友已经帮你付过了。我们这里还有更好玩的地方，那就是隔壁的香槟房，要不要进去试试看啊？"

"啊，哈哈，我看还是下次吧。"我摆手说。

女郎哈哈大笑，用手指逗了逗我的下巴："你肯定是第一次来。要多回来看我啊。"

出去的时候，我看到一脸陶醉相的阿三在其中一个小隔间里已经开始享受了。我去吧台买了一瓶喜力等他。越想越不对，怎么我感觉刚才我才是吃亏的那个呢？

这个该死的阿三，我足足给了他三首歌的时间，他才悠悠然地从里面出来，拍着我的肩膀问我："怎么样，刚才行不行啊？我帮你付了两首歌，够玩吧？"

"啊？可是那女郎说你只给了一首歌的钱。骗子。"我往人群里看去，那女郎已经不见了。

"哎呀，那就当作给她的小费得了，最重要的是我们吴笛大哥开开心心。来这里肯定就是要花钱的啦，你看，厕所里面那些站在洗手盆旁边又给你递

050

第 4 章 地狱骑士，影之交易

洗手液又给你递纸巾，还给你的手喷香水的小厮，也是要给小费的。 走，我们过去再看一会就回家。"这副大大咧咧的样子，真像是以前和我一起驱魔的阿三。 真是感觉回到了那段好时光啊。

"我的天哪！"阿三忽然间拉了拉我的衣服，"这地方真是没人性，居然玩起幼女来了！ 你看看，那里居然还有个小女孩，早晚我得去举报把这店给砸了！"听阿三的声音不像是在开玩笑。 我循着他指的方向看过去，看了一圈都没看见什么。 忽然间，我看见了！

那个小女孩，是将我一把扔进炼狱里的吸血鬼大姐大，他们所说的母亲大人！

发现目标以后，我的拳头不自觉地握紧了。 我喃喃道："母亲大人……"

"什么，母亲大人？ 你说的是之前你问过我的，吸血鬼的母亲大人吧，她在哪里？"阿三四周张望，"难道……你说那个小女孩是吸血鬼的母亲大人？ 哈哈，怎么会，我见过……"说着说着，他的脸色开始凝重起来，因为母亲大人的奶妈，那个身材高大魁梧的吸血鬼大妈，也从舞娘后台入口的通道匆匆走过。 真是舒舒服服放个假都不得安生。

我想起我还没和阿三讲过关于母亲大人是小女孩的事情，于是我把在科罗拉多岩层下面的事情跟阿三复述了一遍，他张大了嘴不能合上，尤其是听到我们以前在得州和她就有过一面之缘，但是却白白把她放走了的时候。

他咬牙切齿地说："当时我都已经是他们自己人了，居然还这样防着我，找个假的大妈来骗我，岂有此理，今天老子一定亲手把那个小丫头片子的头给剁下来。"他生气的点到底在哪里啊。

阿三说完，就气冲冲地要到后台去。 我看了看周围穿着西装戴着耳机的四个保安，摁住阿三，在他耳边对他说："你先冷静一下，我们都不知道里面的防范和布置是怎么样的，你冲进去剁头之前好歹先带把刀吧，我们现在身上什么都没有。"

"怕什么怕，兵来将挡水来土掩。"说完，豪气干云的阿三还是直直走了

051

过去。觉醒成为拿斐利以后就是不一样了啊,口气都特别大。我摸了摸身上,除了只剩一半电的手机和只剩一半钱的钱包,什么都没有了。我突然想到自己厚实锋利还可以当打火石用的指甲,一咬牙就跟了上去。死就死吧!

我追上了阿三的脚步。我问他:"你要冲进去把母亲大人给灭了,也总得有个计划吧?"我扯着他找个空桌子坐下,继续说,"这里首先就有这么多平民客人和无辜的舞娘以及酒水服务员,我们不能弄出太大的动静。这里现在至少有四个保安在看着全场,一有什么事情,香槟房和小隔间区域里肯定也会有人冲出来帮忙,厕所里递纸巾的小厮也会前来搭一把手,他们很可能都只是谋口饭吃,而且也不知道有没有枪。他们原本就不是我们的敌人,我们也不想伤害这些无辜的人对吧?"

阿三稍微冷静了下来。他看着我,说:"那你说怎么办吧。听你的。"

我耸耸肩:"我不知道,这个地方前台后台都是人,的确不好办。你现在用禁忌天堂之力的话,可以看到在场的谁是人类谁不是吗?"

"看不出来的。就我自己来讲的话,我能感应出来,但不能看穿。感应的话,天使恶魔还有拿斐利是很强烈的,我一下就可以分辨出来,其他那些人形的怪物就稍微弱些,但还是能大概知道的。刚才我给你找那个妞的时候已经在场子里绕了一圈了,这里面没有什么怪物,全都是人类。要不然我也不会玩得这么尽兴了。"阿三说。

那现在我们应该怎么办?难道还是按照平常的老路子,到门口去盯梢等候?忽然间,我灵光一闪。我问阿三:"你愿意为了大义而稍微委屈一下自己吗?"

"你要我怎么委屈?我都把自己的身体献给过'嗯嗯病'的始祖莉莉丝了,你说我的奉献和牺牲精神够强大⋯⋯"

"行了,有你这句话就行了。"我打断了他,"那你尽快想办法脱身,然后过来和我会合吧。"

我朝阿三眨了下眼睛。然后拿着开了闪光灯的手机伸到他身前按了一下快门,在人们没有反应过来之前,迅速把手缩了回来。果然,场子里的保安

第4章 地狱骑士，影之交易

和客人们都齐刷刷地看过来了。四个保安里的三个正朝阿三走过来。我找了一下剩下的那个，原来正在舞池里帮舞娘把扔在地上的小费捡到一个袋子里，没看到刚才那一下。不过"被拍"的舞娘可是看见了，正在翘着手怒目圆睁地看着阿三，等待着保安过去收拾他。

在保安走上来找到阿三的时候，我悄悄从桌子另一侧起身离开了。临走前我碰上了阿三看过来的哀怨眼神。不过阿三是个敬业的演员，他马上就进入了角色："各位大哥，我现在删掉不就行了吗？或者这样，我给她的头打上马赛克怎么样，当着你们的面……"他说后面的话时我已经走远了，听不到了。

在俱乐部售票处，贴着大大的告示明令禁止任何形式的拍照或者摄像，违者会被勒令删除或者立刻驱逐，情节严重的更有机会中奖获得一顿胖揍。为了怕人们忘记，在舞台的每一面都贴了同样的告示。我环视四周，连把手机拿出来玩的人都没有几个，更不要说拍照，而且还是明目张胆开着闪光灯拍照了。这一次，我可能把阿三给害惨了。不过我不担心，作为一个觉醒的拿斐利，这点小儿科又算什么呢。

我趁着众人的视线都落在阿三身上，赶紧溜进了后台。这一次我再遇上这个小女孩，可不能让她再把我扔到炼狱里去了。我必须抓住一切的机会，在今晚把这个魔头就地正法！

从观众席看过来，后台的走廊会被一块屏风墙挡住，刚才我和阿三看到的母亲大人就是从屏风墙前快速走过去的。屏风墙两边一边是舞娘的衣帽间和化妆间，一边是休息室和洗手间。我看到化妆间那边有两个穿着丝袜的舞娘正在自己给自己化妆，于是闪到另一边休息室里去了。

幸好休息室没人，那些从钢管舞台兜了一圈下来的舞娘们，大多数要么下班要么到沙发区和站桌区找生意去了。有脚步声过来了，我赶紧钻进了休息室四周的黑色幕布里，用一个装满了飘着汗臭的情趣内衣的纸箱挡住幕布下方盖不住的鞋子。是两个正要下班的舞娘，我隔着半透明的幕布还可以看到其中一个是刚才还被我用零钞摸过的舞娘，现在穿成了一个保守纯情少女

的模样，和另一个穿着像正常少妇的舞娘有说有笑。

我只听到了纯情少女的一句，"今晚算是周内早班里不错的了，我今晚4个小时班，加上工资拿了720美元，平时周末都未必能上650美元……"然后她们走远了，留下惊愕的我。我的惊愕，主要是针对世界上为什么有那么多的色狼，而且是为什么有那么多有钱的色狼。对了，迈阿密地区的最低工资是8美元1小时，一个普通打黑工送外卖的留学生一天能赚100美元出头，偶尔能接到口头翻译单的也就是30～50美元1小时。

难怪失足现象会屡有发生了，唉。不过这些也轮不到我来管，成年人大家都有自己的选择。那我继续我的选择，好好做个出色的驱魔人吧。

母亲大人会藏在哪里呢？这个建筑只有一层，难道又是在地下。想到地下，硬石赌场对面，我和阿三被擒获的那个吸血鬼血池俱乐部的画面浮上了我的脑海。这下面，很可能也有个类似的吸血鬼俱乐部。那我这一次下去，又会面临什么样的下场呢？

很快，我在俱乐部的巨大杂物间里，隐隐听到了一些嘈杂声，我的猜想果然是对的，吸血鬼地下俱乐部的入口很可能就是在这里。这个杂物间里，摆满了很多凌乱堆起来的箱子，里面有各种暴露的服饰和二三十厘米高的恐怖高跟鞋。那些服饰里，有闪片的，有丝绸的，还有亚洲风情的旗袍，等等。一股熟悉而令人反胃的味道，那是廉价香水还有烟酒味附着在衣物上的味道，我赶紧把手上的东西扔开，不自觉地吸气"嘶"了一声。

忽然间，从我刚刚进来的门外传来微弱的声音："笛，是你吗？"原来是阿三的声音，这家伙挺机灵，这么快就脱身并且顺利溜进来了。

我应答了一声以后，阿三开门闪身溜了进来。刚才我也只是用手机屏幕的光来看看纸箱里的东西，没想到阿三二话不说就把房间里的灯打开了，灯亮了。阿三还安慰我说："不怕，这外面完全没有人。"

"是吗？"回答他的，却不是我的声音。这个声音中气很足，但是听起来却让人不禁汗毛直竖。那声音里，带着浓厚的说不出的邪气。

"是谁？"阿三环视四周，压低了音量厉声问。

第4章 地狱骑士，影之交易

我已经在无意中看到了墙面上有什么异样。杂物间的灯不是在天花板，而是在门框上面，因为这建筑只有单层而且天花板比较高，灯装在上面照明效果不好，吊下来又费功夫。现在，因为灯光的缘故我们两个的影子是被投射到我们前方去的。可是那前面却并不是两个影子，而是一个，在那个被拉长放大的影子上，面部位置上还有两个瞳孔，竟然是浅黄色的眼珠！等等，不只是眼睛，如果细看的话，那个影子的五官都是能看见的，那是个活生生的影子！

我用手指指着那个怪物告诉阿三，阿三在前方看了几眼以后终于看到点子上了。我感觉到他在看清那个影子以后，身体微微颤抖了起来。不过，他还是沉着声，故作镇静地说："夜骑士，影之地狱骑士……敖克。"

听到阿三这样说，软瘫瘫地挨在纸箱上面的阴影传来阵阵笑声："不错不错，不愧是拿斐利，这世上还是有人认得我这个老古董的。那老爷子就送你们一点小小的见面礼吧。"

忽然一阵暗风吹来，我和阿三的脸上分别一热。我摸的时候，发现手上全是鲜血，而阿三的脸上，有一道长长的口子，鲜血正从里面流出。风刃攻击，这和亚玻伦的攻击有点相似。很明显，这真的只是一份小见面礼。要是这个敖克攻我们不备的话，我们现在早就已经在去碧落黄泉的路上了。

阿三摸到自己的伤口以后正想破口大骂，然后冲上去攻击影子，我把他拦下了。我开口说："谢谢敖克先生的大礼，你光明正大地和我们打招呼见面，还饶了我们一命。我猜，敖克骑士一定有什么想告诉我们，或者是想我们在死之前明明白白的，是吗？"我是真的拿出了一份客气，能为我们拖拖时间也好。妈的，我想过除了那个该死吸血鬼小女孩以外可能会有一两个地狱魔王，至少都是我们可以对付的，可现在竟然来了个力压地狱七魔王的地狱骑士，还是个影子。这次真的是倒血霉了。

在我开始飞快转动脑子想对策的时候，影子骑士敖克说话了："其实我这一次来，还真不是想置你们于死地。我想请你们帮个忙。"

啊，我没有听错吧？堂堂暗影地狱骑士居然来找我们两个无名小卒帮

忙？可是我总不能毫不要脸地马上点头哈腰说"Yes"吧。

阿三跟我说："恶魔所说的东西，不能信。来，吴笛，今天我们即使葬身在这里，也得尽我们的一份力！"

不知为什么，我忽然间对敖克所说的东西开始有点感兴趣。我没有理会阿三，转向阴影说："你先说吧。"能让阿三把这么长的句子都一字不漏讲完，从我们的敌对关系来看，单就这一点已经不简单了。

"你们要找的母亲大人就在这里面，你们挪开我现在挨着的纸箱就可以看见一个入口了。我让你们帮忙做的，只是帮我杀掉那个贱人而已。"敖克平静地说。

即使瞎子也能看出来，今天我们进来的目的，就是要把母亲大人杀掉，他的出现有什么意义呢？仿佛猜出了我的心思一般，他在看了看我和阿三的表情以后继续说下去："我知道你们会说，你们今天本来就是为了杀掉那个贱人才来的。但是你们用脚趾头想一下也知道，作为一个能被众多吸血鬼奉为'母亲大人'的人物，你觉得你们这样随随便便空手摆臂就可以杀死她？"阿三恍然大悟地看着我，点点头，像在认同魔头说得有道理。这家伙，刚才是他决定不抄家伙就直接硬闯的。

我们阿三还是有点气节的，他抓起我的手臂，既对我也对暗影骑士敖克说："笛，我们今天只是来看脱衣舞的，不工作了，我们还是回家早点睡觉吧。"他拉着我转身就要开门离开。

尽管他只是佯装离开，可是这也太不给人家面子了。敖克一怒，又是几道风刃飞来，专门避开阿三的要害来打，他小腿的腿肚和微微凸起的肚腩都中了招。阿三执意要开门出去，可是在他伸出手的时候，地面上的阴影现出了两只黄色的眼珠，是敖克通过阴影来到这里了。阴影里探出两只漆黑的手，在阿三身上轻轻一推，阿三整个人往后面飞去，重重地撞在那堆纸箱上面。

"有意思有意思，"敖克微微笑道，"你们两个毛头小子真是不知天高地厚，我还没有见过有人会这样拒绝地狱骑士，你可知道要是我真正发怒的

第 4 章 地狱骑士，影之交易

话，等待你们的会是比死亡更黑暗更悲惨的下场吗？"

我忽然想到，没有阴影的话，岂不是也就没有这个所谓的影之骑士吗？我假装朝阿三那边走了两步，然后突然回头，一下就把电灯开关关了。房间里陷入了一片漆黑。现在这样，我倒是看看这个敖克还怎么样现形。

黑暗中再次响起了笑声，是敖克的笑声，这一次还是环绕立体音，整片黑暗似乎都成了敖克的一部分。他又开口了："聪明，在我遇到的人里，能这么快想出如何破解我攻击的，你吴笛算一个。不过现在，我是不能通过阴影现形攻击你们，但你们同样找不出我的存在，奈何不了我半分。那我现在就先告诉你，在这场交易里，你把母亲大人杀了以后我能给你们提供什么样的报酬。我可以毫不费力地帮你们解决掉七魔王里的两个，别西卜和亚巴顿，对于他们两个，想必你们也是见过的。"

"你既然能轻易杀死两个魔王，为什么不自己进去把母亲大人杀了，反而要假手于我们两个'毛头小子'？"我承认，我的语气里有了真正要谈下去的意思。恶魔的话不能相信，我也一直在心里对自己说，但是他给出的这个条件的确很丰厚。再说，我本身也不能确定我们能不能这么轻易就把一个吸血鬼老大给砍了。最重要的一点就是，杀母亲大人本身就是我们待办清单上标红的一项。

"这一点，你们会慢慢知道的，现在我不能全部告诉你。不过我可以告诉你的是，他们找到了把我的影子挡在外面的魔咒，在母亲大人所在的地方，我单靠自己的力量暂时还进不去，是别西卜和亚巴顿帮的忙。"敖克说。

"而且，如果是由你来手刃母亲大人，那么炼狱一方就会把矛头指向你，这在无形中等于又跟天堂联合起来。到时候地狱就少了一股很大的援助力量，再加上炼狱和你们是邻居，到时候天堂一下子就到了你们的大后方，你们必败无疑。但是，倘若是由我和笛来代劳这件事，形势不会发生任何变化，而且炼狱会集合所有力量来消灭我们，到时候你们分分钟还可以坐收渔人之利。"阿三慢慢走到我身边来，一边分析道。我真是越来越不懂他了，明明不是没有头脑，可平时就是那么大大咧咧没心没肺。难道这就是传说中

057

的大智若愚？

"哈哈哈，我果然没有看错，你们是绝对够资格杀掉母亲大人，甚至有能力影响整个战局的。对于你说的这些我都不打算反驳也不打算隐瞒，因为事实就是这样。不过不管怎样，这单交易对你们对我来说都有好处，你们考虑一下吧。"看得出来，敖克并不愿意透露他为什么愿意帮我们把别西卜和亚巴顿都收拾掉。

"那你告诉我们，要怎么样才能把母亲大人彻底灭掉。"我说。

"那好吧。你们别看她只是一个小女孩的外形，她已经是地球上最为古老的吸血鬼了。一般的吸血鬼以饮血为生，但也会随着时间的流逝缓慢老去，可是她却不会。她其实有恶魔的血统，可以依靠着附身来转移她的皮囊。用你们的话来说，她就是一股强大的红雾而已。她喝的血越多，她就越强大，能转化更多吸血鬼子民。但是每一次肉身的转移，为了肉身容量更大，能维持更久，她都会选择一些小女孩来进行下手，与小女孩的身体一起成长，当她到了壮年的时候，她的力量就会达到另一个巅峰，到时候你们基本上是不可能靠近她的。

"要把她灭掉，单单砍下她这个肉身的头是不行的，必须把代表她生命的红雾一次灭掉，不能漏走任何一滴。目前来讲我只能想到一个办法，就是用我自身作为武器来把她灭掉。我会让自己的阴影凝成一把黑刃，你们只要把它送进母亲大人的身体里，剩下的事情就可以由我来解决了。但是因为像我之前说到过的，我被那个魔咒挡在外面了，我不能靠自己接近她。所以，在进去以后，我需要附身在你们其中一个人的身上。"

"啊？"我和阿三同时惊呼出声。

我在黑暗中把阿三拉到身边，低声在他耳边对他说："不行，这太冒险了，万一事后他不肯脱离怎么办。我们不能完全相信他。"

阿三说："可是万一这真的是唯一的办法呢？"讲完这个，我还没表态，阿三就一下子把灯打开了，然后自顾自地说了句"Yes"。之前米拉就讲过，低等的黑烟恶魔可以随便闯入并占据肉身，但是由天使堕落黑化而成的恶魔

第 4 章 地狱骑士，影之交易

以及天使本身，都有自己用天堂之力凝出的身体。当他们万不得已需要附身于他人时，必须得通过人类自己的心灵和口头同意，才能占据肉身皮囊。现在阿三这么一说，等于他已经敞开大门，任由地狱骑士进入了。

在阴影中咧着嘴笑的敖克，说了一句："相信你们自己绝对做了一件正确的事。"紧接着，那团倒影徐徐升起形成一个黑球，然后从黑球里，一股浓黑得像墨水一样的东西朝着阿三的口里奔涌进去，直到那个黑球完完全全消失。阿三的气质果然就变化了，他的嘴角若有若无地挂着一丝阴沉的笑。

我听到纸箱后面隐隐传来了一些嘈杂声还有音乐声，那音乐跟我刚才听到的旋律似乎是可以接上的。这么说来，我身旁的这个地狱骑士刚才要了一下和彼列一样的伎俩，把时间凝滞了。

附在阿三身上的敖克正要往前走，我拦住他："在我们杀了下面的吸血鬼以后，怎么保证你会兑现你的承诺，把那两个魔王杀了？"

"你知道的，事到如今我们只能相互信任了。"他一脸奸笑地拍了拍我的肩膀，然后向前走去。糟糕，现在可真是骑虎难下了。

不是阿三的阿三和我一起把所有的纸箱都弄开了，后面的地上果然有一扇小暗门。稍稍变了声的阿三跟我说这扇铁门上有一个我看不见的，可以把他挡在外面的标志，因此必须要我来拉开这扇门。他说他已经明显感觉到母亲大人的气息就在里面，我们离成功不远了。可是这下面还是有几十个吸血鬼聚集着，我们必须先通过他们那一关，才能接近她。为了不让她起疑心跑掉，敖克不会用他的能力帮我们摆平。

他说："我会让萨米特重新占据这个身体，让你们两个本色出演。我会躲在你们的阴影里帮你们一把的。关键是，一定要迅速接近她。我现在就给你们做出黑刃。"说着，他从阿三的兜里摸出了一把阿三随身携带的弹簧刀。然后，他拿着刀在他手指头上轻轻划了一个小口子。小伤口里有黑色的物质不断附着到弹簧刀上，弹簧刀大了一圈，而且看起来就像是一块毫无用处毫不锋利的黑炭。阿三把已经变成黑刃的弹簧刀放回了衣兜里，他说："这把刀在最后关头前都不要轻易拿出来，而且不能让那个婊子觉察到我的存

在。 至于你们等下战斗需要用到的武器，我相信下面那群吸血鬼已经给你们准备好了。"

然后，阿三的神情和语气已经恢复了平常的模样。 他有点愕然，不过很快就跟上了节奏。 我把地上那扇生锈的铁门用力拉开以后，两只被放进吸血鬼笼子里的疯狂猎人战士，就要展开又一次对吸血鬼大屠杀了。

刚才在上面，我已经从纸皮箱里顺来了一只足有20厘米高的高跟鞋，作为开战的武器。 现在我所想的，只是穿过它的脱衣舞娘不要有香港脚就好了。

我们一下去，那些吸血鬼像蓄谋已久一般在入口处形成了一个口袋状，待我一进袋中，就朝我们蜂拥袭来，每个吸血鬼都张开长满尖牙的血盆大口，伸出利爪，想把我们一举擒下。 妈的，还没开始屠杀，就已经准备要被撕开饱餐了。 难道刚才敖克只是想拖延时间，让吸血鬼准备好？

想到这里，我的心都凉了一截。 我吴笛才不是束手待毙的人。 我一脚朝着一个看起来比较瘦弱的吸血鬼踢去，身体顺着前进的势头朝着两边挥出左右两拳。 自从被吸血鬼咬了，身体开始发生变化以来，我感觉自己除了每次打群架都一定是和吸血鬼在打以外，还有就是我每次一见到吸血鬼，身体就会莫名的发烫，体力也变得意外的好。

说起来也难以置信，我竟然凭着赤手空拳几下就放倒了三个吸血鬼，并且拧断了他们的脖子。 在打趴他们以后，我又一个蹬脚，三四个吸血鬼像多米诺骨牌一样往后倒去。 忽然我瞄到了在墙角处竟然有一把棍状的东西。发现目标以后，我死命往那个方向冲去。 阿三也帮忙打倒了几个吸血鬼。这时候我们背后传来了两阵惨叫，原来是两个吸血鬼在背后偷袭的时候被割了喉，倒地以后一片血污。 看来是敖克在阴影中暗中帮助我们，他说到做到了。 现在我们刺杀母亲大人的目的还没达到，他当然会是这样。

知道后援真的是在出手出力以后，我们打得放心多了，不再那么畏首畏尾守大于攻，在我终于把一个拖把抢到手以后，像猛蛇一般的拖把头把前排的吸血鬼逼退了好几步，并且甩了他们一脸污水。 阿三更加厉害，已经不知

第 4 章　地狱骑士，影之交易

道从哪里搜来了一把当作拨炭用的中柄两角叉，他又打又插，好几个吸血鬼像被毒蛇咬过一样，倒地以后两个血窟窿不断往外冒着乌黑色的血液。我和阿三相视一眼，气势如虹地点了点头。在哪里倒下，就不能在同一个地方趴下，不仅要站起来，还要在那里变成疯子一样撒足往前狂奔。这就是我们的哲学。

在不经意之间，又有一个背对着我们的吸血鬼被放倒了，头和身体像是硬生生被巨力扯开一般，头颅下方还松垮垮地连着一块颈皮。这一下吸血鬼们终于察觉到有什么不对劲，开始惊慌起来了。

打群架和打仗其实就是一个意思，分别就在于是不是官方允许，在这过程中死人的多少有所区别而已。但这两者都有一个相同的胜负关键点，那就是士气。如今在吸血鬼那边，恐惧就如同瘟疫一样蔓延，他们一开始的那种猛烈攻势渐渐减弱，很快，这里就变成了我和阿三的屠宰场，从旁保护的敖克基本上派不上用场了。我们很快就打到了室内的深处。

桌子中间有一个厨房用来和面粉用的大盘子，里面装满了人的鲜血，周围都是手指划出的污渍，这一定是吸血鬼"分餐"的地方了，桌子上还有一把刀。我抢先在一个吸血鬼之前抓起那把刀，手起刀落又结果了好几个吸血鬼。当然，我和阿三不是战神，纵使阿三使用了他的禁忌天堂之力，我们也是挂了好几道彩的。幸好我不是疤痕体质，要不然我身上肯定满是抓痕的疤，以后我老婆肯定以为我要么就是经常进出青楼不给钱，要么就是新闻报道里那个跳进老虎笼里奇迹生还的傻子。

总算，我和阿三杀出一条血路来了。我们朝着 DJ 台的后门直冲而去。阿三手里拿着王牌武器黑刃，他打头阵，我殿后抵挡那些追上来的吸血鬼。他们刚才的害怕也只是一时，在敖克没有出来帮忙，而我们逼近后台以后，他们重新变得凶狠起来，毕竟保护自己的母亲大人才是最要紧的事。我挺敬佩这些吸血鬼的忠心，他们明知道我们一冲进那个后门，拿着刀的笛哥已经可以一夫当关万只吸血鬼莫开了，他们还是前仆后继地冲上来，死命消耗我的体力。

因为空间收窄了，我的手脚伸展不开，刀身连连砍到了墙壁上，看来这些巷战还是不适合我。我用力守着，可还是在一点点后退。这时候，我的身后传来阿三的声音："笛，快过来！"我知道他肯定找到了什么东西，或者想到了什么方法把这些喽啰挡住，我连忙竖着连劈三刀，然后猛一转身往后跑去。

妈的，身上这么多见血的伤口，也难怪那些吸血怪物越打越起劲了。"咚"的一声，我的双耳一嗡，满眼金星。"啊，原来是你啊。"阿三惊讶地喊道，然后我只听到身后"咚锵咚锵"两声，然后我就被阿三使劲拽进了一个什么地方。我这才慢慢看见门外有两个白银色的玩意儿，阿三用力把一道满是锈迹的厚实铁门连踢几脚，门关上了。我拖着昏沉的脑袋上去帮忙，和阿三两人使尽九牛二虎之力，才把那条很重的门闩捅进门框上的洞里，锁上了。

我正想问阿三刚才搞的是什么鬼，就已经看见在面对着门的左边墙上，一个大架子上摆满了各种尺寸的不锈钢碗，就像是我们刚才在外面看到装着人血的那个。这家伙刚才在我的头上敲钹！我正要去掐他，他委屈地说："光线太暗我看不清来的人是谁嘛。"

我指着头顶上明亮的橘黄灯泡低声咆哮道："这么亮还光线太暗！"我的头现在还晕晕的。门外，已经传来了吸血鬼撞门的短暂闷声。"算了，我们另外找出路，尽快找到母亲大人吧。"我说。我一边用手在头顶轻轻按摩着，一边往房间深处走去。三爷已经手下留情了，我还得感谢他的不杀之恩，要不然还真是死得不明不白。

阿三嘟囔道："这样的光线难道还算亮啊……"

很快，我们已经没有空来争执光线到底是亮还是不亮了。在我们正上方吹来了一阵大风，随之而来的，是一阵强大不容抵抗的吸力，生生让我们挣脱地心引力的束缚往上升起。在阿三的阴影处传来了敖克的一阵冷哼，然后那阵吸力消失不见了，我们的双腿重新踩到了地上。

"这是怎么回事？""刚才那种感觉……难道她又打开了炼狱的入口？"我

第 4 章 地狱骑士，影之交易

和阿三同时问出了声，但显然不是在问对方，而是在问暗处的敖克。

可是敖克在帮我们解围以后又进入了沉默模式，没有回答我们的话，我往阿三的昏暗阴影看去，那只是一个再正常不过的阴影，并没有黄眼珠。阿三转而问我："等等，笛你刚才说那是炼狱的入口？"

"我不能百分之百确定，但那种感觉真的很像。"我回味着上一次我被扔进炼狱时的情形。那种在心头弥漫的感觉真的是八九不离十。

"那个娘们儿会不会已经滚回炼狱里去了啊。"阿三说。

"我觉得不会，你看那些吸血鬼刚才好像就等着我们进来一样。要不是我跟你的能力都比以前强了不少，现在可能已经全身上下到处都是血洞了。现在又来这样的陷阱，她肯定还在这里面的某处。"我说。

"看，那边好像还有一扇门。"阿三指着前方低声说。果然，在房间的另一头，还有一扇门，奇怪的是，那扇门只有正常尺寸的一半，仿佛专门设计成……让小孩子通过的样子。

阿三正要继续往前走，我连忙从后面抓住他的衣服，把他往后拉了一步。要不然，他铁定撞上那根粗大的管道。"长点心好不好，这么大的管子都看不见。"

"可是这里光线实在是太暗了。"阿三嘟囔道，用手向前摸着那根从天花板直插进来，又拐了个弯从另一面墙穿出去的管道，慢慢避开绕过去。我莫名其妙，那个橘黄灯泡明明很亮，这房间里面的光线明明很充足啊。

这个房间并不是很老旧，两旁摆着的东西都还算锃亮崭新，就连这个小门的门把上都是油光亮丽的，明显是经常有人摸，经常有人走动。小木门没有上锁，我只用两只手指勾住门把手轻轻一抠，门就被拉开了。

门后是一条漆黑的通道，和门是一样大的，像我和阿三这样的成年人进去确实有难度。如果是蹲下来侧着身进去，高度是够的，但是太宽了明显不行。我们两个要通过这扇门，要么就是蹲下来缩着身子前行，要么就只能像个战士一样匍匐前进了。

最后我们决定阿三走在前面匍匐前进，我在后面蹲着走。我拿着手机打

开手电功能给他照明。 一开始阿三还不乐意，觉得我把他暴露了，我们只能等着对方偷袭的分，可是我朝他笑了一下以后，他就会意了，乖乖地按着我说的趴在地上开始往里爬。 我手机的灯光既照到他又照到前方，阿三的阴影等于比他还走快了一步，那么当有人偷袭时，敖克就能事先洞察帮我们化险为夷了。 他利用我们，那我们反过来利用他一下也不为过。 所以说求人不如求己，你看看像堂堂地狱骑士这样的身份，到了要求人的时候，也只能沦为充作马前卒的下场。

第 5 章 除灭一害，又树新敌

其实门后的通道并不太长，但是我们舒展不开移动速度慢，当终于走到头的时候，我们感觉像在这狭窄的洞里过了一辈子。 通道的另一头还是一扇门。 不过门闩在另一头，而且还上了锁。

"啊，难道我们又要原路返回啊？"阿三哀嚎。

"哎呀真笨，不就是扇实木门板嘛，把它弄烂不就得了。 来，让我来。"我说着，一点点跨过趴在地上的阿三，这个姿势实在是尴尬得不能再尴尬，我苦恼的是现在不能挤出一个屁来，让好兄弟好好享受一下。 我坐到地上，狠狠地往门上踹了一脚，没有丝毫动静。 我拿起阿三的那个两角叉，直直地用力往门板上捅。 这门虽小，但也是有够硬的。 我连连戳了十几下，终于，被我戳出一个小洞了。 我又努力了一把，手肘往后蓄力时还把刚刚恢复成蹲姿的阿三撞了一下，阿三连忙去摸有没有流鼻血。

终于，门上戳出了一小块，够我的手伸过去把门闩抠开了。 可是我把手伸出去的时候，会不会马上就被什么猛兽啃得只剩下森森白骨啊？ 我深呼一口气，把两角叉的叉头捅在小洞上，一手握柄一手在柄末用力一推，两手相碰之时，叉子激射出去。 我连忙把手伸出去够门闩，用力一掰，然后马上抽回手，紧接着用脚一踹，动作一气呵成。 门被踹开了，我手上拿着刚刚抢来的刀，挥舞着冲了出去，阿三紧跟其后。

跟刚刚那扇门以及里面的通道比起来，这洞实在是太宽敞了，因为我和阿三的身体能伸展开了。 可是，洞里的光线暗得几乎伸手不见五指，而且没

有一丝声音。我身旁响起了阿三的声音:"笛,你在吗?"

"嗯,我在这里。"我低声回应。

就在这时候,随着我们说话的回音从洞壁处传回,我们四周开始慢慢发光,那效果就像是有人用荧光的涂料在洞墙一笔笔刷出来的一般,荧光的效果慢慢晕开,最后把整个洞都照亮了。

这是一个用砖搭建的拱弯形大洞,只是现在每一块砖面上都变成了荧光绿,这跟之前我在科罗拉多的地下岩层见到胖虎妈时一模一样。同样地,在这种荧光之下,我们的身体没有任何倒影。那岂不是说,敖克法力全无?

我和阿三警惕着周围的动静,忽然间敖克的声音在我脑海响起:"你们看到东南和西北角那两扇门了吗? 门上各有一支既有法术也有符纹的红色蜡烛,你们去把那两支蜡烛打翻,我才能恢复力量,黑刃才会有魔力……糟了,她来了。你们努力吧。"然后声音消失了。阿三有点愕然地看了我一眼,我知道他也听到了。我和他点头示意以后,开始分别朝着那两扇门跑去。

可是我们才刚走一步,两个人都还没分开,地上的砖缝忽然凭空变成了一排黑孔,钢条迅速弹起,同一时间上方也有钢条砸下,而且钢条都是处于烧成通红的状态,上下一接触迅速开始冷却,生出一些呛鼻的烟雾以后,已经焊成了更长的钢条,迅速做成的铁笼把我和阿三都困在了里面。我分明看到,那些钢条上面还有一些古怪的图案和完全看不懂的文字。

阿三用手去抓钢条,手上马上升起一缕青烟,钢条上那些古怪图案文字开始隐隐发光,阿三惨叫一声松开手,使劲往手里吹气:"好痛! 好痛!"有了前车之鉴,我还是不摸为妙。该死的;才逃一劫又中陷阱,而且这个笼子一看就不是随随便便可以逃脱的。加百列又不是我们的贴身保镖,不能指望这一次他又会突然像天神一样出现,救我们出去了。

想想也是后怕,要是刚才我再走快一步半步,那些钢条说不定已经先拆我祠堂,再把我烧成烤猪而且顺便切块分尸了。现在那两支蜡烛还没熄灭,敖克怕是暂时派不上用场了。我朝阿三看去,看他有什么想法。

第 5 章 除灭一害，又树新敌

阿三低声说："我的力量全都使不上了。笛，我感觉那些钢条就是针对我的，你去摸摸看，说不定你对它们是免疫的。"

"怎么可能我会对它免疫！即使这些钢条不烧我，那有个屁用，这根本帮助不了我们离开这个笼子！"我反驳道。刚才那一下简直就是牢狱里折磨人的那一套，看到阿三的反应以后我的心理阴影面积比一个足球场还大，我是不打算摸了。可是千防万防家贼难防，急于试验的阿三猝然抓起我的手背往钢条上贴去，这个出卖我的家伙！

一阵带着金属感的冰凉从手背传来，我看到钢条上的纹路没有发亮，我的手背也没有烟升起。我真的对它免疫！阿三一阵惊喜："你看，是真的！"

我从他的手中挣开："有个屁用，我们还不是逃不出去！"

忽然间，一阵小女孩的刺耳笑声从远处传来，只听到母亲大人走在两个胖虎妈身前，一蹦一跳地说："真没用！你们两个大家伙真没用！还没走一步就被抓起来了。"说着，她稚嫩地举起手拍了三下。

一阵砖头摩擦的声音，夹杂着一些铁链放下的声音在四处不断响起。霎时间，整个空旷的地洞被各种形状大小不一的铁笼一下子塞得满满当当。那些铁笼有的是从天花板被铁链吊下的，有的则是从地底升起来的。我惊讶地发现，那些笼子里居然全部都装满了小孩子的尸体！

那些小孩子有些明显就是饿死的，有些则是被她吸干以后成为一具干尸，他们的表情凝固在绝望、惊惧和无助之中，某些孩子一看就知道是在痛哭中永远离开爸爸妈妈的。他们还没长大就已经在无尽痛苦中化成累累白骨。

看到这些惨象以后，我和阿三都按捺不住自己的情绪，非常暴躁。阿三不小心又碰上了那些钢条，又被烫了一下。我明知无论怎么骂她这老婊子也只会无动于衷，可我还是把能用的恶毒字眼在她身上全用了个遍。

我们越生气地骂她，她越像看动物园的猩猩一样在笼子外被我们逗着乐。她一脸天真无邪地说着："你知道吗？小孩子一向接受的教育都是不要

接触陌生人,不要给陌生人开门之类的,但他们只会把这个陌生人代入一个大人的角色里。他们对同龄人都是没有戒心的,尤其是那些缺乏家庭温暖的孩子,对我这种天真可爱的小女孩,是最容易敞开心扉,甚至跟我走的,嘻嘻。"在她说的时候,我的脑海里不断闪现出就在这个房间里,那些孩子被她残害的画面,心头涌上来一股我压制不了的闷热,我双眼里的世界一点点变得血红。我努力平复着自己的呼吸。

然而母亲大人越讲越沉醉,越说越起劲。她继续说道:"来到我这个小小天地以后,我都让小孩子和我玩游戏,有时候是跳格子,有时候是捉迷藏。他们真的都很棒,你看,"她拍了拍离房间门口最近的笼子说,"这些聪明孩子长大了以后,一定会成为社会的栋梁。虽然在我的设定里就没有人能逃出去,但他们能逃到这里,也值得我送给他们的奖励。在我把他们的血一点点抽干并且收藏起来慢慢品尝的时候,我给了他们一个特别美妙特别真实的临终梦境,他们没有遭受任何的痛苦。

"你们知道吗,那些品质纯良而且富有想象力的孩子们,血是醇香而甜的。但是那些拥有坏心眼的孩子们,不仅血是苦的,而且我喝多了还会拉肚子,哈哈,有趣吧?有些小孩被我吸血的时候,因为害怕,血里面有一种酸酸的滋味,就像是在吃蔓越莓一样……"

"你这个女魔头,我……"阿三从怀中迅速掏出了黑刃递给我,然后怒不可遏地冲上去一顿乱骂,我拿起黑刃背在身后,去割那些钢条。居然真的有效,黑刃切进钢条里去了!阿三在骂人的时候,我躲在后面一边装作附和一边迅速在切割钢条。阿三控制不住自己,又被烫了一次。

"要是你们真有那个机会出去了,记得给孩子们宣传'不要相信陌生人'这一条黄金法则时,记得加上'包括同龄人,尤其是小女孩'这句哦,哈哈哈。"看到阿三像个猴子一样上蹿下跳,母亲大人手舞足蹈很激动。

"你放心,我们一定会!"我怒吼一声,"萨米特,我们冲出去,弄死这个炼狱的碧池!"然后我飞起一脚,朝着我在笼子后面切出的口子用力踢去,本来每根都已经被我切开大半的钢条,在我的一脚下好几根钢条乱飞出去掉到地上,笼子被我弄开了! 我们两个迅速从笼子里钻出,朝着母亲大人冲过去。 阿三落地时不忘捡起两根短钢条,朝着她用力扔了过去。 她又避又挡,一个后空翻落在地上以后,脸上还是残留着惊讶的神色:"你们是怎么……"

现在去把那两根蜡烛弄灭已经来不及了,现在唯有靠我和阿三不顾一切接近她,把黑刃插进她体内这一条出路了。 我们朝着她的方向百米冲刺般地跑过去。

她双手一挥,那些满装着孩子尸体的笼子开始"叮叮当当"地相撞,像巨锤一样朝我们砸来。 我闪开了一个朝着我急速滚来的铁笼,又躺倒地上翻滚着避过了一个在铁链舞动下如同流星锤一样砸来的铁笼。 我离母亲大人已经近了一些。 重新恢复了禁忌天堂之力的阿三比我更快一步,他甚至强行扭动了一个笼子的走向,去撞击另一个攻击他的笼子。 我从地上爬起来以后向着母亲大人的方向冲刺而去。

她料到我要攻击,手指一挥,居然有五六根从笼子里脱出的钢条朝我的前方迅速飞去,直直插到地上阻隔我的攻势。 我把黑刃在空中朝阿三的方向一抛。 阿三一跃而起,接住刀后以雷霆万钧的攻势,一下插在了母亲大人的头顶。

按照常理来讲,阿三那把长弹簧刀以这么快的速度去撞击人体最坚固的颅盖骨,是很可能会折断的,可是在变成黑刃以后,居然像刺进已经松好的泥土里一样,易如反掌,刀身直直没入了一半以上。 只见母亲大人还在嘲笑我们,像这种小儿科攻击即使命中了也对她造成不了伤害的时候,她的脸上忽然现出了很恐惧的神情,仿佛一个小孩子看到电视里打仗见血的情形而自然扭曲害怕的表情,她断断续续地说:"你们……怎么……"话没有说完,她就倒在了地上,小身躯迅速腐化,连白骨也在瞬间变成了粉末,无风自散。 只留下那几根她刚才用来阻隔我攻击的钢条,入木三分地钉在了地上,岿然不动。

我们还在错愕之际,耳边传来"哐当"一声。 是阿三的弹簧刀重新恢复

原样，掉在了地上。我往旁边看去的时候，只看见阿三也倒在地上，合上了眼睛。"萨米特，萨米特！"我扑上去使劲摇他。我学着古装侠客的姿势伸出两指放到他的鼻梁前探他的鼻息。没有呼吸的迹象！

"萨米特！"我又唤了两声，在他全然没有反应以后，我一屁股坐到了地上。就这样刺了一刀，就一命呜呼了吗！"你算什么男人，你算什么东西！"我踢了他一脚，骂道。

这家伙真是没有出息，非要被我踹了一脚以后，才悠悠地醒来。他见到我怒气冲冲又略带悲伤的表情，一愣，然后大笑："哈哈，笛，你担心我啊？"然后他看到我还没完全收起来的两根手指，问我是不是给他探了鼻息。他说："自从我觉醒以后，我就发现自己已经基本不怎么呼吸了。没事的，我现在感觉好多了，刚才敖克凝成黑刃以后还在我体内残留了一部分，现在已经消失不见了。"

我们终于长长呼出一口气。我们成功了，我们把炼狱的头头给收拾了！

可是胜利归胜利，看到这么多还没开放就被扼杀的花蕾，我们的心情还是蒙着一层散不开的阴云。尽管现在没了黑刃我们打不开那些已经被撞得歪扁的牢笼，但我们还是可以想办法把他们火化掉并且诵经，让他们顺利魂归极乐的。

我和阿三分头到门外去找燃料。"小心，门外面可能还会有吸血鬼的。"我说。

很快，我就滚了一桶天然气回来，明显比阿三手中抱着的一些残断蜡烛要强。途中我遇到了两个吸血鬼，可是他们看上去羸弱了很多，基本上可以算是手无缚鸡之力，我一刀一个，送他们回了老家。

很快，我们就把那些永远处于安睡状态的小家伙们火化了。墙体上的那些荧光物质开始枯死暗淡，最后只剩下了如豆的烛光在一扇门上燃着。另外那根，刚才在火化时被我们取下来用掉了。

我想起了敖克之前说的话，他说这蜡烛上有能压制他能力的效果，我留了个心眼，过去把蜡烛吹灭，等到液蜡凝固以后，先给蜡烛拍了照，然后塞

第 5 章 除灭一害，又树新敌

进了口袋里。 好了，我们是时候要离开这个脱衣舞俱乐部了。

我们打开门一路循着出口出去，又顺手解决了三个毫无力量的可悲吸血鬼。 终于，我们从街对面的后巷里走了出来。 天，已经开始蒙蒙亮了。 这一夜可真是漫长。 我们回到俱乐部外面的停车场取了车，赶紧回家补觉。

阿三坐在副驾座上把脚撑在了挡风玻璃上，被我拿车上的汗巾狠狠抽了一下。 在这样的一些小时刻里，恍惚间我感觉我们回到了最初的驱魔日子，两个年轻人上路，误打误撞地驱魔。 阿三说："刚才可真是有惊无险啊。 这一趟和恶魔的交易，我们总算没有吃亏吧？"

我看着路的前方耸耸肩，说："是吧。 我本来并不奢望他真的能履行承诺，把别西卜和亚巴顿两个自己手下的猛将杀掉。 现在在他帮忙下解决了吸血鬼一族，也算是功勋一件吧。 你刚才看到没有，在我们杀了母亲大人以后，那些小吸血鬼好像被榨干了一样，完全凶不起来了，这下我们可能把整个吸血鬼一族连根拔起了。 是吧？ 萨米特？ ……萨米特？ 杀马特？"我转过头去，这该死的家伙嘴巴一张一合，竟然已经睡着了！

到家以后，我拔出车钥匙往他身上一摔，然后就下车回家。 被我弄醒的阿三追出来："笛哥，笛哥，我不是有心睡着的，我累嘛……"

"我不是跟你一样累吗！ 老子还得握着方向盘开回来！"

"嘻嘻，别这样嘛，笛哥你大人不记小人过，今晚吃龙虾，我请客怎么样！"阿三那副典型的笑脸，简直可以直接搬去横店影视基地客串所有剧里的店小二了。

我伸出两根手指："两只足磅龙虾！"

"行！ 行！"他答应着。 结果我睡了一觉起来精神特别好，晚上我足足吃了 3 只龙虾。 这里的龙虾沾着煮融掉的黄油酱，分外好吃。

饭桌上为了能让阿三多出钱，我把里昂和米拉也一并叫来了。 他们本来都各自推辞说有事要干，可是听到我说有重要情报更新的时候，他们再怎么忙也抽空过来了。

在我答应把那份重要情报说出来之前，我让他们俩先跟我和阿三交换消

息。我们去的是在北边戴尼亚滩市的 Rustic Crab House（螃蟹屋），是一个搭建在河畔的大排档式海鲜餐厅，我们坐在临河的角落，餐厅生意也不错，所以我们不用怕被什么人听到。 这个餐厅有个很有趣的特色，就是有客人生日或者什么纪念日宣布的时候，全场的人都拿起手边的小锤子在桌面乱敲。听说这餐厅一年会被敲坏好几张桌子。 所以在这里，生意越好，就越能讲秘密。

里昂如今正在带领两个中立者小分队，分头去攻占一些恶魔收集灵魂的据点。 这些据点形形色色，有赌场，有妓院，有毒品供应链，还有的竟然是在社区大学，主妇培训班等。

里昂说："其实恶魔收集灵魂的方法还是比较传统而且为人熟知的，那就是和人类的灵魂签订契约。 从前只要恶魔签订契约的量不大，天堂为了维持那个秩序都是睁一只眼闭一只眼，因为只有正义或者纯粹都是邪恶的世界是不可想象的，这样的平衡得要维持。 可是现在因为战争的储备，而且笛你又在下面大肆破坏，地狱底气不足，所以开始加快加量地签订契约。

"其实这些契约都是双方自愿的。 比如在赌场，恶魔以高利贷的形式出现，把现金给赌徒们，并且给予他们一定的时间来享受这个交易，期限一般是三五年，结束后恶魔会上来收取灵魂，有时候连肉身也一并取走。 而在妓院呢，则是……哈哈也不需要我多说了。 在毒品供应链里，瘾君子可以通过出卖灵魂暂时换取大量毒品，等等。 一般来说，出卖灵魂的人要求越过分，灵魂就会越快被收走。 可是近来，恶魔们在订立契约不到一个月的时候就过来索取，而且无节制地骗取人类签订契约，可能是代替房地产合约让买家签，什么形式都有，所以必须要去制止。"

他们已经尽其所能去阻止这些事情的发生，但无奈很多人类实在是太贪心太堕落，而且完全不顾后果就胡乱签约，这样的现象防不胜防屡禁不止。

至于米拉通过和加百列还有其他天使长的周旋，天堂已经部署全面进攻地狱的后门，务必要尽可能快地把后门封上，并且把炼狱和地狱连接的那条小溪的通道，也要完全堵上。 根据天使长米迦勒的计算，如果路西法没有变

第 5 章　除灭一害，又树新敌

强的话，不出半个月他就能挣脱所有束缚他的能量圈和封印法术，爬出牢笼危害人间。至于路西法制造出的那两个地狱骑士，天堂发现他们已经陆续苏醒，但目前还不能把他们所在的位置锁定。那两个骑士好像在路西法被困之初也莫名陷入了沉睡，就连地狱七魔王都未曾见过他们的真面目，天使长们很担忧，在近期之内就会陆续下凡，维持秩序。

"我和笛已经见过其中一个了。"阿三又开始逞英雄了。

"什么！""什么！你们已经见过地狱骑士了？"前半句里昂和米拉异口同声地喊了出来。这个消息对他们来讲，似乎难以置信。

"他说他叫影之地狱骑士敖克，也就是昏夜二骑士里的夜骑士。他也的确只是灯光下一个拥有黄色眼珠的阴影而已。"我帮阿三接完了。

"你们遇上了他，然后呢？你们肯定没有跟他对阵，不然你们不可能安然无恙地坐在我们面前吃螃蟹。根据天堂对地狱骑士的战斗力估算，就连我和里昂，可能都接不了他们的十招就阵亡了。"米拉一脸严肃地说。

阿三眨巴着眼睛，俏皮地说："我们和地狱骑士不仅没有对阵，反而一起合作把母亲大人给灭了呢！"

米拉和里昂都瞪大了眼睛看着我们俩，就好像我们是艺考老师，对他们俩进行演技术科面试一样。我就知道阿三这懒家伙只想吃不想说话，那就只好由我来给米拉和里昂讲昨晚在脱衣舞俱乐部发生的事情。这时候米拉和里昂就分化出了两种意见，米拉主张立刻跳入正题，而里昂则想多听听我和阿三在俱乐部里的体验。

终于，我花了快半小时把所有事情都巨细无遗地说了一遍，搞得我盘子里的帝王蟹和龙虾都凉了。我瞪了阿三一眼，阿三还回瞪了我一眼，有理有据地说："这顿饭是老子买单的！我说只请 2 只龙虾结果你还吃了 3 只！"我竟然无言以对。

米拉听完以后顿时没了胃口："骑士重生了……敖克重生了……"

"现在我们把炼狱的头儿给除掉，整个吸血鬼一族没了生机，也祸害不到先知的性命安全了，纵使敖克没有履行承诺把两个魔王毙掉，对我们来说也

是好事啊！"阿三一边用刀和锤子凿着帝王蟹的壳，一边说。

"不是那样的，"米拉摇摇头说，"我说的重生（Reborn），不是指他的苏醒（Wake up）……"他特别强调了"重生"和"苏醒"这两个词，我忽然间感到心脏坠了一坠，一种不祥的预感蔓延上来。

米拉继续说道："虽然天堂里没有天使见过两位地狱骑士本尊，但是关于他们的传说却是听了不少。而关于夜骑士的传说，没错他是昏骑士的影子，但力量比起昏骑士却是有过之而无不及，只是他力量的膨胀是需要实体化的。这种实体化，最简单直接的方法就是吸取。在那之前，他就是一个拥有一点法力，也拥有头脑的幽灵而已。笛，你说夜骑士之前在你们脸上稍微用风刃割开了两个口子，对你们下手甚轻，在我看来，重生之前的他或许就只有那样的能力而已，他就单单只是个影子。我想，你们通过替夜骑士敖克杀死母亲大人，已经让他成功吞噬了炼狱头儿的灵魂，变成实体的阴影了。"

我和阿三都停下了手中吃蟹脚的动作，呆呆地对望了一眼。这次可真是闯大祸了。不过从米拉的神情来看，他还没有讲完。

米拉看了看同样听得目瞪口呆的里昂，又看了看我们，叹气道："事到如今也不能怪你们，毕竟你们当初也只是想替我们除掉一个大害而已。"他苦笑了几下，"从另一个角度来看的话说不定这是一件好事，你们看，之前他只是一个看得见但摸不着，无从下手的影子，现在他要是真的实体化了，那说明我们就能找到方法伤害并且置他于死地了，不是吗？"话虽如此，但道理我们都懂，情况是恶化了。与其这样养肥一个大恶棍，还不如留着小恶棍和成不了气候的大恶棍分别对付更好。

米拉喝了一口可乐："其实当初路西法也不是那么十恶不赦其罪当诛，至少在一众天使看起来是那样，尤其是那些决定追随他而堕落黑化成恶魔的天使们。一些天使的小团体还有一些中立者认为，路西法之所以在擢升七魔王之前要分离出自己所有的恶，是他还有一颗向善，回到以前晨星地位的心。

"可是他是神的第一个儿子，也是圣光最明亮，排行最前的一个。经历这般坠落以后，他的自尊心受挫，也不会愿意就此屈服，于是就对应着天堂开辟出地狱，并且要干到底。但是他害怕他凝聚出来的分身会失控，于是就在昏骑士中又拆分出一个夜骑士来。昏骑士掌握着恶的力量，但却只有单一的思维；而夜骑士则充当军师的角色，却并不具有威胁性的力量，两者相互依存。从现在来看，夜骑士已经厌恶了充当阴影这个角色了，他想涅槃重生，让实体化的自己拥有强横的力量，自己单干。"

"这样说的话，现在把路西法放出来岂不是好事？"阿三另辟蹊径，说了一个新观点。

里昂摇摇头，接着米拉的话开始分析："首先路西法的心理没有人知道，那些都只是小群体的胡乱猜测而已。毕竟他当时是因为妒忌之心，率领 1/3 的天使在天境举起叛旗。而且，作为晨星的他这般陨落，说不定他的心理会更加扭曲，而且千万年来的囚禁更是这种扭曲的一个强推力。现在神座已空，除了一众天使长之外再无人能掣肘他。而这样高傲的天之骄子，会好好听命于原本位于他之下的天使长吗？他一定会趁着这个机会篡神位，成为神。到时候闹事的就不只是地狱，而是整个世界秩序都乱套，整根梁都不正了。"他说得好有道理，我和阿三只有点头的分。连米拉都故作深沉地点头赞同。里昂不好意思地挠了挠头，全然忘记了他的手刚刚还抓着满是酱汁的蟹脚。

晚饭以后，米拉忽然说天堂已经在紧急召唤，估计准备要开第一次全面的军事大会了。里昂这家伙就是玩心未泯，难得溜出来了一趟，索性和我们去 163 街的米勒屋酒吧又喝了两轮再回去。

我和阿三想趁机套点活儿来干一下。里昂现在已经熟知军情了，他一下子就点出了好几个恶魔和吸血鬼的窝点，说我和阿三可以去帮帮忙。没想到阿三狮子大开口，一上来就问还有没有更大的，比如说魔王利维坦的消息，或者别西卜和亚巴顿的位置。吓得里昂连声否认。阿三挖苦地说："哎，里昂，你可是天使和神祇的结合，神族拿斐利耶，这个职位对你来说未免有点……混得一般般啊。"

我笑了笑阿三："一个系统运作良好靠的是协作，不是靠单干。里昂可

能组织能力更好，带领突击团队能发挥更好的作用。当时为了找你，可是里昂一手把我从阿撒兹勒的魔爪里捞出来的。不过说实话，里昂确实好像没有以前那么……野了。"

里昂苦笑了一下："说实话我们也不知道那些魔王在哪里，像别西卜、亚巴顿和利维坦这些叫得上名号的，都是有足够能力躲过我们眼线的，我们的人要是无意中发现他们了，也未必有那个能力活着回来报信。我们都努力找找吧，大家都想着这场浩劫能早点结束，如果能在天堂和地狱全面开战之前尽量削弱地狱的力量，那自然是好事。"

临分别前，我拍了拍里昂的肩膀，语重心长地说："我觉得你还是争取发挥自己的个性，释放自己的能力。你可是一个在玛雅祭坛里觉醒重生的拿斐利！"里昂笑了笑，重重地点头。

和里昂分别以后，阿三问我接下来我们应该找些什么事情来做。我笑着说："去 Costco 买纸巾，然后回去谷歌搜一下新出的女优和番号。"

"正经一点。"阿三义正词严地说。可是还没有到家，他就求着我把好看的番号列表都发给他了，而且这可恶的家伙还想要步兵不要骑兵。

"不知道啊。我们两个可真比所有的驱魔人同行都出格多了，就是歇不下来。别的驱魔人，顶多也就在职责区域里狩猎一下作恶的怪物，协助中立者联盟收集一些基层的怪物治安情报，做一个没有编制的超自然警察而已。而我们两个，在这一行里混着混着，一个觉醒成了拿斐利，另一个被吸血鬼咬了以后神神兮兮，还到炼狱和地狱都去闹了一趟。你让我选的话我肯定挑点有经验的事来做，要不我们比天堂大军还率先去地狱，再闹腾一次得了。"我自己也不知道自己胡侃了些什么鬼。

哪知道阿三大腿一拍，兴奋地大喊："好啊好啊！我们就去地狱好了，我也想见识一下，好兴奋啊。"这家伙没发烧吧，他还真以为这是随随便便说走就走的旅行啊？

阿三继续怂恿道："你看，我们不是要看看夜骑士敖克有没有履行他的承诺嘛，你不是想知道之前你救回来的那些人有没有被报复杀害嘛，我们现在闯一闯路西法的老巢，再搅和成一团乱，等于也帮天堂打响了头炮啊。"

"要是像米拉所说的那样，敖克吞噬母亲大人以后已经完成了实体化，那么他现在已经是很强大的存在，我们未必能够匹敌啊。你可别忘了，他只是假装和我们'交易'，实际上利用了我们而已。他还是我们的敌人，我们的死对头。"

"那我们做好准备再去嘛。事情都是一物降一物，相生相克，不可能他实体化了，就没有人能对付他了。只要有这样的方法，我们都可以试着去弄死他！"阿三的谈判技巧确实长进了不少，我投降认输了。

第 6 章　助攻天堂，再下地狱

第二天我醒来的时候，阿三已经在收拾装备，把弑魔刃和天使之刃都磨锋利了。他喊我赶紧梳洗好马上出发。我突然间想到了一个强有力的反驳答案："大哥，我们想去不是不行，只不过上次我是意外被母亲大人弄进炼狱里去，然后误打误撞进去地狱里的，你让我再去一次，我也不知道应该怎么打开通道入口啊。"

阿三一下没了精神："对哦，那我们怎么办。"他颓唐地坐到了沙发上。

我走进浴室打开莲蓬头，把平时高歌一曲的时间用来反复想了又想。我们可以再去科罗拉多尝试着在那里在打开炼狱之门，因为除了母亲大人的亲自施法以外，当时漂流队员唐尼就是意外到了炼狱。只要到了炼狱，我们总会有办法找到那条小溪，然后穿移到那个可以进入地狱的火山口。又或者，我们可以抓住一个恶魔然后严刑拷问，之前我在火山口见到不时就有恶魔从那里溜向人间，他们得首先知道怎么从后门溜走，其次就是他们知道从火山口出来以后直接对应人间的哪个地方。

在我关掉莲蓬头，走出浴缸用浴巾擦身的时候，忽然灵光一闪。之前我在地狱是依靠升天灵魂的带动从下面返回人间的，那么要是这一次以同样之道反而行之，会不会起效呢？要找到往下走的灵质，最简单直接的还是恶魔。之前我们给魔宠或者恶魔进行驱魔的时候，我指的不是米拉里昂他们那种用天堂之力驱魔的方法，而是我们驱魔人最原始的方式，念拉丁文驱魔咒，被恶魔附身的肉体里总会钻出一些黑液或者黑雾，它们肯定是回到地狱里去的，那么如果我们能让它捎上我们一程的话……我真是天才。

当然，新的问题又来了，我们怎么样才能让那些黑雾捎上我们俩呢？ 这又是得做功课的环节了。 因为这事我们想偷偷进行，给天堂或者中立者联盟一个惊喜。 要是让他们知道的话，这事肯定又办不成了。 上次因为敖克的事我们搞砸了，这次我们怎么也要弥补回来！

我把我的澡堂版头脑风暴说给阿三听以后，他兴奋得手舞足蹈，差点忘了自己原本人有内急要去厕所上大号。 事不宜迟，我们得马上开展各方面的搜索。 因为阿三之前在地狱那边的势力里混过，多少知道点门路，怎么高效找到恶魔而且让我们也融进灵质里面的任务就交给他来办，而我则钻研更为冷门的，如何手刃实体化的夜骑士。 地狱突袭战的序曲已经奏响了！

接下来将近两天，我都浸泡在各个有书的地方，尤其是收藏了一些宗教书籍的各个教堂、礼拜堂等场所。 阿三则是回到免费提供电子数据库的学校，开始翻找文献。 就在我们两天下来几近一无所获，都快要放弃这个方法从而转投"重游科罗拉多"方案的时候，米拉那边传来了最新的消息，天堂的大军已经部署完毕，就在明天，七大天使会联手用天堂之力全面打开天堂之门，到时候天堂大军的第一梯队则会强攻地狱口，把炼狱和地狱完全分隔开，而七大天使会联手合力将火山口这个通道彻底封闭。

这样一来，我和阿三这支精英奇兵只能贯彻找恶魔搭顺风车这条老路，最好还能在天堂攻入地狱之前到达，乱了他们的阵脚。 况且地狱遭到天堂的全面进攻，所有大人物都要去撑场，像昏骑士夜骑士还有七魔王剩下的几位也一定会出席，这样一来正是地狱空门大露的时候，是绝好的时机。

我和阿三开启了疯狂阅读模式，灌进去的知识多到简直像修了一个神学博士一样。 在把那些像《Binsfeld Classification of Demons（宾斯菲尔德恶魔分类）》的名著快翻烂了以后，终于在一本没有封面名字的影印书里找到了眉目。 那是一本有手写批注的影印本，估计是残本或者孤本，尽管那些欧美人手写的字母对我来说仍然有很大的阅读困难，但因为那一段印刷体有提及相关东西，我才耐着性子读下去。 换作平时这样的书，可能我甚至都不会打

开它。 有时候调研这些东西，还是和运气沾点边的，不是吗？

在那些笔记里显示，在驱魔人或者神职人员念咒驱魔的过程中，周围的空气场其实都在发生着一些变化。 在弑魔刃浮出水面以前，驱魔人曾经尝试过多种方法把驱逐出来并且试图逃逸的恶魔灵魂困住，然后加以消灭。 在18世纪中叶，曾经有少量恶魔附身以后混进东印度公司的船队，在把加勒比海地区的蔗糖运到欧洲以后，又随着船队前往印度，把鸦片运往东亚和东南亚。 那时候正是第二次鸦片战争前后，马神甫事件发生之时。

笔者认为马神甫是一个已经腐化堕落转向恶魔崇拜的神职人员，当时正被恶魔附身。 当地的一些宗教团体曾经把神甫捆去庙堂进行作法。 记载上说在作法之时曾有黑雾现象发生，黑雾弥漫在空中久久不能消散。 就在仪式还在进行中的时候，当地的土豪劣绅连同横行的乡勇团冲进来打破了这一切，黑雾还是凝成龙卷风的形状向外逃逸，当时有个法士奋不顾身地扑了上去，结果被黑雾包围其中，后来凭空消失。 马神甫体内的恶魔已经被驱逐，但是他已经坏到了骨子里，该发生的一系列事情还是发生了。

我兴奋地把要点都整理了一遍，过去跟阿三说已经找到案例了，可以一试。 幸运的是，阿三也有了一点成果。 他拿着当时我从俱乐部带回来的那截蜡烛，对比了很多文献，甚至连符号学，建筑学里的柱式研究都涉猎了个遍，终于找到了一个参照物。 蜡烛上的刻纹，和秘鲁境内古印加帝国遗址里的神殿柱很相像。 那个神殿曾经被称作镇魂神殿，是保护亡魂顺利从人间飞渡上天堂的。 在它的保护之下，一切无形邪物和不净之气都会被排除在所保护的场所之外，虽然对邪物没有攻击力，但只要它们靠近，力量就会被一点点净化削弱。

当时敖克正是被这些蜡烛驱挡在外，他附身了阿三，以及附着在刀刃之上，才从无形转为有形，顺利进入了保护圈。 在阿三用黑刃刺中母亲大人之时，敖克用全身力量去吞噬母亲大人的灵体，从阿三体内和刀刃上走了，又因为蜡烛的作用，他被驱逐出了那个空间。 在那以后夜骑士敖克获得了母亲大人的力量，自身能力大大增强，但是他的实体化不是量变到质变的自然过程,而是一个需要消耗一定时间和极大力量来完成的步骤。也就是说,他在完全消化掉母亲大人的灵体和力量以后,还得通过一定时间来完成他的实体化,而且力量会变弱。

阿三在看完那些文献以后终于感到后怕,他说:"要是我们听他的话,并且成功绕过母亲大人的阻挠把蜡烛给弄灭了,他在那个洞里被释放出来,那么母亲大人还是会被消灭,但是他肯定会占据我的身体不再离去。这样一来,他完全省去了实体化所消耗的力量和时间,那么我的灵魂会被他完全吞噬,他会更加强大,而我和母亲大人一样,沦为他的食物永不超生。"阿三这么一说,我也深深地后怕,半边头皮都麻掉了。

至于夜骑士为什么一开始不直接吞噬掉阿三的灵魂,占领他的身躯完成实体化,我们的猜想是,他那时候并没有足够的能量完全挤占掉拿斐利的灵魂,并且控制整个身体。但是母亲大人的本质是一团红雾,而他的阴影和她算是同质,而且力量强大,必然是他的首选。而假使他真的把阿三吞噬掉完成实体化了,那时候的他力量不足非常脆弱,就等于完全暴露自己让我或者母亲大人直接把他置于死地了。

我说:"那么他这会儿实体化所需要的能量消耗这么大,他肯定不会满足,一定会去吞噬更多。他完全可以既遵循我们订立的约定,把别西卜和亚巴顿找借口吞噬掉,让自己力压昏骑士成为地狱的一哥。等到路西法复活之后,他分分钟贪心不足,还会想要把这个被囚禁了千万年的主子也一并……"

"所以现在地狱的情况是瞬息万变的,我们必须先下手为强,在它进一步恶化之前尽可能地阻止。我们赶紧找一个恶魔回来试试吧。"阿三说。对于这个文献上未竟的实验,就由两个驱魔人的后起之秀来画上完美的句号吧!

我们用了整整一天的时间去准备装备,我的克劳德巨剑已经从Blacksmith(铁匠坊)里寄过来了,我提起来,重量适当,而且在剑身上可以弹出清脆悦耳的震鸣声,我和阿三一下就爱上了它。可惜,它却只能成为摆设,派不上用场了。

阿三问我为什么，我说："你看，把母亲大人灭了以后那些吸血鬼已经病恹恹的完全没了攻击能力，里昂发来最新消息说吸血鬼的数量在成功围剿下锐减，他们甚至已经丧失了转化人类制造伙伴的能力，你对母亲大人的那一击，可真的是让这吸血鬼族绝子绝孙了！"

可是我和阿三觉得甚感可惜，最后还是花了2个小时帮它开锋，然后一并藏进了尾箱装备胎的暗格里，用阿三的话来讲："说不定它还能派上用场，让我耍上一下威风呢！"

好了，现在我们就要把恶魔找出来，然后"做实验"了。可是，与其大费周章去捉一个活的回来，还不如坐着休息等他们自己过来。我在查阅有关灵质的文献时，无意中查到了召唤恶魔的方法。尽管我们不能直接把恶魔一召唤来就困在困魔阵中，但我们可以事先在附近埋伏好困魔阵，引他们进去，这样一来事情就会好办多了。

我在记录马神甫事件的要点时发现了一个细节，那就是为什么恶魔的黑雾只是弥漫在四周，却没有逃窜的原因。当时作法的是一些当地的宗教团体，而那个时期在华夏流行的只有东方的宗教，作法的地点是在庙宇，我们可以把这些因素都视为关键。

我们早就知道一般魔鬼是不能闯入圣域的，也就是一些神职机构的所在地，他们会马上被驱逐甚至诛灭。这一点是已经得到证实的，恶魔在进入一般的教堂或者礼拜堂以后会马上化成黑雾被驱逐，但如果进入的是像圣派德里克教堂、威斯敏斯特教堂、坎特伯雷大教堂甚至梵蒂冈区域这样的圣域，恶魔的身体会像被弑魔刀刺中一般，现出黄色闪电然后彻底死亡。可是之前他们作法的地点是在庙堂，应该是异教的庙堂。

这样就好办了，像迈阿密这样的国际大都市圈，一两个异教庙堂怎么会找不到呢。可是好事多磨，毕竟我们在打电话过去"借场地"的时候不可能直说理由，别人会以为我们俩是神经病，报警的话就麻烦了。理由换了好多个，电话也打得发烫了，可负责人对我们仍然存疑，不是很愿意。最后，我们终于在地图上找到了一间不会有人打扰也不会有人拒绝的寺庙，因为那上面写着"永久关停"。 用最新的谷歌街景来看的话，那块地还在出售，建筑还在原地没有动，没有人愿意浪费钱去拆代售空地上的建筑。 现在我们唯有拿这个地方一试了。

寺庙的地点是在罗德代尔堡西郊，一个私人仓库区的隔壁荒地。 在美国，有很多出租给私人或者个体户的小型仓库，就和国内一些临街铺位差不多大小的空间，仓库集中在一个园区里有专人管理，一般就是几十美元一个月外加管理费和税，很多小店或者网店都会租这样的仓库来存货。 一些更高级的仓库配有冷冻和指纹鉴别等功能，一般都是用来作为私人酒窖的。 我们趁着月黑风高，拿齐装备来到了这个仓库区。

这个寺庙周围有一圈齐肩高的灌木栅栏，因为疏于修剪已经不成形状朝着各个方向疯长开了，我们的车子挨着灌木丛停好的话，刚刚可以被遮住，从外面完全看不见。 现在这个时候，仓库区的管理人员都躲进办公室里对着闭路电视打瞌睡，更加不会有顾客前来了，除非是那些租仓库来藏尸的变态连环杀手。 我们小心驶得万年船，这总是没有错的。

明知道没有人，可是在进去之前，我们还是敲了敲门，毕竟这里曾经是供奉神像的地方。 神像已经请走，可我们还是过来叨扰，礼节什么的可以从简但不能缺。 我们在向着四方都表示敬意以后，才开始我们的仪式。

我们拿着喷漆罐和马克笔，在所有门窗和我们头顶的天花板上画好了困魔阵。 在再一次检查了我们身上的武器还有应急用的圣水以后，我和阿三开始准备召唤仪式。 尽管对于恶魔我们见了不少也灭了不少，但对于召唤他们前来这样的新玩意儿，我们还是感觉既紧张又兴奋。

我在困魔阵外放了一个大银盆（我以制造强力圣水的牵强名义向傻憨憨的里昂骗来的），然后开始依次往银盆里放入了坟墓的草和土，黑猫的耻骨，染上血的法医撕成的布条以及用墨水养了 3 小时以上，通过根茎由内而外染黑的姬瞿麦碾磨而成的碎末。 我在念动拉丁语咒语的时候，阿三用喷火枪把盆里所有的东西一同点燃了。 大约在过了五六秒以后，原本正常的蓝黄火焰兀地一明一灭，然后火焰变成了紫色，而且颜色还在逐渐加深。 最后，火焰

竟然完完全全变成了看不见的黑色！

　　要不是我们开着手电，看到银盆上方还扑着热浪，我们还会以为这火焰已经彻底熄灭了呢。就在这时候，银盆突然炸裂，里面的残余物连同灰烬一起朝四外散去，带着暗红的光。之后，银盆本来所摆的地方弥漫起一阵充满硫黄气味的黄烟，呛得我和阿三眼泪都流下来了。这下好了，等下走进森林里也不用怕被蛇咬了。在烟雾渐渐散开以后，因为门窗紧闭很呛，但总算能看清了，那个黑眼睛，两只手臂上分别文了一对蝙蝠翅膀和一个金黄色骷髅头的，正是一个被恶魔附身的青年嬉皮士。

　　我和阿三是蹲在地上念咒作法的，估计那个嬉皮士直视前方，在烟雾中一下子没有发现我们。他往四周看着，轻佻地问："把我召唤来，有什么心愿就直说吧，我可以……"就在这时候，他已经看到正蹲在地上的我和阿三，马上现出了一种说不出的惊讶表情，就好像是在饕餮一顿以后，发现自己吃的"佳肴"全是排泄物和腐肉白蛆一样，那种心情和表情可不是笔墨可以形容出来的。

　　"是，是……是你们！"几乎绝望地叫出来以后，他转身夺路而逃。门窗都早已经被我们画了驱魔阵，他的手一粘上去，就再也松不开，被困住了。

　　我对着阿三开心地摊开手："哈，我赢了，20美元拿来！"我和阿三打赌，恶魔被召唤出来以后会向前进攻还是往后逃跑，还是笛哥神机妙算。这一来，都够我去Pembroke Pines（彭布罗派克斯）市在一个著名的亚洲自助餐厅Chow Time撮上一顿了。

　　我和阿三开始靠着他站住，然后念动驱魔咒。在古老语言的催使下，恶魔现出了痛苦的神色，开始往空气里呕吐黑雾，耳朵和眼窝也渗出了一丝丝浊黑的黏液。他吐出来的黑雾并没有凝成一团往地上钻，而是分散弥漫在周围。我们成功了！

　　我和阿三早已经商量好，如今只等默契地行事了。阿三伸出脚往另外一边门上猛力一踢，门被踹开了。同一时间，我向着门顶画好的困魔阵抛出短刀。短刀"嘟"一声轻轻插进了木门里，驱魔阵受到毁坏。这时候弥漫在空中的黑雾开始汇聚，恶魔已经离开身体的男青年倒在了地上。他应该没什么大碍的，没有时间去管他了，我和阿三扑向了那些正在快速汇聚的黑雾。

我感受到了一阵强大的吸力，把我整个身体吸离地面飞到半空，又从半空以比自由落体更快的速度往门外的地面冲去。尽管现在我视线里所有的东西都已经蒙上了一层黑纱，但我还是可以看见寺庙外面那块地面是沥青铺成的，要是这次失败了，我和阿三一定会是史上第一对在平地都可以摔死的难兄难弟，而且死相一定是脑浆迸裂非常恶心。

在这样一个惊险的画面下，我吓得闭上了眼睛。可是过了好几秒，脸上和头上都没有丝毫痛觉，我也没有失去意识。我睁开眼睛，眼前一片漆黑什么也看不见，我自然看不见阿三是不是在我旁边。我想发声叫出来，可是我明明感觉喉咙和声带都在震动了，就是发不出任何声音。这时候我没那么害怕了，因为我脑海里对死亡后的画面想象，就是看到自己躺在地上已经冰凉的身体，但现在情况不是这样，我自然也放松多了。一放松，知觉就慢慢回来了，我能感觉到一些大块砂石在我脸上快速蹭过去，不过可能因为我被包围在恶魔的黑雾里，所以感觉不到有什么痛感。

很快，那团黑雾发生了剧烈的震动，而且四处乱晃。我想，这家伙是发现我和阿三正在他身上"偷渡"，想把我们甩出去。我想找些什么抓在手里，好让自己有些安全感，可是试了好几次，还是什么也抓不住。幸好，我好像是长在了他的身体里一样，无论他怎么甩，我就是安然无恙地在里面。我试着对着四周狠狠挥了一拳，果然我能感觉到自己周围的黑雾绷紧了一下，似乎真的挨了一拳。哈哈，这趟地狱的单程之旅，居然是个愉快的开头。不过呢，我吴笛做人不会得寸进尺，既然我现在已经在人家不情愿的情况下顺利搭上了顺风车，我再这样折磨他可就有点不厚道了，于是我决定不打他了。

我不知道这恶魔下行的速度是有多快，不过这都已经过了1分多钟了，周围还是一片漆黑，我开始有点疑惑。如果刚才我和阿三召唤两个恶魔分搭两趟"顺风车"的话，速度会不会快一些呢？哎呀，我是有多无聊。

忽然间，前方有光亮传来，我们快到了！伴随着一阵局促的心情，我们冲进那一片光亮里面了。这时候，我终于看到，脸色吓得有点发紫的阿三蜷缩成一个随时准备摔地上的姿势，眼睛紧闭着。看到光亮以后，他也看到了我，知道自己没事以后，他的眼神里迸发出喜悦，重新恢复成好奇宝宝的模样，开始四处观看周围的景色。阿三的鼻孔要是再大一点，简直可以上亚洲电视台参加比赛，朗诵孟浩然或者晏几道的诗歌了。

我一看下面，顿时腿都软了。只见我们的下方，有一个手掌大小的红点，红点前方有几点金光呈一个朝上的书名号排列着，那个红点正是连通地狱的火山口，此刻正沸腾着往外不断涌出黑眼或者红眼的恶魔，从书名号阵型的两边一字排开，直到岩浆和魔王的金光照射不到，那些恶魔与无边的寒冷黑暗融为一体。

那些金光一共有四团，算上七魔王里仅存的利维坦、别西卜和亚巴顿，剩下正中间金光最强的那个，应该就是久闻而未见的昏骑士阿斯蒙杜斯了。在核心队伍里不见夜骑士敖克的身影，再加上别西卜和亚巴顿还安然无恙地站着，那么说明他还没有完全达到他的巅峰状态。说不定，此刻，他就在暗处伺机施行些什么阴谋。

看到地狱的大军以后，我连忙朝头顶上看。此时，头顶那颗蓝色的月亮已经从我上次看到的弦月，扩大而即将成为望月了。上次我看到它时明明是下弦月，理应朝着朔月，也就是月亮消失的方向来走才对，可是它却反其道逆而行之。现在我是看得很清楚，那颗蓝月上大陆还有南极冰洲的轮廓，都在说明着这就是地球。地球蓝月上，一道道白光也一字排开，是天堂的队伍！

如果费力定睛一看的话，还能看到天使的羽翼在这个空间里已经全部显现出来了，而为首那神威凛凛的天使长，皆长有六翅，而且有着不容侵犯的神圣感。我看到了加百列，正是位于左侧中间，如此看来，加百列是四位天使长之一。

这个画面和莱蒙锡克迪给我看的画面有所出入，但这个天堂地狱大战一

第 6 章 助攻天堂，再下地狱

触即发的时刻，却是千真万确的。我当时没有料到，我会亲眼见证这个时刻，而且是和阿三以这样的方式见证。可是地球明明是在天使那里，我们从地底下钻进来，怎么不是从地球往下冲去，而是在没有人注意到的茫茫宇宙的一个角落里呢？

然而我们并没有时间考虑其他乱七八糟的事情了，因为我们已经越来越接近地狱那一方，就快要到火山口的正上方了。对于这个恶魔，我不确定他是会直接穿过火山口回到地狱大本营，还是在见到这样的情形以后站到恶魔的阵列当中为己方增添力量。我们不能随它摆布，要是他飞到魔王那边，我和阿三被认出来然后直接被打散岂不是白白牺牲。不行。我又吼了阿三一下，可还是没有任何声音发出，不管了，我要为我们的小命负责，只有一搏了。

在快要到达火山口的时候，我掏出身上的天使之刃，狠狠扎在了黑雾当中。只见我们周围的黑雾开始透出淡黄色的闪电，我在内部把魔鬼杀掉了，我和阿三开始往下面掉去。如果我算得准的话，以我们现有的向前的速度下落，应该可以掉进火山口中间那个地狱入口里面。这种赌博的紧张感在数秒之间一下绷紧了我的神经。刚才我打赌赢了阿三，这一次我也一定可以赢的！在越来越靠近地面的时候，我看到了昏骑士的侧面，还有在地上的他的倒影。那里有一双黄色的眼珠，正反射着精光。

掉进熔岩里的瞬间，那种熟悉而纯粹的炽热再次向我袭来。可是这一次，不知道为什么，却没有上一次那么痛苦，反而我感觉皮肤上有什么东西痒痒的。不管怎样，我和阿三总算完美降落，在魔王和地狱骑士的眼皮底下溜进大本营了！

浮在恶魔坟墓的灰雾中时，阿三显得特别兴奋，他拉着我的手低声笑着说："笛，我们终于来到地狱了耶！我们赶紧去尽情地搞破坏吧！"

可是我还处于震撼之中，皮肤上那些瘙痒也顾不得了，头脑放空，呆滞在半空中。阿三这才看出我的不对劲，轻轻摇着我的肩膀问我怎么了。我回过神来，对他说出了一个刚才我看到的，很吓人的事实："刚才我看到昏骑

士阿斯蒙杜斯的侧脸了。"

"然后呢？他脸上有麻子还是长水痘或者文身了？"

"你记得我们刚来就去过的那片墓地么？就是驱魔人怀特葬身的那个地方，旁边有个恶魔教堂……"我尝试着提醒他，勾起他的一些回忆。

"我记得，里面还有会动的血色壁画嘛，上面还画着路西法的肖像。后来那墙倒了嘛。"阿三都记得。

"对，刚才那个阿斯蒙杜斯的侧脸，和墙上那个你说好帅的路西法，长得一模一样，就像是……"

阿三打断了我："就像是米拉和费列罗那样的孪生兄弟。"我点点头。

"当时路西法在被打入地狱以后，凝聚自己所有的恶形成的阿斯蒙杜斯，其实就是路西法自己的一个分身……"我还在说的时候，阿三已经扯着我往下飞去了。"行了别念叨了，咱俩也不是地狱骑士的对手，我们只管好好地在空巢的地狱里打场轰轰烈烈的二人突击战，把他们的大后方都给搅烂！"阿三说。他说得也是，我挣开他抓着我的手，和他一起飞下去。

地狱看来是过于相信天堂的光明正大了，后门这里没有再设守卫，估计是全员出动准备开战了。可是他们忘了，中立者联盟并不完全受天堂控制，而中立者联盟下辖的驱魔人组织可是有两个出了名要管大事的驱魔人，吴笛和萨米特。我和阿三轻轻巧巧就从恶魔坟场的地狱后门溜了进去。想不到这个讨厌的地方，我吴笛还要在到此一游以后"再"到此一游。看来上天也是觉得我上次下来转转的时候，下手太轻了。

在来到地狱的"都市圈"以后，阿三嗤之以鼻："你看看那些什么七魔王什么地狱骑士统治下的地狱，多差劲！连我家乡加尔各答的市郊都比不上！"

"得了吧你，我们是来搞破坏的，哪还要帮人家打分。"我说。

"那你说我们应该从哪里开始着手呢？"阿三看着我，"不如，我们先去那个折磨灵魂的地方吧？之前我就在那里受过很多终生难忘的痛苦，我想地狱从那个地方开始崩塌！"

第 6 章 助攻天堂，再下地狱

"可是，上次我来这里的时候已经光顾过那个地方，把所有的受难灵魂全放走了耶。 不过我们上次吃螃蟹的时候，里昂说他在带队扫荡恶魔疯狂积攒灵魂的据点，说明地狱可能为了弥补那些灵魂的数量又大肆搜刮了不少，去那里的话我们很可能会有斩获，况且……"我用拇指往自己身上指了指，"你笛哥我熟门熟路。 走吧！"

我顺着红眼魔给我的记忆去寻找，然后带着阿三开始朝着兵工厂再次前进。 上次我来的时候在街道上还不时看到那些流离浪荡的怨念，可是今天居然很奇怪地全消失不见了，街上空无一人，这种落差很怪异。 难道那些怨念都被夜骑士悉数吞了？ 还是他们也被推进兵工厂变成了一个恶魔士兵？

很多念头扑了上来，越想我感觉越不对劲。 即使这里是地狱，但周围的气氛对比起上次有点过于寂静和萧杀了。 我开始感觉有必要和阿三加快脚步了。 可就在我们从小巷里拐弯到大街上，准备朝着对面一条捷径冲过去时，我只感到旁边楼房的暗处忽然透出一股冰凉的寒风。 在地狱里应该没有空气一说，我的大脑告诉我：有危险。 我把阿三往马路上推出去，自己则一个后仰，压下腰刚刚避过了射出来的一道黑光。 有埋伏！

黑光没有打中我，但是敌人没有给我喘息的机会，一个暗影从黑光传来的方向朝我扑了过来，手上还带着一道寒光。 对手从阴影中跳出来以后，我看清了那是一个黑眼魔。 我压低的腰已经快到我的极限了，我再不变动作的话只有死路一条，我伸出一只手在地上一撑一按，我往前方回弹过去，右肩用力一扭，后背就落到了地上，我伸出脚朝着恶魔的腹部一蹬，然后一个鲤鱼打挺重新起来，抽出天使之刃在他起来之前狠狠插了下去，他已经被废了。

我还没来得及抽回刀并且朝阿三那边看去的时候，"咻咻"的风声已经在我推阿三的方向响起了。 我扭头去看，只见阿三已经和两个黑眼魔打来了，我的余光还看到在那条我们即将进去的捷径里，还有好几个恶魔正在冲出。 我的后背又传来了疾风一般的攻势。 我下意识反身挥刀去阻挡来势，可是冲来的是一道黑光，尽管有神力的天使之刃总算替我挡下了，我的手臂也一阵

发麻，而且抖得很厉害。

我用右手按住发抖的左手，也不管来者是红眼还是黑眼了，先往阿三那边跑，替他解围以后相互照应且战且走，脱逃的成功率就会大很多。明明刚才我已经在火山口见到这么多的恶魔，地狱里所有能排得上号的人物都出战了，怎么这些巷角深处还涌出这么多好像预先埋伏好的恶魔呢？

阿三不愧是我的好搭档，我赶过去的时候他已经纯粹运用格斗技巧把围攻他的两个恶魔送到坟场里去了。这还是他完全没有发动禁忌天堂之力的状态下。我和他后背贴后背，再次双剑合璧奋勇作战。我说："你把你的能量先留着，用人类的力气跟他们先掐着，我们等一下脱逃的时候，还得依靠你来出奇制胜。"

"明白了。那我们现在是杀出一条路先逃跑吗？"阿三问。

"那还用说，"我把一个靠近我的恶魔扫腿绊倒，"你不看看四面八方这些该死的家伙还在涌着过来吗！"我用力刺下去，一道黄色闪电亮起，恶魔瓦解成灰雾，然后消散不见了。看到这个画面以后，我才记起来上次我赤手空拳下来，是把录好驱魔咒的录音笔作为恶魔手榴弹的。现在这种恶魔数量众多的情况下，驱魔咒会是很好的解围工具。我一边挥刀劈开靠近的恶魔，一边提气开始朗声念起驱魔咒。很多恶魔在听到咒语以后开始慢慢现出痛苦的神色，黑色的血筋在脸上盘桓突起，然后开始抽搐倒地。可是还有少数几个眼睛完全变黑以后，伸出了黑色的翅膀，朝我竭力攻来。

我加快了念咒的速度，挥刀又解决了两个趴在地上差点抓到我脚踝的黑眼恶魔。在我的咒语念完以后，在场半数的恶魔都化为灰雾消散了，可还有半数的恶魔，有些脸上的黑色血筋开始慢慢消去，有些居然毫发无损，只是神情好像有点恍惚而已。他们缓过神来以后，又一次劲头十足地朝我和阿三攻来，还射出了一道道的黑光。

为什么他们连驱魔咒也可以无视？这些看起来和普通黑眼恶魔长得一模一样的东西，难道并不是真的恶魔？他们那些发出黑光的攻击，我真是前所未见。可是如果他们不是恶魔的话，我念动驱魔咒的时候，他们要么现出黑色血筋，要么神情恍惚，这又是为什么呢？

不管怎样，现在恶魔已经被我们消灭一半有多，我和阿三突围逃跑也容易多了。我和阿三朝着恶魔数量最为薄弱的西边发起冲锋。驱魔咒现在已经失去了作用，我们两个杀出重围只能靠拼刺刀了。

幸好，天使之刃和弑魔刀还是对这些生物起作用的，只要能安然无恙躲过那些射过来的黑光，他们和普通的恶魔无异。该死，这难道是地狱研发出来的新品种？好在他们是不能连续发射那些黑光的，需要隔一段时间才能发动，而且在那以后他们就处于很脆弱的状态，基本没有还手的力量，这给了我和阿三一个很好的喘息和反击机会。

三面的追兵都在朝我们涌来，但起码前方快要被我们打通了，可以冲出去了。就在这时，有四五道黑光从不同的方向朝我们急速射来。神奇的是，其中一道黑光打中了一个恶魔，但是却从他身体贯穿，毫不减速地继续朝我们射来，而那个被射中贯穿的恶魔，居然安然无恙。眼看着已经避无可避了，阿三的眼睛开始变成白色，他要发动他的禁忌天堂之力了。

一道白色的光芒从他胸口发出，迅速扩大形成一个防护罩一样的东西，把我和他笼罩在其中。然而有一道黑光更先一步，在白光把我完全包裹之前，把我打中了！

黑光击中的是我的右腕。然而我的右手除了不受控制地不住颤抖以外，我并没有任何疼痛的感觉。阿三的防护罩已经完全撑起，那些黑光打在上面，消失于无形。我把天使之刃插回皮鞘，用左手极力稳住颤抖的右手。阿三紧握两拳碰在一起抵于胸前，一团白光萦绕在他双拳之中。他问我："笛，你还好吧？"

"我没事……我不是叫你把力量用在关键时刻吗！"用了也白用，我还不是被打中了。

"现在不就是关键时刻吗？笛你中招了，让我来看看。"他伸出一只发光的手掌过来抓我的右臂。我往下留心看的时候，才看到我整个手掌几乎都变黑了！我用左手抓起不受控制的右手在眼前端详，方发现手掌所有细小的血

管静脉,全部已经变成黑色凸浮了上来,就像是一只鬼手一样。那些黑色的血管就跟刚才那些恶魔的黑色血筋一样,而且它还在往我手臂和身体上蔓延!

阿三已经抓住了我的手,他的手心光芒更盛。我的手腕上发出阵阵暖意,把那些意欲循着血管上攻的黑气一点点逼退,那些黑气从我的指尖被逼出,我的手慢慢恢复了血气。"谢谢你,萨米特。"我说。

阿三说:"你别这么讲,等从这里出去以后,可要轮到你请我吃牛扒了啊。"

"好,没问题!为了能顺利出去,我们努力突围吧!"

在防护罩又迎来一阵黑光攻击以后,阿三把它一撤,我们挥着刀重新杀了出去。原本被削弱力量的前方已经重新被恶魔补充上了,可我们趁着他们刚刚发完黑光正是虚弱之时,我和阿三基本上一刀一个,很快就又往前推进了不少。可是前方又源源不断地跑来了更多的恶魔。阿三怒了,两只手又迸发出两道白光,继而他的整个人都被一阵白光所包围。他全身向前微微躬下,然后迅速往外张开四肢全身伸展,一道由禁忌天堂之力组成的冲击波往四周冲散开去,宛若一个刚刚被引爆的炸弹。冲击波所到之处,那些不怕驱魔咒的恶魔全都被掀飞歼灭。

"哈哈,你们两个,我还以为你们会有多充足的准备才会到地狱来,原来还是那么鲁莽,直到现在才勉强抵挡住我的实体幻影术。"听到这个熟悉的声音以后,我和阿三的脸都阴沉了下来,那是夜骑士敖克的声音。

第 7 章　求盟魔王，恶斗骑士

"敖克。"我冷冷地说，"你在哪里！耍的什么花样！"

"我在哪儿也得你们找到我才有意思嘛，你们刚才不就走在正确的方向上吗？"声音又一次在半空中传来。

"兵工厂！"阿三对我说。

"没错，如果你们能及时赶到的话，说不定还有机会亲眼看到我履行我们之前的那个交易哦。"

"你是指除掉别西卜和亚巴顿？可是他们明明在上面……"我没有把话说完，因为我知道眼见未必为真。之前我在上面也确实看到昏骑士的影子里有那双黄色的眼珠。敖克刚才所说的是"实体幻影术"，难道这项法术竟能在昏骑士眼皮底下作假？

敖克没有再传来任何回答。可是那些用实体幻影术制造出来的恶魔还在增援，而且向我们不时发出黑光。中过一次黑光以后，我感觉自己没有刚才那么放得开了，打法趋向稳妥，同时杀伤力也会减弱。我和阿三心照不宣，必须得尽一切力量迅速赶到兵工厂，阻止敖克。他这么说了，说明他已经胸有成竹，不把我们俩放在眼里。只要我们可以充分利用他这份傲慢的心理，说不定可以让他自食其果。老子豁出去了，索性全无章法地乱挥手中匕首，然后撒腿往前狂奔。

阿三叫了我一声，也紧随而上。我知道如果只跑直路的话肯定早晚得被追上或者再挨几道黑光，我不断在小巷和大路中穿插前往，见到前方有堵路

的人也不避反迎而上，用天使之刃和弑魔刀切开攻来的黑光，毫不恋战且战且逃。我们离目的地又近了一大步。

终于，在我们从一条仅一人宽的小巷里冲出来以后，那个熟悉的兵工厂建筑已经在望了。我和阿三分别闪进临近的两个房子的阴影处，准备歼灭一小波敌人以后再进去。很快，有恶魔已经追上来了，从巷口还有其他方向里冒出的恶魔越来越多。

就在我和阿三相视点头，准备冲出去截杀拦路兵的时候，突然间四周响起了震天动地的喊杀声，而且伴随着嘈杂声和厮杀声。难道天使们已经攻进来了？

可是忽然间离我们近在咫尺的地方忽然传出了一阵狼嚎，然后是野兽低吼的咆哮声，再接着就是撕咬声。

一道黑影从我眼前闪过，吓了我一跳，不过幸好那不是恶魔，只是一个狼人。什么，狼人？！

我连忙探头出去看。幸好我身上除了天使之刃外还带着米拉给的那把银匕首，狼人袭击的时候也不至于完全束手无策。可是，这究竟是什么情况。这时候阿三已经从对面街道朝我跑过来了，他说："狼人还有吸血鬼、波罗的海海妖等的怪物开始帮我们打恶魔了！"

"啊？"这到底是……我想了一下，然后说，"说不定，炼狱已经知道母亲大人之死是地狱在幕后策划的，他们讨公道来了！"

"那我们岂不是可以坐山观虎斗？"

"不行，现在有炼狱的人帮我们抵挡住恶魔，我们正好可以去做我们自己的事，一定要阻止敖克。不知道他会不会已经得知炼狱杀过来的事情。我们赶紧趁乱赶去吧。炼狱不是自己人，我们不能和他们套近乎，要知道他们的人也恨不得把我们驱魔人煎皮拆骨扔进油锅。"

我和阿三开始没命地往兵工厂跑去，眼见着狼人一口把恶魔的胸腔撕开，当它们的狼爪摁在恶魔的胸口上时，恶魔身体透出黄色闪电，然后消失不见了。难不成他们狼爪上有驱魔印记？

第7章 求盟魔王，恶斗骑士

在我们快冲进兵工厂园区的时候，两个凶猛的吸血鬼朝我们扑来，准备饮干我们脖子上的血，我们挥刀把他们的头砍下来了。拜托你们不要管我们两个闲人，先把那些像蚂蚁一样的恶魔搞定吧。看来，母亲大人的死只对在人间的吸血鬼一族有消减作用，而从炼狱过来的则还是照样生猛，更有过之而无不及，毕竟那个地方是"杀戮"这个词的故乡。

我带着阿三从卸货区溜进兵工厂。恶魔可能都到前线去抵挡天使和炼狱的入侵了，兵工厂里一个守卫也没有，我们轻轻松松就进了货仓区，很快就会看到那些用来折磨灵魂的刑房了。不知道阿三看到了那些刑房会有何感受。

上次我来这里，把这地方搞得满地倒塌货柜和碎玻璃碴的狼狈场面早被清理干净，已经重新恢复了秩序。可是那些装载灵魂的货架上依旧放满了玻璃瓶，但里面全部是空的。是地狱已经把新收集的灵魂全部"训练"成无恶不作的恶魔了，还是敖克已经把这些无辜灵魂全部吞噬掉了呢？

因为之前我和阿三提到过这件事，此刻阿三正好奇地四处张望，仿佛正在入戏。我看到了那个总控制室，上次我就是在那里利用扩音器把驱魔咒播放给整个兵工厂听，从而收到奇效的。这时候，敖克的声音又响起来了："你们总算是来了，不错不错，也算是有资格来见证这个历史性的时刻。"果然这家伙就是狂妄自大，看来他是随着路西法一起被封印太久，也在昏骑士的光环下压抑太久，因此特别想好好表现自己，刷一下存在感了。不是我有意诅咒他，往往这样的人就注定会坏大事。敖克继续说，"你们到二号刑房来吧。吴笛，我相信你认识路的，而萨米特嘛，你进来就会倍感亲切了。"

我转向阿三说："要不，我进去就好了，你在外面替我看着就行了。"

"里面是什么地方？为什么他说我进去就会倍感亲切？笛！"阿三盯着我说。我能看到他的身体微微有点颤抖，这就说明，其实他内心是知道里面是什么的。

"我觉得，你不会想进去那个房间的。"我只能这么说。

"你想说的，是我不会想进去那个房间，还是我不会想'再'进去那个房

间？"阿三的语气忽然平静了下来，"那里面是地狱的刑房，是吧？"既然他已经说出来了，我只好点点头。

"我确实不想再回到那个房间里去，但我必须进去，我必须在我曾经受刑的刑具上把敖克千刀万剐！"他自我壮胆地吼了这一句以后，就让我带路，说他一定要进去。

既然他下定决心要克服心里阴霾，那我也乐得成全。我们开始往刑房赶去。推门进去以后，我听到身后的阿三倒吸了一口凉气。周围是一片漆黑的虚无，很多怨毒的眼睛在半空中凝视着，一如我上次进来刑房的样子。夜骑士因为还没有实体化，在这片空间里我一下子难以锁定他的位置。阿三在我耳边说："笛你看右边那排刑架的中间。"

我顺着他说的方向看去，只见一个被倒栽葱一样吊在半空中，手脚四肢被铁链缚着呈一个倒"大"字形的，正是魔王别西卜，他的某个部位早已经血肉模糊。在别西卜旁边的，自然是女魔王亚巴顿了。当时神威凛凛的魔头如今落魄而羞耻地双腿张开翘起被吊着，而且被肩上下坠的沉重铁镣压着往下坐。而她的下方，竟是一只在不断摇动的铁铸木马。马上我就看出了这个木马并不是那么简单的，在它的马鞍上有一根粗铁条往上凸起，上面有一朵铁莲花，正随着木马的摇动一开一合。莲花的花瓣不用细看就知道锋利异常，实则是一把把活动的刀片。

敖克仿佛就等待这个时刻，只见亚巴顿原本已经肩负的铁镣上方，两颗铁链吊着的硕大铁球从上方坠落砸下，亚巴顿身躯往下一坐，而摇动的木马使莲花一开一合……算了我移开视线不敢看了，尽管受刑的是一个十恶不赦，我曾经想大卸八块的魔王。但是连对自己人都可以如此残忍，这个夜骑士也真是绝了，我不杀他，我吴笛枉对驱魔事业，也枉为人。呃……当然，被绑着的两个也要杀，不过我会用我自己的方法，用更人道的方式。

我对阿三说："过去救人！"

"什么！救他们？"阿三指着那两个被赤裸吊着受难的魔王说，"他们可是魔王……"

第 7 章 求盟魔王，恶斗骑士

我在阿三耳边说："我知道他们是魔王，也知道他们过去干了些什么。我不是要救他们，而是要杀敖克。以我们的力量不足以杀死他，而我们来的目的之一，就是要阻止他吞噬两个魔王完成实体化。我们先把他们放下来，可以和他们联合起来先把棘手的对付了！"

"我懂了。"阿三说。

敖克到现在都还没有在黑暗中现身，或者他已经现身了，只是我还没有看到而已。但我们可以盯着两个魔王，因为敖克想有什么动作，一定会动两个魔王。果然，他有动作了。只见在亚巴顿的身旁，忽然间有一条巨大湿滑的舌头在她身上舔了一下，舌头上面漂浮着的黄色眼珠呈现月牙状。原来他一直就在两个魔王身旁。我扯了扯阿三的衣袖，示意他留在这里盯着魔王，我慢慢退到房门处，伺机把亚巴顿和别西卜放下来。

眼看着还剩下快跑三步的距离，我就可以到达门旁的总控制闸了，骤然间一盏强光灯打在了我的脸上，一时间我连眼睛都睁不开，可我还是凭着感觉要往控制闸跑去。几乎就在阿三惊呼"笛，小心！"的同时，我的脖子就被一股强劲的力量死死掐住了。尽管在这里无所谓空气和呼吸，可我还是感觉到异常辛苦，血脉的连通被这股力量隔断，颈骨受到压迫痛得我快要死去。我一边本能地用手去掰开那道力，一边强迫大脑控制着另一只手去拔腰间的天使之刃。

我摸到了，掐着我的竟然是一只手。可我的眼睛还是没有办法睁开，因为我的头被固定着动不了，脸对着那盏灯，我根本看不见任何东西。但摸到的那双手让我心底一凉，难道在吞噬了母亲大人还有众多灵魂以后，敖克已经可以随时实体化部分肢体来实施攻击了？

在我快要失去意识的时候，阿三已经赶到我身旁，他深知大局为重，径直跑向控制闸，要拉动闸机。可是"哎呀"一声，他急促地咳嗽起来，我大致猜到，他也被敖克的"手"掐住了。

"你们竟然天真地以为一个阴影会只有一只手吗？哈哈哈。"就在他说话的时候，我终于单手摸到解开皮鞘的纽扣并且安全拔出了天使之刃，我凭感

觉把刀狠狠扎在了掐着我的那双手上。随着敖克的声音发来一阵惨叫，以及我脖子上的力道一松，我知道我扎中了！

一阵焦臭味扑鼻而来，但我摒除了杂念，一心想着把控制闸拉下，放了亚巴顿和别西卜。显然我的这一刀也为阿三解了围，他也算聪明，找了个不知道什么东西往上一抛，并且灌注了他的禁忌天堂之力，使得那东西的射程和冲击力都翻了一番。"咣当"一声，灯泡被打碎，灯灭了。

我已经成功拉下控制闸，亚巴顿和别西卜身上封印法力的镣铐也解开了。敖克是靠着灯光下的阴影进行近距瞬移的，现在他只能缩到两个魔王那里去。果然，别西卜和亚巴顿刚刚被放下来，就有巨大的黑手从虚无中伸出，而且柔软而长，像两条巨蟒一样把两个赤身裸体的魔王给盘住了。

两位魔王毕竟不是那些黑眼小卒，只见两道金光合二为一灿然一闪，两位魔王已经张开了金色的羽翼浮于半空之中，黑手已被逼退。这金光果真有神奇功效，两个魔王不知道什么时候已经穿好了衣服，并且所有的伤口都已经愈合了。只是，铁莲花对亚巴顿体内和心灵造成的伤害，我就不得而知，亦不便分析了。

两位魔王落到地上以后，朝我和阿三点了点头。我领会了他们的意思，我们要暂时放下彼此之间的仇恨，先联合起来把敖克铲除了再说。可是敖克没有消耗能量完成实体化，他现在的实力能去到哪里，还是一个未解之谜。说不定和魔王平级，说不定高于魔王，但两个魔王加上我和阿三，应该能让他永远止步于此。然而我们这边的变数在于亚巴顿和别西卜两个魔王，在经受一番折磨以后还剩下几成功力。这该死的刑房，完全就是夜骑士天然的掩护，是他的隐身衣。

敖克开口了，不过却不是针对两位魔王，而是对我说的："你，你们怎么会有……会有天使之刃！"听他的语气，难道这把天使之刃也是他的克星？

我下意识把天使之刃握得更紧了。我有预感，他肯定会在暗处候准时机来抢的。咦，这会不会是引他主动攻击的一个好方法呢？他可能还不知道阿三的身上还有弑魔刀。我之前问过阿三关于敖克附身于他的事情。一般来说附身以后恶魔或者天使会获得宿主的记忆等信息，可是上次敖克本来能力就不强，为了能吞噬母亲大人，他把自己绝大部分的能量都汇聚在刀上使刀维持黑刃的状态和法力，而他是为了保险起见才把剩下的一丝能量寄存于阿三体内。阿三作为拿斐利，力量自然更胜，他完全有能力把自己的记忆这些重要信息保护起来。

我故意把米拉给的银匕首掉在地上。这是一个无天无地的三维空间，匕首掉在我脚边并没有发出任何声音，但是只要照亮刑架的那些灯发出光线让匕首发光被看见，我的目的就达到了。匕首一落地，我就不管三七二十一亮出反握着的天使之刃用尽全身力气往银匕首上砸去。看来敖克对天使之刃果然很忌讳，马上就上来抢，我一击即中，天使之刃插中遮挡了银匕首光泽的黑色物质，又有一阵焦黑之味随着烟雾散发出来，在插中以后我马上双手握刀狠狠往上拖去，敖克凄厉的叫声传来。我见好即收，马上把天使之刃拔出藏起。

就在这时候有只黑手已经抓住了我的脚踝猛力一拉，我失去平衡往下倒去，我知道我一倒地，马上会有其他黑手趁机抢走天使之刃。我叫了阿三一声，马上把天使之刃往他的方向抛去，谁知阿三已经俯身下冲，我抛的力度和方向有偏差，他没有接住！原来阿三这时候已经掏出了他的弑魔刀斜着往下削来，削去我脚上缠着的黑手。我感觉腿上一松，阿三的弑魔刀也管用了。我当即用手臂着地卸力然后迅速朝着天使之刃抛落的方向滚去。刀越接近地面，就会越危险。

亚巴顿和别西卜已经冲上前来帮忙了。亚巴顿把金光凝于拳间朝着天使之刃下方连连挥舞了几拳，然后身体重心一沉，同样凝聚了金光的脚跟贴着地面扫了一圈。哇，这个女魔头是个格斗高手啊。别西卜配合着亚巴顿，在半空伸出手一捞，把天使之刃捞了过去。他稳稳当当把轻松抢来的战利品紧紧握在手里，没有交还给我的意思。也对，我们本来就不是真正的盟友，这只是暂时性的权宜之计而已。我有能伤他杀他的利器在手，他肯定也会对我更有顾虑的。

我只能让他拿着刀,他的力量变得更强,要是能顺利消灭敖克,到时候我就可以和阿三专心对付两个有形体的敌人,把天使之刃再度抢回了。 敖克要抢天使之刃,除了保护好自己的生命安全以外,我想他也是顾忌两个重获自由和法力的魔王,要有那玩意儿傍身。 反正在场的三方各自觊觎着天堂之刃,都各怀鬼胎就是了。 现在魔王拿到了烫手山芋,我和阿三手上还有弑魔刀,我们和魔王们又暂时是联盟关系,所以形势可以说还是向着我们的。 我们一定要先把敖克弄死才好啊。

阿三把匕首塞到了我怀里,没有说话。 我知道他心里想什么,他是拿斐利,说什么也至少有禁忌天堂之力傍身,而我吴笛只是个凡人,没有刀的话我可以说是没有任何杀伤力的,而且在这样的场合下只能任人宰割。 他没有看不起我的意思,他是在保护我,我知道。 我把刀拿在了手里,准备好尽一己之力。

所谓打蛇要打七寸,忽然之间,许许多多细长的黑手和黑触须在猝不及防之间朝我全数袭来,而且全都有目的地缠绕锁死了我拿刀的左手。 我还没来得及挥刀,左手已经完全受制,我唯有马上用右手去拿左手的刀,可是那些手和触须用力一拉,我左手的刀差点误伤了右手。

阿三和两位魔王见状赶紧上来,可是黑手已经顺利从我手中夺过了弑魔刀,就在下一秒我左手上所有的黑色物质悉数消失,然后我一只腿被东西抓着吊起,朝着刑具被掷去。 那些刑具都是被上了法术的,手铐脚镣像八爪鱼一样朝我四肢袭来,我无奈已经被紧紧锁住。 可恶,我吴笛难道就如此不堪一击?

在我被擒的时候,魔王和阿三已经赶到,阿三向着我原先站立的方向打了好几拳,亚巴顿用金光一下子笼罩了那一片空间,试图封锁敖克的退路。 至于拿着天使之刃的别西卜,对着黑色的虚无连续挥了好几刀。 他最后刺出的一下刀路已老,他却不收回,在那里定住了差不多1秒。 然后别西卜猛一转身把天使之刃抛给了亚巴顿,后者已经事先跃起在半空中捞过短刀,借着下落的劲狠狠插在了别西卜刚才定住的地方。

第 7 章　求盟魔王，恶斗骑士

还说是昏骑士阿斯蒙杜斯的智囊，这样新碗呈旧汤的把戏他又中了一次招，被亚巴顿刺中，并且这一次，亚巴顿成功把那只黑手的手掌整只割了下来！对于魔王这个举动，我不禁连声叫好。我想起刚才阿三替我解围，我去抢天使之刃的时候，我的脚上好像还是缠着些什么东西。我顺着往下看，结果看到脚踝果然还被一只断手紧紧抓着。我们把敖克这些实体化的部分一点点削下，是不是就能一点点减弱他的力量，把他耗死呢？

亚巴顿把割下的那只断手捡起来，然后向着刑具一抛，"咔嚓"一声，断手被刑具捕获锁上了。我又喝了一声彩。阿三看了我一眼，没有去控制闸把我放下来。他这么做是对的，我现在安然无恙被锁在这里反而最安全，下去的话我没有弑魔刀也没有天使之刃，什么也做不了。奈何我吴笛天生劳碌辛苦命，不能有一刻停下来，既然我手脚被铐着不能动，那我索性动用四川人特有的泼辣，开始对着敖克破口大骂。结果骂不到五句，语言我都还没来得及切换，就被不知哪里伸出的黑手打了两巴掌。

"我……别让我吴笛下来，不然我会让你死的方式非常新颖！"话音刚落，我又挨了两下，这次是在屁股。敖克这个被野猪强暴的卑鄙种。

敖克既然伸手来打我，那么就是说他已经自曝行踪了。阿三和我想到一块儿去了，他挥舞着凝了白光的拳头朝我冲过来。忽然从房间的另一方向传来一束白光，刑房的门被打开了。

太好了，天使已经攻进地狱，前来救我们了！就在我这么希望的时候，却发现从外面冲进来的，竟然是那些敖克用实体幻影术制造出来的，会放黑光的黑眼恶魔。炼狱那一边不会是已经溃败了吧？不过无论怎样，对我们来讲情况都不容乐观。

"萨米特，把我放下去吧！我来负责搞定那些喽啰……"我话音还没落下，那些刚刚闯进来的幻影恶魔喽啰全都神色痛苦地慢慢倒地，整个身躯扭曲融化，顷刻之间他们全部已经化成了一大团像凝胶状的黑色物质，拉长而逐渐变细的身体也不知道像是大虫还是大便。这条漆黑大虫倏地蹿起然后往地上一头扎去。两位发着金光的魔王眼明手快，想冲过去截住大虫

的去路，可就在别西卜扑上去想用金光挡开那团黑色物质时，那团东西直直穿透了他的身体，消失在别西卜身下的黑暗中。 这么看来，敖克是把分散出去的能量收集回来，专心对付我们了。 可是在火山口那么多的幻影恶魔，还有两个魔王的幻影，要是他全部撤回来的话，那这一战昏骑士岂不是输定了？

我还是先把自己和阿三的小命保住再说别的吧。 阿三眼看着这一幕，上去把别西卜扶起来也不是，去把我救下来也无补于事，想找出敖克在房间的哪里更是无从下手。

忽然之间，"嗑咯，嗑咯"的声音在房间里回荡起来。 难道，难道！这时候，所有刑具上用来照亮受虐犯人的灯光悉数亮起，近距离的东西基本上都能照亮了，只是房间的背景，还是那些怨念的眼睛和无尽的黑暗。我看到了在刑架的中间过道上，出现了一匹漆黑而只有一双绿光眼睛的高头大马，马上骑着的，正是全身漆黑，但五官、身形轮廓甚至包括手臂、胸腹和小腿上的肌肉都纤毫毕现的敖克。 因为敖克本是昏骑士阿斯蒙杜斯的影子，所以敖克的面容，跟路西法也是像三胞胎般一模一样。 夜骑士现出真身了。

我再看看脚下站着的拿斐利萨米特，和我左前方不远处，并肩而立的两位发着金光的魔王，他们全都呆住了。 敖克在马上威严尽显，似乎跟刚才躲起来扇我的卑鄙小人完全不是一路货色。 就在这架势下，两位魔王倒是开始有点胆怯了。 只见亚巴顿对着别西卜做了一个不知道什么小动作，然后两人居然右手握拳轻捶在左胸上，深深鞠躬表示愿意臣服敖克。

看到这一幕我真是眼前金星乱舞。 拜托两位有出息一点好不好，刚才那厮还想要把你们吞噬掉成为他的一部分啊！

他们这样做，难道是因为他们已经盘算好，敖克现在完成了实体化，应该是非常强横，他们两个魔王即使联手也再没有胜算。 既然他完成了实体化，那么他应该不再需要吞噬他们，他们投靠的话还有大腿可以抱，自己的小命也能保住？ 如果真是这样，那他们的投靠倒是挺及时的。

第 7 章 求盟魔王，恶斗骑士

然而，情况绝对不是这样。我大声朝着两个魔王喊："你们不要上当！他现在肯定只是强弩之末，我们要一鼓作气把他打倒啊！"如果他真的已经完成实体化不再需要吞噬，那么他刚才干吗要把两个魔王锁起来呢！看到情况如此变化，我真是焦躁得全身再次开始发热。

被我这么一喊，两个魔王可能为了显示效忠，同时都对我发出了一道攻击。幸好我还有阿三这个有过命交情的好兄弟，他鼓起他的禁忌天堂之力替我一一化解攻击。

坐在黑色骏马上的敖克发话了："你们两个真是毫无立场，路西法当年是瞎了哪只眼，才会把你们擢升为七魔王。"说着，他座下的那匹马仿佛和他合为一体般，抬起一只前蹄，像前锋在禁区射门般朝着两个魔王踢去。不知怎么，被吊在半空中的我，余光似乎瞟到敖克的身体打了个寒战。

我心里的感觉告诉我，我没有猜错，这个敖克分明已经到了强弩之末的时刻。现在唯一的问题就是不知道他是真的已经完成实体化了，还是暂时性撑着。如果是前者，只要两位魔王能及时识相，好好利用手中的天使之刃，那就可以一劳永逸了。如果是后者的话，关键还是得取决于别西卜和亚巴顿，或者一举不能把敖克灭掉，但至少也可以对他造成重伤。

亚巴顿被夜骑士的马蹄踢飞，而别西卜则被踩在马蹄之下。敖克说："别西卜，亚巴顿。虽然你们两个还算比较听话，先前被我骗来这里的时候丝毫没有怀疑，眼里还是有我这个夜骑士的。但是我刚才对你们百般羞辱而且还想要你们的性命，你们居然还愿意投诚？"显然，他也很怀疑。魔王诡变莫测，要真是这样没有气节，一点也不奇怪。

"现……现在，敖克……敖克大人你完成了……实体化，力量……今非昔比……"在马蹄下挣扎的别西卜艰难地说着。被踢飞的亚巴顿的金光已经隐去了很多，她也颤颤巍巍地走回来站在别西卜身旁，帮别西卜把话补充完："敖克大人，我知道要是跟随您，地狱一定繁荣昌盛，一定可以在您的领导下把天堂那些伪君子击退，从人间收集比以往更多的灵魂。"

"你这样溜须拍马是没用的。但是，我现在人手比较缺乏，我的实体幻

103

影术毕竟还是需要消耗我的能量，地狱七魔王里仅剩下三个，我是不会不顾大局，意气用事折损己方大将的。 你们要感激，就感激路西法当年给你们的魔王金光吧。

"我还给你们说一个秘密。 尽管昏骑士和我管理地狱这么多年，我们的力量只有在封印路西法的枷锁松动以后，才会重新恢复。 你们这群一直想夺权篡位的家伙，只怪你们已经永远失去了这个机会咯。 至于路西法，没错他迟早是会挣脱枷锁重获自由，但是我想在日久天长的传说中人们已经无限神化和放大了他的力量。 实际上，他可能甚至还不如我或者你们一直听命的昏骑士呢。 那个自命清高的家伙。"敖克傲慢地说。 在他看来形势朝他一点点倾斜，他开始得意，竟然都看不起在关押的撒旦了。

漆黑的高头大马把马蹄挪开了，别西卜重获自由。 他狼狈地站起来，悄悄地看了几眼马上的敖克。 我猜测凝聚出这匹黑色骏马所需要的能量也不小，在亚巴顿和别西卜都表示愿意臣服以后，那些黑色物质再次凝成一团，继而慢慢变小，最后只剩下一个目测一米八几的高大男人轮廓，身体被再次塑造以后，敖克以站立在地面的形式再次出现在我们面前。

"为了表示忠诚，我需要你们做的第一件事非常简单，把天使之刃交给我就好了。"说着，敖克摊开手伸到了两个魔王的身前，另一只手背在了身后，那架势透着一股不可觑视的威严。

只要敖克拿到了天使之刃，我和阿三今天就可以看到自己的人生结局了。 别西卜慢腾腾从内侧衣兜里掏出那把天使之刃，刀尖对着自己，把刀柄递过去给敖克。 眼看着刀就要落到敖克手里了，在别西卜把刀掏出来的时候，阿三怒吼一声不顾一切地冲了上去。 在他的盛怒之下，我甚至隐隐看到了阿三背后喷薄而出的白光，仿佛要凝成一双翅膀的形状。 他就如枪膛里弹射而出的退壳子弹，发着白光的双手朝着别西卜的手直抓而去。

就在这个千钧一发的时候，过于集中精神的别西卜和亚巴顿却没有看到阿三正在靠近。 原来他们已经串谋好，在这个时机再度朝着夜骑士发难。 就在别西卜的刀递到一半的时候，亚巴顿的金光骤然爆发，把我这个观众照

第 7 章 求盟魔王，恶斗骑士

得差点睁不开眼睛。不过我可是全神贯注地观战，她的动作我总算是看清了。只见她的右手反手伸出，一把抓向天使之刃的刀柄，手腕急扭，刀尖马上向着敖克，眼看着她用力一送，就要把天使之刃绕过敖克的手臂直插他的胸膛了。

这些事情几乎都在同一时间发生，我能看清都已经不容易，更别说要提醒阿三刹车了。在我张口要劝阻阿三的时候，已经晚了。

火急火燎冲上去的阿三显然没有看到我居高临下看到的那一幕，他不分青红皂白地挥出了一拳。这一拳打中了敖克的手臂，他本来就照着那个目标去打的，可是往前送的三角肌却是撞到了亚巴顿的手肘，把刀路打偏了，天使之刃只在敖克的肋间擦了过去，冒出一小缕微不可见的黑烟。场面极其狼狈。

所谓烂船也有三斤钉，敖克毕竟是鲸吞了不少灵魂（包括母亲大人）强化过的地狱夜骑士，他原本悬在半空被阿三打中的手，五指猛然一张，一道黑光激射而出，瞬间把阿三的白光压了下去。但是照光的程度来看，他的气势和力量还不如亚巴顿。亚巴顿虽说打偏了，但是她毕竟不是吃素的，只见她突然变招，用刀柄狠狠在敖克肋下撞了一下，然后马上抽手，左腿已经奋力踢出，金光闪耀。

别西卜也提气用两手去折敖克发光的手臂。他可能刚才在马蹄下受了内伤，金光已经不如亚巴顿明亮。但他还是顺利把敖克的手臂扳折，并且两手抓着那个发着黑光的前臂，让敖克自己吃自己一巴掌。他这个只是虚招，是在拖延时间，让亚巴顿换招捅向敖克。

我再次清晰地看到敖克打了一个寒战。他已经快不行了，你们三个撑住，再拖他一会儿啊！阿三现在已经调整好了状态，开始再次猛攻敖克。他两个勾拳重重打在了敖克的腹部上，我心里暗暗喝彩。可是情况却没有像我想象的那样发生。阿三的拳头仿佛打在了漆黑的钢铁，不，简直像是打在了黑洞里一样，他拳头上的白光被敖克吸得无影无踪，而且之前我被黑光打中后发生的情形，此刻也发生在了阿三的身上。只见他接触到敖克身体的拳

105

头，从指骨往上，蔓延出许多黑色的东西，沿着他的血管快速地朝着他的心脏涌去。 他打了两拳，如今两只拳头都已经变成了黑色！

我大叫亚巴顿或者别西卜去救阿三，可是估计他们还在对阿三刚才坏了他们的好事而心存芥蒂，他们并没有管阿三的死活。 或许在他们看来，阿三就是一个弱得可有可无的临时"队友"吧。 在不到两次呼吸的时间里，阿三已经痛苦地蜷缩在地上，不断甩抖着自己变黑面积越来越大的双手。 他背后喷出的翅膀状的白光已经消失了，阿三现在非常危险。

亚巴顿和别西卜还在奋力和敖克打斗，可是敖克明明已经是强弩之末，还是硬撑着以实体的形式和两个魔王打了个不分高下。 如今唯一令人欣慰的是，天使之刃还在亚巴顿手中，我们还有胜利的机会。 至于胜了以后魔王会不会马上把我们碾碎，那已经超出我如今考虑的范围了。

眼看着阿三已经快不行了，两个该死的魔王不闻不问，而我被吊锁在半空中什么也干不了，我的情绪变得非常狂躁。 我的四肢不顾痛楚地用力撞击着我身上的镣铐，心间再次涌起一股闷热。 这一次，心头这股热浪简直要把我穿在外面的衣服都烧了一般，就像是火山喷发前岩浆沸腾的那一种焦躁。 忽然间我感觉四肢的皮肤都非常痒，就好像全身瞬间长满了水痘要伸手去挠去抓一样，非常难受。 这种感觉似曾相识，好像在我和阿三一起穿越火山口再次来到地狱时，我也有类似的感受。

除了皮肤瘙痒和体温飙升，我的心脏也越跳越快，我灼热干涸的喉咙好像要燃烧溃烂一样。 我眼前的世界都要变成了红色一般，嘴里犬牙的位置也开始变痛变痒，好像有更长的獠牙要从牙床里把犬牙顶出来，然后取而代之一样。 很多人在临终之前会忽然容光焕发，出现回光返照现象，我现在体内之所以如此沸腾，是快要永远失去体温的前奏吗？ 我体内吸血鬼的血液，终于要觉醒将我转变了吗？ 只要能把阿三救下来，即使要我变成一个只能靠吸血为生，脸色苍白没有体温的肮脏生物，我也愿意！

就在这时候，我的双手双脚好像得到了解放，我重心一失，整个人往下直栽下去。 我的头在下落时狠狠撞在了一个精钢头枷上，痛得我满眼金星乱

第 7 章 求盟魔王，恶斗骑士

冒。什么都不管了，想办法救下阿三再说。我在跑过去的时候往门边的总控制闸那里瞥了一眼，那里并没有人。

我冲到了阿三身前，看他手臂的情况。那些黑色的东西沿着他的血管在他手上爬成了一个可怖的蛛网状，所有进了黑色物质的血管都浮在了皮肤表面，已经过了手肘往肩膀蔓延了。在场的人只有别西卜和亚巴顿有能力救下阿三，为今之计我只能赶紧加入战团，为两个魔王制造可以手刃敖克的机会，等事情完了以后再想办法让他们把阿三救下来。

我正要松开捏着阿三手臂的双手往前跑。可是我惊喜地发现，那些黑色的物质在我的按压下，好像静止不动了！难道我可以把这些黑色物质逼出体外？我索性不管他们在那边打得怎么样了，全心全意先试着救兄弟。我在黑色物质蔓延到的地方伸手掐下去。哇，阿三果然还是坚持有锻炼的，每一块肌肉都像钢铸一般坚硬，比起我们刚开始驱魔，他还顶着个小肚腩那会儿帅多了。

我不断加力钳着他的手臂，并且一点点往下推。奇异的事情就在这个时候发生了。我眼睁睁看着自己的手臂竟然一点点透出了红黄混杂的光，就好像，好像火山口看见的那些熔岩的颜色！我的皮肤变成了通红，我前臂处的血管一点点变成了金黄色还发着光。一股股暖流在我的手心翻涌，而且直有涌向阿三手臂之势。

我能清晰感觉到暖流宛若日光下的海浪一般，一波波送到阿三手上。在我触碰到的地方，阿三的血管竟然也发出了透亮的金黄色光芒，一点点把黑色物质往回推。我也不知道这是发生了什么事，但只要能救阿三就成了。我全神贯注，不断加大力度，不知不觉我锋利的指甲已经把阿三的皮肉划破了。

终于，我的力量战胜了黑色物质的力量，把他们从阿三指尖推出去，化成了迅速消散的黑烟，只是阿三的指甲盖还残留着一些像瘀血一样的黑色物质，要靠他的指甲在生长的同时一点点挤出去了。

阿三恢复了精神，难以置信地看着我："笛，你为什么会有这样的

力量。"

"我也不知道……"我茫然地看着自己的双手,不过我知道现在不适合问这样的问题,敖克那边还没有完结,"我们先帮他们把敖克……"

我抬起头的时候,正好碰上了异常惊险的一幕。亚巴顿一拳打空,差一点被敖克抓住肩膀,别西卜的金光已经几乎完全消散,嘴角溢血倒在一旁,正努力地要站起来。

原来敖克打亚巴顿那一招是虚招,亚巴顿躲开以后,正好给他开了路往倒地的别西卜那边冲过去。我和阿三连忙上去帮忙,我们可不是不顾队友的人,哪怕是临时的。

敖克本来就比我们有速度和距离优势,他轻巧地捷足先登,发着黑光的手张开五指按在了别西卜的胸口上,把正欲起身的魔王摁回了地上。这要是岛国电影的话,定会是一部非常淳朴的作品。然而这不是爱情动作片,只是单单的动作片,恐怕还得加上"血腥"二字。敖克手心拱起,手指用力形成爪状,一下用力,整只手掌插进了别西卜的胸腔里。本来奄奄一息的别西卜绝望凄怆地惨叫一声,然后他的面容从一个冷峻中青年男人剑眉星目的容颜,迅速枯槁下去,手臂裸露的部分也是,血肉如同被抽干一般干瘪下去,敖克在吞噬别西卜!

敖克的动作何其快,眨眼间已经把别西卜吞噬得一干二净。我和阿三都能看到,在他的手从几乎只剩骨架的别西卜身上抽出时,他的身体有一道金光闪了一下。他把手抽出来以后,在地上的别西卜的残骸,瞬间崩散成了齑粉,再也无迹可寻。亚巴顿总算不失时机地在敖克吞噬别西卜时,做出了一个有力的反击,把天使之刃从背后插进了敖克的体内!而且一秒之间她拔刀再插,连续捅了两下!

"干得漂亮!"阿三不禁喝彩,这时我和他已经冲了上去,我挥舞着血管发光的拳头狂揍敖克。

敖克仰头瞪眼张口凝固了足有2秒钟,然后一股浓厚的黑雾从他口中冲天而出,那股黑雾还带着哀恨怨毒的嗷叫和破空响起的呼呼风声。在黑雾冲出那个身体以后，夜骑士刚才凝成的身体像被重击过的瓷器一般，裂成了一地的碎片。 黑雾迅速地朝着亚巴顿撞去，魔王都反应不过来，被黑雾径直打在脸上并且灌了进去。 亚巴顿顿时现出了惶恐绝望的神色，她嘶哑着念叨："敖克……"，仿佛出尽了全身的力气。

第 8 章 旧案真相，逃出生天

我和阿三待在原地不知所措，眼睁睁看着这一切迅速地发生。被黑雾入侵的亚巴顿在嘶哑地说完夜骑士的名字以后，夜骑士果然懂得回馈，女魔王前面平白升了几个罩杯，可以是傲视同侪了。在升了罩杯以后，她的手脚也随之开始肿胀，紧接着是小腹，颈部和头。等到原本容貌娇美的女魔王亚巴顿肿成一个米其林娃娃以后，"砰"的一声，她的身体炸了！在同胞们不知所以然地传播着"令堂炸了"等网络流行语的时候，我亲眼看见一个魔王炸了！我敢保证，不会有人愿意看到这一幕。

这一幕并非单单气球爆炸的声效视觉那么简单。这不是 3D，而是 4D 的，女魔王身体里的一团浊黄色的脂肪飞到了我的额头上，而阿三更惨，招呼他的是半边已经破裂的脾脏！不过幸好魔王的残躯很快就像别西卜一样，这些"零件"都化成了粉末消散，但我和阿三都被这壮观的景象吓到了。敖克把亚巴顿也吞噬了，那么接下来，不出意外的话就是轮到我和阿三两个了。

可是那团就像是实体噩梦一样的黑雾并没有朝我和阿三袭来，相反，在我把那团恶心的脂肪甩掉，用衣服擦了几遍脸然后睁开眼的时候，眼前什么也没有发生。敖克没有伤害我和阿三自己跑了！

这是为什么呢，难道是亚巴顿那两刀已经重伤了他？可是他明明还有力量一举把魔王亚巴顿都吞噬了呀。我身体里那些发光的不明力量此刻已经褪下去了，消失得无影无踪。我和阿三站起来警惕着四周，恐防有诈。

第8章 旧案真相，逃出生天

可是整个刑房里都没有了声响，除了我们慢慢挪步时不小心蹭到或者踢到散落在地上的敖克身体碎片发出的声音。忽然间地上有一丝冷光透出，我低头一看，地上竟然掉落着那把刚才亚巴顿拿在手上伤了敖克的天使之刃！敖克竟然连这个对他来说是天下最顾忌的匕首都没有拿，那说明他真的是逃窜般离开的。在阿三的掩护下，我小心翼翼地把天使之刃捡了起来握在手里。

我们慢慢挪向刑房门口，没有任何事情发生。我们打开门走了出去。外面也是一片寂静，这附近似乎没有发生任何东西。在走向兵工厂出口的时候，我和阿三见到了倒在地上的几具狼人和吸血鬼的尸体。

我们继续往外面走，我已经把天使之刃收进鞘里，手里换上了米拉给的银匕首。兵工厂外同样是寂静无声，不知道刚才和实体幻影恶魔战斗的炼狱一族，到底有没有取胜，不知道天堂和地狱在火山口那个空间里的大战，最后是哪一方赢了头彩。

在路上，我们不断见到炼狱一族的尸体，那些无论是真是假的恶魔在死后都不会留下任何痕迹，我们根本无从考证最后是哪一方占得了上风。不过从炼狱大军的尸体来看，刚才的战斗应当是十分惨烈，他们应该是发动了大规模的攻击。

死了一个吸血鬼首领，至于让炼狱如此盛怒入侵吗？究竟炼狱里有多少种怪物，多少股势力，对我们来说尚是未知之数，看来只有狼人和吸血鬼来袭，这应该不是炼狱的全部实力。

我和阿三朝着我们来时的路走去，希望在那个弥漫着灰雾的恶魔坟场里找到关于天堂地狱战果的线索。路上我们没有遇到多少阻挠或者袭击，就来到了地狱的后门，那个满是弥漫着灰雾的恶魔坟场。这里没有丝毫动静，似乎战火没有波及这里。难道在上面，天堂和地狱的大战还处于胶着状态？

糟了，我们下来的时候没有考虑周全回去的方法，现在我们被卡在这里了。原本想着可以故技重施放走地狱新抓的灵魂，让他们把我们捎回地面去，没想到敖克贪得无厌，把它们全部吞噬了。天使没有成功攻下来，也就

没有办法帮得了我们。

我问阿三:"我之前在火山口旁边,看到恶魔都是跟随着岩浆气泡的破裂冲上去的,我们有没有可能学着恶魔那样,用你的力量一鼓作气冲上去呢?"

"我觉得不是这么简单的,他们肯定借助了什么方法,你也知道普通恶魔是不会飞不会瞬移的,不可能就这么简单往上冲。"阿三摇了摇头。

幸好在这个空间里我和阿三都是可以自由飘浮的,我们决定先慢慢浮上去看看是什么情况。 可是我们很快就放弃了,因为在这些灰雾中待一段时间后,我们开始觉得有什么东西往喉咙里跑,浑身都不舒服。 而且我们在往上浮的过程中,仿佛有一个无形屏障把我们挡着,上升到一定程度以后就再也不能往上了,反而有股对冲力把我们往下压。 我知道这个位置已经很接近火山口了,因为我能感受到熟悉的燃烧感。

灰雾仿佛在把我们的力气一点点抽空,我们被迫只能回到地狱的"城市"里另觅他法。

看到地上那些狼人和吸血鬼的尸体,我忽然想到了什么。 我对阿三说:"这些炼狱来的伙计,肯定是有人把它们放进来的,说不定除了那个火山口,炼狱和地狱还有一个更鲜为人知的出入口。 我们试着找一个还活着的怪物,然后让它告诉我们不就行了?"

"现在我们只能这样了。"阿三说。 有了逃生的希望和方向,我们又重新斗志昂然地开始前进。

回城市里以后,我们四处寻找躲在暗处或者在地上还没有死透的炼狱士兵。 我无聊地一路数着有多少炼狱来的怪物参加了刚才的战斗。 大概在一刻钟的时间里,单单是狼人的数量我就已经数到了 200 以上,而我们路过的区域大概只占这个城市的不到 1/20,还有少量 10 余个身首异处,一看就是吸血鬼的尸体。 要是这支部队同时出现在人间肆虐,所造成的恐慌足以影响动摇整个北美大陆。 有时候这些恐慌并不是说人类没有办法去对付他们,而是在心里早就怯了。

不过皇天不负有心人,我们要找的人,在适当的时机果然送上门来了。

第 8 章 旧案真相，逃出生天

就在我和阿三再一次失望，都快要给躺倒在地上的狼人吸血鬼做心外压和人工呼吸的时候，马上就蹦出来了几个，告诉我们心若在希望就在。

三只狼人从大路两边的小巷里同时扑出，目露凶光，垂涎沾了一下巴的毛。我和阿三面对着突如其来的袭击感到喜出望外，分头扑向两只狼人对着脖子死命把他们掐晕，然后阿三奋力抱住狼人的前爪，让我想办法把它的嘴捆上。可是狼人孔武有力，挣扎得非常厉害。毕竟投鼠忌器，我们还想从它口中获取一些咨讯，不能直接搞定它。在不下杀手的情况下，想要制服它可真没那么容易。

突然间我想到了国内打狼人有句谚语，叫"铜头铁骨豆腐腰"，说明狼的弱点都在腰上。我赶紧朝着死缠烂打紧抱狼人的阿三大喊"踢它的腰"，幸好阿三反应灵敏，马上猛踹了狼肚和狼腰几下。狼人果然像泄气的皮球一样倒在了地上。我和阿三幸亏有备而来带了一小段绳子，我们把绳子裁成几段，把狼的手脚和嘴巴都捆了个扎实，然后两个人把它抬进了就近一栋没有恶魔的房子里。

我踩在狼头上喝令它跟我们合作，我问它在狼人状态下会不会说话。它摇了摇头。"那赶紧变回来！"阿三佯装要再狠踢它的腰，它只好无奈地乖乖变回了人形。长长的嘴巴收了回去，身上的毛也迅速回到了毛孔里，它变回了一个普通男人的模样。因为嘴巴收回去了，套在它嘴巴上的绳索自然也断了，只不过他变短后的双手被绳索勒得更紧了。

"你们是谁？到底想干什么？你们快点把我放了，不然等到第二梯队进攻的时候，你们肯定死无葬身之地！"那个人怒吼，英语里面夹带着不知哪国的口音，我差点听不懂。

"哦？你们还有第二梯队啊。"阿三接上了他的话，"你从实招来，地狱和炼狱有多少个连接口，都在哪里？"看来我和阿三在审讯方面都还是太嫩了。

"呸，我偏不说。"这小子还秀起骨气来了。

"你不是不说，你压根就不知道，就你这种杂兵，死一万个你们首领也不

会觉得可惜的,怎么可能知道这种机密。"我说。

"你说对了,我就只是个杂兵,怎么可能知道这种机密。你们赶紧杀了我吧。"他倔强地把头扭了过去。 嘿,我这激将法居然没用,看来老祖宗的兵书要与时俱进一下了。 不过幸好,这一点我和阿三刚才已经考虑到了,所以才没杀那两个"多余"的狼人。 我们可以折磨它们来向他获取情报,或者直接在它们身上套取情报,凡事留一手还是挺重要的。

事实证明,我和阿三在吞噬了两个魔王的夜骑士敖克手下也能顺利脱逃,连天使之刃都没丢,就说明命不该绝。 大难不死必有后福,我们没理由会以被困死在地狱这种方式来作为人生句号的。

果然,在我们对另外两个狼人稍加折磨以后,那个变回人形的狼人就说出了真相。 狼是群居动物,他不会放任同伴不管的。

尽管他们作为先锋兵知道得真的不多,但也已经足以撼动刷新我和阿三的观念了。 原来这地狱竟然是地球里面一个超越三维空间的小星球! 而炼狱和地狱本是并行的两个小星球,因为炼狱内部一直相互残杀不休,没有精力也没有时间去招惹地狱,而在人间死去的怪物更是没人去追查它们的下落。 毕竟很多怪物开始都是人类,只不过后来被转变了,驱魔人们一直理所当然地认为怪物死后是重新为人,上天堂或者下地狱了。

炼狱地狱两个并行星球不久前在一股力量碰撞之下居然贴到一起去了,两个空间之中产生了两个相互连通的地带,其中一个是从炼狱到地狱的单向通道,另一个则相反。 我两次来到地狱的那个火山口,则是两处通道的其中一个,而那个像月亮形状的地球,正是从那个空间往上可以见到的地球的一部分。 我想,可是我之前都没有发现在火山口以外有星体一样的东西啊? 不过这宇宙奥妙万千,用浅显的物理理论显然是讲不出来的,谁会料到在地球的里面不是所谓的地核地心,而是两个称为炼狱和地狱的星球呢。

我们最想要知道的,是怎么可以从地狱通往炼狱,然后再想办法回到人间。 对于怎么去炼狱,狼人倒是说了,在地狱骑士居住的地下宫殿密室里有条细微的裂缝,从那里可以穿透空间墙进入炼狱的领域。 这两个通道理论上

第 8 章　旧案真相，逃出生天

是单向的，但是炼狱地狱有少数几个重量级的人物，可以打破这个平衡。他们这次就是等准了地狱全员都在外面迎战，乘虚而入，没想到敖克的实体幻影术，让他们第一次突袭空巢落空，并且损失惨重。但是至于怎么从炼狱回到人间，狼人就苦苦摇头说不知道了。也对，要是连他们都知道了，那么人间早就乱套了。

不过我倒是想到了一个方法，在去到炼狱以后，我和阿三先找到那条小溪，然后再回到火山口的空间，如果天使和恶魔还在交战，我们总能找到人把我们送回地面上去。这一次炼狱的头目没有让大军从小溪那里进入火山口那个空间，一来是可能知道天堂地狱会在那里打响第一战，二来是不想让炼狱的家伙们知道有这么一个自由出入的通道。

"这个变数很大耶。要是那时候他们已经打完，天堂已经撤军了呢？"阿三问。

"那就等死吧。"说实话，我真的不知道要是阿三说的真的发生了，我们俩会是什么样的情况。到时候只能指望那里有"信号"让阿三发送传音术了。

"哦，那就去吧。反正在这里待下去也不是办法。"阿三爽快地答应了，也没再细想什么后果了。

于是，我们让狼人带路，前往地狱骑士的地下宫殿。吸血鬼也好，恶魔也好，总是爱往地底下钻，你看我们人类，早在数十万年前就舍弃这种习性了。

骑士的地下宫殿的入口其实不算隐秘，在每一个大厦用灵魂力驱动的电梯里，只要把所有楼层的数字都按亮，再长按着关门键，整个电梯厢都犹如失重了一般直往下坠。幸好只是地狱的电梯会这样，因为这种按电梯的手法在人间被各国熊孩子广泛熟知并使用，搞不好熊孩子们真的自己给地狱骑士们送点心了。

一开始我和阿三都吓得不轻，就像是在没有安全带的情况下坐跳楼机，而且这追魂夺命电梯下降的速度比重力加速度还快，我和阿三有好几秒双脚

都是离开电梯厢地面的。下次再有这样的活动，我还真得再三考虑。对于打架，无论被多少人围攻胜算有多低我吴笛都不怵，但说到过山车或者跳楼机这样的玩意时，我没有缘由地就害怕了。

电梯不知道下降了多久，终于到底了。尽管在后半段电梯开始减速并且兜住了我和阿三，可我们还是重重地摔在电梯的地面上，全身几近散架，我自己都差点开始怀疑我是不是刚从双扑赛场里面出来的了。

可是我们仍没有到达地下宫殿。在我面前的，像一个百货商场里面的商店街。里面的店铺都开着，灯也开着，只是里面一个恶魔也没有。我和阿三牵着三条狼狗在下面走着，竟然像是在逛商场。只不过这里面的店铺可不是奶茶牛杂贴膜美甲，而是卖健美先生或者世界小姐的皮囊，卖避开驱魔人和天使视线的天价法术项链，卖珍稀或者绝种动物的灵魂，甚至还有卖偷渡上人间的名额，等等。看到这些"不寻常"的商品我多少有点像是乡下人进城的感觉，东南西北都看了个遍。

"笛，你看看！"阿三把我叫了过去，我以为又有什么新奇的东西，连忙朝他的方向走过去，可是我却看到了几个躲在角落里瑟瑟发抖的，是上次我下来时看到过的怨念。那些怨念一副极其惶恐的样子，死死盯着我和阿三牵着的大狼狗。很快我发现他们并不只害怕这些狼人，还有另外一样东西在困扰着他们。我隐隐感觉到，那样"东西"是夜骑士敖克。我已经感应到了那强大的黑暗力量。

我和阿三继续往深处走，而且已经做好了再战敖克的准备。可是直到我们走到地下宫殿的入口，他都没有现身。因为电梯下降到了地底很深的地方，在走出有天花板有照明灯的商店街以后，出现在我们眼前的，是在可以看见周围的黑暗中，矗立着的宏伟宫殿。

那是一种我们从没见过的建筑风格，就像是一个印象派画家画出来的，很熟悉很立体却又似是而非的作品。建筑材料是一种发着淡紫色光芒的晶矿石，我想这大概就是我们能看清它的原因。在宫殿上方的一片漆黑中，有几座像壕堡的东西悬浮在上空，但是那上面空空如也，并没有在岗的恶魔。我

第 8 章　旧案真相，逃出生天

看到在城堡外墙不远的地方有两个坠毁的壕堡，其中一个还擦破了一块外墙的墙体。想必是炼狱之前从城堡内部发动进攻的时候打下的。看情形，他们的进攻真是不费吹灰之力，除了那两个已经被打落的壕堡以外，这里面再没有其他打斗的痕迹了。

就连现在，城堡里也是空虚的，连个站岗的门卫都没有，我们翘着手，指挥几个受虐的狼人奴隶把大门打开，然后我们大摇大摆走了进去。

城堡的内部也是充斥着紫光，而且到处都飘着像是磷火一样的蓝焰。那些蓝焰仿佛有灵性，见到我们就躲闪，有几个"胆儿大的"还跟着我们为我们照路，非常可爱。

幸好有嗅觉灵敏而且记性超群的狼人协助，我们在七拐八拐以后，终于在打开一扇沉重的厚重木门，并且移开一个只有装饰性的书柜以后，在非晶矿石造的漆黑密室里，见到一道浮在半空中并且不断蠕动的靛蓝色裂缝。尽管这个空间里没有空气也就没有气流，但是那道裂缝在吸收着任何靠近它的东西，我和阿三都能清晰感觉到。

三个狼人相视了一眼，然后同时发难挣脱了我们绑着它们的绳索，往前一跃朝着那道裂缝尽可能近的地方跳去。只见那道靛蓝色的裂缝瞬间变成了一个带着獠牙状的大口，把他们一口吞进去了。

"我们也走吧。"阿三对我说，然后伸出手和我一起数数。数到三的时候，我们俩同时助跑了几步朝着裂缝扑去。

就在这个时候，周围的时空仿佛停顿了一般，一个熟悉的声音无比清晰地传进了我们的耳朵里。那不是敖克的声音，而是当时在纽约，我在医院醒来以后我们在场所有人听到的，缇娜说是路西法的声音。

"不得不佩服你们二人组的魄力，真的什么事情都敢尝试，哈哈。在我完全重获自由之前，我想跟你们聊一件你们一直都放在心上，但是你们包括你们的天使朋友在内一直都查不到答案的事情。是关于你们一见面就死了的驱魔人怀特身故之谜的。"路西法的传音术声声入耳字字铿锵，而话里的内容更是让我和阿三如遭雷击。

阿三听到这话以后分外激动，咬牙切齿地对着凝固的空间大吼："是你这个混蛋下的毒手？你这个天杀的大魔头，快给我滚出来受死，别以为你长得帅就可以讨得我手下留情！"他最后的那句话，让这番豪言壮语顿时气势全无。不过听到路西法带着挑衅的语气说起这事，我也怒火中烧。

"哟，哟，小朋友，动点脑子，别有什么收不回来的坏账都算到老大哥我头上来。真正的凶手嘛，或许是那个最不被怀疑的人呢？"从撒旦的声音里，我能分辨出他在玩味地笑。

"其实嘛，杀死怀特的真正凶手，是……"他的话还没有说完，我们面前本来已经打开了一半的炼狱之门，继续张开成一个靛蓝色的獠牙大口，一股无可抗拒的拉力把我和阿三都拽进了洞里。

"是你……吴笛。"路西法若有若无的声音在我脑海中逐渐变弱地回荡了两次，才完全消失。

在大约两三秒以后，我和阿三又被从半空中摔到地上。阿三一边猛戳着屁股一边龇牙咧嘴地说："我的屁股疼得都快要开出花儿来了"，似乎完全没有注意到刚才路西法最后说的那半句话。可是我在听到以后，大脑像被炸裂了一般完全不能思考，这一摔我甚至都感觉不到痛。

我才是杀害怀特的凶手？这怎么可能呢！我在心里极力否认着他说的话。恶魔说的都是谎言，根本不可信，杀死怀特的一定是路西法。当初怀特死之时，我和阿三正忙着完成我们的第一桩任务，杀死三个活死人，在怀特死的时候我们甚至都不在场。而且怀特的死，是从内而外被烧焦的，这绝对不是一个普通角色可以做出来的。

痛感如今一下子蔓延上来了，把我的思绪一点点抽空。过了好一会，我和阿三才慢慢缓了过来。可是，一些炼狱的怪物已经循着我们的声音或者气味找上门来了，一来就是五六个看上去饥肠辘辘的海妖，还有食尸兽和活死人。现在这种情况，要是我花钱铸的克劳德巨剑现在拿在我手上的话就爽了，可惜那家伙还没饮过血，就被放在车厢里等着生锈。

我和阿三尽管手里只握着小刀，可是我们相视一笑，神情非常兴奋。从

第 8 章 旧案真相，逃出生天

我们两兄弟久别重逢到现在，就没有这样痛痛快快地打一场群架了，被实力强劲的毁灭者亚玻伦狂虐倒是有一次。

我们抖擞着精神冲进了这群来自炼狱的杀手当中，因为我们相互默契地照应着对方的后背，跟三倍于我们、久经战阵的杀手斗起来也是旗鼓相当。敌方队伍里唯一的一个食尸兽手里拿着一把奇形怪状的兵器。那兵器的形状像是一个"末"字没了一撇一捺，有四把剑刃刃口对外从木柄中伸出。他挥着这把奇异武器直削我的脑袋。

对付过这么多次吸血鬼，我和阿三怎么说也是削脑袋专家，这路数对于我们已是无效，我从容避开，反手握着刀柄狠狠撞了一下来者的手腕内侧，他的手顿时一麻，那把奇异的武器径直往地上掉去，然后我手肘一扭，前臂划了个弧，刀尖猛地插进了食尸兽的胸口。我顺着刀锋的方向一拉，食尸兽马上被开膛破肚倒在地上。尽管他现在已经丧失了战斗能力，不过我总是不能十分放心，等下还得把他的头颅割下来。

我一边和剩下的对手搏斗，有意识地把掉在地上的武器用脚跟往我和阿三的中间踢，等一下再细细研究这些战利品。我和阿三挥着银刀终于在拼尽全力以后才把这五个敌人一一消灭。炼狱里面的怪物身手实在是太敏捷了，我和阿三都受了好几处伤。在这里，个个都是老江湖啊，看来下次再遇到这样的情况，只能用游击或者其他更加聪明的办法，不能再这样咬牙硬上了。即使我们的确把这拨敌人消灭了，但我们身上的血腥味肯定会引来更多的麻烦，我们必须找到一些什么气味来掩盖，或者找到水源把伤口先洗一洗。

阿三问我要不要直接把倒地的这些怪物身上的血往身上抹一点，我摇摇头，为了防止伤口发生不可预测的感染（像吸血鬼转化人类那样），还是先别这样做了。于是，我们找了两棵低矮的树爬上去，摘下树叶碾成渣，用叶汁涂在身上稍微掩盖一下体味和伤口的血腥味。

我们又继续往树的密度比较稀疏的前方走了一会，阿三说："笛，你看，前方那是不是一个湖？"

"好像是，我们过去看看吧。"我说。找到水源，我们既可以洗掉伤口上

的血，而且如果我们发现汇入湖中的小溪或者河流的话，说不定还能找到那条可以通往地狱入口的小溪。

我听到我们身后的远处好像有些细微的声音传来，我让阿三走快点，而且挑背光隐蔽的方向走。走到湖边以后，我们找了个树根破土上行形成的天然坑洞躲起来，看看后面有没有猎捕我们的追兵。

幸好只是虚惊一场，我们暂时安全了。阿三低声呢喃道："这炼狱可比地狱恐怖多了。"我点头表示同意，可是转瞬又想：这里的怪物身手那么矫健，出手那么凌厉，我和阿三在地狱见到的那些实体幻影术的恶魔并不是十分强大啊，为什么狼人军团会死伤这么多呢？

我们在湖边掬了一些水，稍微把伤口清洗了一下。忽然间阿三抓着我的衣服把我用力往后一拽，我的头重重磕在了一根粗壮树根上，痛死我了。我正要骂他，可是我看见阿三一副非常惊恐的表情。我顺着他的目光往水面看去，只见一个庞大的黑影迅速由近而远地消失在水里，速度非常快。而距离我们刚才掬水的不远处水面上，有一些因为水流暗涌上冲造成的涟漪。难道这湖里还栖息着什么庞大的水底凶兽，这玩意儿我们还真的是不惹为妙。

这头刚冒完冷汗，那头我和阿三就各自面临了一个非常实际的问题，我肚子饿了，而阿三想要拉屎了。阿三的问题很好解决，只要找个地方躲起来，我给他站岗就好了，只是苦了我要忍受那种气味。在他终于把大事办完以后，他也开始面临和我一样的问题，他也饿了。这家伙，早知道就该让他憋着。

虽然现在我们身在一个相当于原始森林的环境里，可我们总不能猎一只狼人然后生火烤来吃吧。这该怎么办呢？现在，我们要么尽快找到地狱的入口然后赶紧回去，要么就真的只能就地取材，有什么吃什么算了。

我和阿三沿着湖边（当然也是保持着安全距离的）又走了一会，幸好这湖并不大，用肉眼就可以看见对岸。终于，我和阿三发现前方有一条源头汇入湖中的小溪。我们决定先上前看看再说，看能不能找到什么我有印象的景物。其实我也知道自己靠不住，上次我是在几重追杀之下逃脱，偶然间才发现那条小溪的。而且当时我只是想喝口水，谁会在喝水前特地留意一下四周呢。

我们沿着溪边寻找，又干掉了一个满脸凶煞之气的蛇妖。我说过自己害怕蛇的原因，所以在看到她那双明黄色而瞳仁只有一条竖线大小的眼睛时，我双腿都发抖了。幸亏有阿三在，不然在肚子饿又腿软的情况下，我成了她的午餐还差不多。阿三问我吃不吃蛇肉，我摇了摇头。

我和阿三走了好远好远的路，还三番四次实验式地跳进了溪水中把自己弄得裤子全湿透，都没有找到那个入口。在地狱里两个通道所隔的距离也并不远啊，可是在炼狱里情况怎么就完全不一样呢。渐渐地，我们越来越焦虑，因为害怕即使我们找到了，天堂地狱也早就各自退兵了，我们到时候还是得困在那里。再加上我们现在饿得头昏眼花，差一点连求生的意志都消失了。

我的状态比阿三更虚弱，在我终于走不动了以后，我对阿三说我要停下来休息一下，他先帮我把把风。等下我醒过来再换他歇息一下，阿三同意了，毕竟这样一直无休止地找下去也不行。我们找了一棵临溪的大树坐下，不一会，我竟然迷迷糊糊地睡着了。

在睡梦之中，我听到了震天的咆哮声。我惊得整个人跳起，张望着周围，也在搜索着同伴阿三的身影。我发现，自己竟置身于一片火海之中，除此之外的远方是茫茫的黑暗。

我测试了一下自己的思路和记忆，发现一切都非常清晰，而且拍手掌时有那种真正的轻微痛感，如果这是梦的话，有点过于真实了。但如果它不是的话，那我现在到底在哪儿呢？恍然间，我记起了先知雷蒙锡克迪曾经跟我说过，她也梦到过类似的情形。难道我的"先知能力"又回来了？

又一个怒啸声响起，整片火海天地似乎都被撼动了。"轰"的一声，一道火光冲天而起，一大团火焰在火海中明亮地涌起。那样的咆哮，难道是……龙？

在那个咆哮声以后，我没有看到期望中的景象——龙的身影冲天而起。

一切都沉寂下去了，就连围绕在我周围的火焰都渐渐萎靡了下去。我下意识循着冲天烈焰喷出的方向慢慢走过去，身旁已经渐熄的火焰对我已经构不成任何威胁，反而让我感到浑身温暖。卖火柴的小女孩临死前有很多温暖的幻觉，梦境里我身觉温暖，是不是代表现实中的我已经快要饥寒而死了呢？

我往前走着，慢慢地，我在淡淡的火光之中，看到了前方的身影。那并不是一条龙，而是一个人影。很快，我的脑海里瞬间闪现很多画面，全都是关于从体内被火烧死的怀特还有那个名字很奇特的神父，还有路西法说我是凶手的内容。

当然，我不认为我是杀害怀特和神父的凶手，因为我清醒地知道自己做过些什么。就在我和阿三掉进炼狱以后的这段时间里，我已经把很多的可能性都想了一遍，我甚至怀疑自己是不是变成了像电影《搏击俱乐部》的男主角的那种人。前面那个出现在我梦里，会喷火的人影，难道是真正杀害怀特他们的凶手？

大脑皮层的神经元快速地传递着这些一闪而过的想法。我打定心思，即使这是在梦里，我也不会放弃任何一个可能的线索。我迈开步子，朝着那个人影冲了上去。

不知道为什么，大脑给我的指令是直接攻击，而不是跟他对峙。可能是因为在悬殊的实力面前，我必须要以偷袭的方式来占尽先机。我已经离他越来越近了，可是周围突然间弥漫着黑烟，我越来越难以辨别那个身影的存在。刚才我火焰正盛的时候，我并没有看到有什么烟雾升起，现在却起了这么浓的烟雾。这里面肯定有鬼，我必须抓紧时间。

就在我无比接近他，已经可以看到他一头黑发的时候，对方转过身来。烟雾顿时消散于无形，可是下一秒我却是剧烈地咳嗽了几下，从睡梦中回到了现实。周围灰蒙蒙一片的森林景观告诉我，我还是在炼狱里。

反应过来以后，我又剧烈地咳嗽了几下。我扭过头，才看见阿三正在小溪对面烤着些什么。他竟然生了火！我连忙跳起来淌水朝他走过去，正想骂他这样做岂不是把怪物往这里引吗，可是我却看到了一个奇异的景象。只

第 8 章 旧案真相，逃出生天

见那些发光的东西，并不是平时我所看到的火的形态，而是像一个个大小不一的黄红色发光小球一样，高矮不同地悬浮在空气之中。阿三正叉着三条尖牙厚颚的怪鱼在烧烤。这真的是……火吗？

阿三见我醒了，关切地问我好些了没有。"再等一小会，很快就可以吃了，咳咳。"他也在咳嗽。我这才发现这些火球没有散发出可见的烟，但我这个撸串老手，一闻就知道这是烧烤的烟无疑。我知道了，因为这里跟地狱很像，应该没有空气那样的东西，或者说空气的构造和地面不一样，而且重力等各方面都不一样，所以火才会成为这样的形态。而燃烧产生的物质形成不了像烟雾那样可以随风飘动的固体物质，但是也散在了空气之中，我们吸入那些颗粒就会咳嗽。

眼看着刚才很大的火球逐渐变小，而原来的火球已经消失不见，阿三把一些干树枝直接插进了火球之中，那火球就像是一个在啃手指饼的孩童，迅速把树枝一点点吞入，然后火球一点点扩大。对于那些小的火球不可能拿树枝一根根喂，阿三就双手拿着粗树枝对着漂浮着的火球乱舞，树枝在顷刻之间被"蛀"得千疮百孔，里面是一个个烧焦的黑洞。看着那些一个个涨起来，鲜艳而且温暖的火球，我就很有冲动想像鱼子蟹子一样吃进嘴里。

很快，三条怪鱼就烤熟了。要是平时我应该不会吃这玩意儿的，可是现在我饿得慌了神，抱着饮鸩止渴的心态把鱼头和鱼鳞、鱼鳍削掉以后，就开始啃。这鱼的肉很有嚼劲，吃起来有点像牛羊肉，完全不像是鱼，就连肉的颜色也是偏棕色的。平时不怎么吃鱼的我把属于我的那一份啃得干干净净，然后我掬了一些溪水喝了，我满足地打了个饱嗝。要是有盐和黑胡椒把鱼肉稍微调一下味，那就完美了。

阿三也饿得够呛，一边咳嗽一边把鱼吃完了。那些火球慢慢变小，然后消失在空中。现在吃饱了，可以继续上路寻找了。在路上，我问阿三是怎么弄来的火，还有怎么在没不到腿肚子的浅水中抓到那么大的怪鱼。阿三说我刚才睡着以后，他想到溪边喝点水，没想到脚下一滑，他差点掉进水中。在他的脚被滑得往前踢起一块石子的时候，那石子落地时碰到了一颗干石

123

头，迸出了一点小火星。那个火星居然就悬浮在了半空中，隔了好几秒才消失。而在他踢起的那颗石头的下面，他看见了一只可怖的鱼眼！

当时阿三吓了一跳，还差点被那个咬合力一看就不一般的怪物给啃了一口。那条鱼在暴露以后，也迅速消失不见了，这时候他才知道原来这些怪鱼居然生活在石缝中。他好奇地用石头去擦，居然给他弄出来了一堆火星，用树枝一喂，火居然大了起来，他才萌生了抓鱼烤来吃的想法，后面的事情我都亲眼看到了。

那些火也是不一般，把鱼烤熟只用了很短的时间，在我的时间认知里，大约也就两三分钟的样子。我又问阿三我睡了多久，阿三嘟着嘴想了一下："半小时到40分钟左右吧。"原来我才睡了这么一会，可是我已经感觉像是睡了一宿，又元气充沛了。

我们沿着小溪又走了一小会，越来越失望。一时半会应该是找不到回去的路了，即使找到了，局势肯定也已经起了翻天覆地的变化。而关键是，包括米拉在内，没有任何人知道我和阿三这次疯狂的行动，即使想找也是大海捞针无从找起啊。

一路上我们又联手解决了好几个偶遇的怪物小团伙，奇怪的是，那里面一个吸血鬼或者狼人都没有。我让阿三尝试了好几次使用传音术，他都联系不上任何一个我们认识的天使或者中立者。该死，难道我们两个从此就只能过上这种没有女人也没有岛国动作大片，只有深山野林和怪物的日子了吗？

又一次，我和阿三沮丧地坐下来休息，我让阿三去小睡一会儿。他昏昏沉沉睡过去了，呼噜声越来越大，是要把怪物都引来的节奏。不过很快，伴随着他呼噜声的节奏，我陷入了一些沉思。我把我们可能逃出生天的可能性都想了一遍。就在我想到了最后一个方法——向之前有过一面之缘的海洋天使拉哈伯求救——的时候，阿三适时地醒过来了。我嘴里正念叨着"拉哈伯……"

阿三在睡眼惺忪之中听到我的自言自语，不由得一惊："啊，你小子连神的大女儿，毁灭者的老婆都想搞？胆子不小啊！"

124

第8章 旧案真相，逃出生天

"整天想着搞搞搞，观念能不能正一点。"我骂道。 不知道为什么，说这句话的时候，我的脑海里闪过了那天在洲际酒店，我和瓦列莉亚赤身在总统套房里的情形。 然后，我整个人都感觉有点虚。 我赶紧把杂念都摒除掉，对阿三说："说，你到底能不能传音给她？"

阿三有点为难，他闭上眼睛努力了几分钟，额头开始渗出汗滴以后，他皱着眉，轻轻摇了摇头。 可是就在这个时候，灰蒙蒙的天空中依稀传来阵阵排浪的声音。

"你们两个小鬼居然会想起我来，真是大大出乎我意料啊。"天空中，传来了我们正在谈论的，海洋天使拉哈伯的声音。 我和阿三都愕然了。

等她缓缓降落在我们面前以后，我问她："你……你为什么会知道我们在这？ 你是怎么进来炼狱的？"

"我怎么进来这里自有我的办法。 至于为什么会知道你们在这里嘛，很简单啊，我一直都在观察你们。"拉哈伯轻松地说。 原来自亚玻伦一战以后，她对我和阿三两个产生了兴趣，而且她太久不闻世事，决定暗地里观察和跟踪我们，现在我们两个狼狈地被卡在这个空间里，她也就不能继续看戏，只能出手推我们一把了。

她表示，她可以把我们送回地面上去，但是不会站在我们这边帮我们打架。 这已经是莫大的恩惠，我们欣然接受。 而且她嘴里说是这么说，上次帮我们收了她前夫亚玻伦，这次又帮我们解决了一个大难题，我们已经把她当作是自己人了。

她让我和阿三分别站在她的两旁，然后她伸出了那双碧浪般的翅膀，我的耳边传来了清晰的阵阵海涛声。 她用力扇了一下她的翅膀，我只感觉到一道强力的海啸排山倒海般从我后背拍来，拉哈伯的翅膀穿透了我的身体，我整个人像被海洋卷进了一个深不见底的旋涡中，我完全没有力量和这惊天旋涡抗衡，就像是一片轻轻的树叶在巨浪中听天由命。

不过我对拉哈伯怀着莫名的信任。 幸好，这一次，我和阿三成了她观察的小白鼠，才得以从炼狱和地狱这两个鬼地方脱身。

125

第 9 章 天堂溃败，圣使身死

不知道过了多久，我睁开眼睛，发现自己已经身在彩色的世界当中。这下我是真的回来了，我躺在碧绿的草地上，脸颊上刮着的风有股来自海洋的淡淡咸味。阿三倒在我身旁，还没有醒过来。

我拍了拍他的脸颊，不管用。可惜我的手又很暖和，不能往他脖子里伸。于是，我只好效仿我的小学同桌当年对我下的毒手，在阿三的大腿上狠狠拧了一把。"哇呀妈啊！"阿三痛得跳了起来。在看到周围充满生机的景象以后，他已经不记得自己是怎么被弄醒的了，兴奋地抓着我的手像个弱智儿童一样又蹦又跳："笛，我们回来了！我们真的回来了！"

我们充满感激地找寻拉哈伯的身影，可是她并没有出现。我们唤了她几声，她也没有应答。阿三摇摇头说："她的天使频弧非常特殊，我搜索不到，不能对她进行传音术。"

"那我们以后如果还有机会见到她，再向她道谢吧。你现在可以联系到米拉、缇娜和里昂他们吗？"

"我试试吧。"阿三开始坐在地上，凝神传音。之前我见过阿三传音，他从没有像现在这样集中精神，也没有像现在这样用这么长的时间。两三分钟以后，我看到阿三的额头已经开始渗出汗珠，他眉头紧锁，一言不发。

终于，他紧绷的神经松弛下来了，我问他情况怎么样。他轻轻地摇摇头，有点不解地说："奇怪，到底发生什么事了。他们那些人，我一个也联系不上。因为我都认识他们，可以直接把信息传递过去。但是，我发过去

第 9 章 天堂溃败，圣使身死

的消息就好像石沉大海那样没有任何回音……"

"会不会是他们现在还在那个空间里，和地狱正在激战中呢？那个空间把外界的信号都屏蔽掉一点也不奇怪。"我说。可是转念一想我又觉得不对，里昂缇娜他们那些中立者，并不在那支由几个天使长带领的天堂大军里面啊。我们两个在地狱大战敖克的时候，天使、中立者和恶魔三方（可能还有一些偏向于恶魔一方的拿斐利秘密团体）到底发生了什么。

像我和阿三这么有社会责任感的人，肯定不会好不容易回来了，却从此独善其身。我们一定要搞清楚，那场战役的结局是什么。敖克这个烂摊子算是我和阿三留下的，我们必须有始有终把事情办完了。我让阿三不要再浪费体力了，我们先回家把一切准备好再说。在此之前，我们还可以通过人类的方式来联系一下其他的中立者，比如卡萨他们。首先我们得重新弄来一部手机。

我们开始往草地旁边的小路走去。周围的景物熟悉得越来越诡异，很快我们就惊讶地发现，我们所处的地方，竟然就是在我们学校后面的海湾岸上。当走到校园的主要校道，看到充满活力的学生们人来人往地走着时，恍然间我和阿三都有种不知道今夕何夕的感觉。竟然都已经开学了。我再看看阿三的表情，他躲躲闪闪地，一看就知道害怕碰见同学或者上课的教授。说实话我也怕，还是赶紧走为上计吧。没有手机叫 Uber（优步），我和阿三只能从学校徒步走到 US1 上拦出租车。

我们回到家拿钱把司机打发走以后，好好地洗了个热水澡，然后把冰箱里芝士工厂的蛋糕狼吞虎咽地吃掉。一切都弄好以后，我们拿出电脑和备用的手机，开始打电话发邮件联系中立者。卡萨的电话在响了几下以后就接通了，我一下就认出了那个熟悉的声音。"卡萨！"我说。

听到我的声音，卡萨显然有点错愕，他愣了一下："你……你，这不是吴笛吗？你们没事啊！那真的太好了！"激动归激动，可是我仿佛从他的声音里听到了他凝噎的声音。这反应是不是有点过了。

"抱歉，我们两个没有知会任何人，就私自跑到地狱里面去了，后来又发

生了一些事……不过现在我们总算回来了。你可以告诉我，最近发生了什么事吗？萨米特他用传音术联系不上中立者联盟，连米拉也音讯全无。天堂和地狱的那一场战争，现在应该打完了吧？"

"是，打完了。"卡萨的语气渐趋平静，"那一场仗天堂赢了，成功把地狱那个通向人间的秘密通道给封住了。咳咳"

因为通话是免提的，我和阿三都听到了这个喜人的消息。我说："那真是太好了！这是一个关键的胜利！后来呢，后来发生什么事了？"

"可是，事情并不是那么简单的，在电话里三言两语也说不明白，反正现在的情况，对我方反而是不利的。咳咳，这样吧，我给你们发一个地址，你们来了，我们再详细谈一谈吧。因为某种原因，我们所有中立者都失去了法力。现在我们都只是凡人之身，已经不能发动瞬移了，而且现在我们的身体状况，都不算太好，咳咳。"

"那好吧，我和萨米特会尽快赶来的。你们先多多保重。"挂掉电话以后，我和阿三都非常疑惑，那场战争明明是我方胜利了，可是现在看来，情形却跟我们输了差不多，中立者那边到底发生了什么事？我们必须赶紧回到那个寺庙把车开走，然后马上赶去卡萨给我们的地址。

该死的美国佬，连末日都快到了还懵然不知，在这个荒废的寺庙里，居然还把我和阿三的车给拖走了，净会添乱添堵。我们赶到私营的拖车厂，把拖车费交了以后，才总算取出了车子。幸好这些人没有开尾箱检查，不然看到我们那些尖刀利刃还有灌了死人血的针头，肯定会以为我们是变态杀人狂。不过，谅他们也不敢随便这么做，毕竟这是个保护隐私的国家，之前有警察在没有搜查令的情况下闯入民宅端了一个毒窝，搜出了很多的毒品。可是在犯人一纸状告之下，法庭不仅将他释放，而且还勒令警局赔款，并且归还毒品。当然，纪录片《制造杀人犯》里讲述的 Steven Avery 就又是另外一个故事了。

卡萨给的地址只有佐治亚州一个州名，其他什么信息也没有。但我一下就看懂了，因为 Georgia 这个单词前面三个字母都是大写的，这是我们之间

第 9 章　天堂溃败，圣使身死

的暗号，以防打出更详细的地址从而泄露消息。那地址是在佐治亚州和南卡罗来纳州交界处的一个旅游业发达的"闹鬼"古镇——萨凡纳（Savannah），那是折翼天使们把先知莱蒙锡克迪秘密保护起来的地方。

小镇距离迈阿密的车程大约在六个半小时左右，我和阿三也不打算坐飞机了，等航班的时间可能都要更长，干脆马上驱车出发。

这个小镇，我们之前在办北卡州教堂山伏都教徒案还有赛缪尔学院案的时候曾经路过，但是没有停留。当时我还说这到底是个什么样的古镇，以至于从佛州北大门的杰克森维尔开始，I-95 公路就一路引导。后来我才知道，那是一个闹鬼闹得全国出了名的小镇，因为整个小镇就是在一片墓地上建起来的。现在倒好，各种和闹鬼有关的旅游业开始蓬勃发展，一个名不见经传的小村变成了一个捞金重镇。

接近午夜时分，我们终于开到了这个小镇。虽说是和佛州紧挨着的州，但这个佐治亚小镇却完全是不一样的风情。四五层高，带着些许英伦欧洲遗风的建筑，让我有种重回纽约曼哈顿的感觉。我知道中立者们在小镇里租了一个小房子，用来作为保护先知的秘密据点，具体门牌号连我和阿三都不知道。

很快，我们就能知道故事的全部了。首先，我们得先找到落脚的地方，明天再看看卡萨在哪里。

下了高速进去小镇以后，第一条东西走向的大街上全部都是酒店，假日酒店，希尔顿这些名牌连锁酒店的后面，是一些私营的大型旅馆，或者百年古堡改成的酒店。因为来得太晚，而且临近周末，很多酒店都订满了，我们一路问过去，终于以 169 美元的价格下榻了一个河岸宾馆。

前台是一个长得很帅气的卷发小哥，他颇自豪地给我们简单介绍了一下这个像古堡一样的旅馆。我们停了车走进大门看似是在一层，其实我们已身处在四楼。这个回廊天井式的石头房子已经有 230 年的历史了，而加盖的五楼则有 150 年的历史。"在从家族式住宅改造过来以后，我们旅店可是真真正正死过人的哦！"小哥露出了诡谲的一笑。

恕我和阿三配合不过来，没有露出兴奋或者害怕的神色，小哥稍稍有点失望。 哈哈，谁叫他今天遇到的可是两个真正见过大世面的驱魔人啊。 领了三楼的房间钥匙以后，我们刷了信用卡预授权，然后回房间。 从大堂左转穿过一扇门，然后就到达了旅店可以往下一直到一楼的石墙，每一层都是一圈圈像个"回"字一样的红木地板，铺了地毯的房间走廊以天井为中心往四外延伸。 走廊里挂着一些黑白色稍显阴森的家族肖像画，过道边陈列着书架衣柜等一些可以称为古董的旧物，酒店房间里还裱着一些我作为一个外国人完全看不懂的手记。

房间还是挺温馨的，而且很有一种电视上看到的南北战争的古风，床也很舒服，窗外还有漂亮的萨凡纳河景，一艘河上邮轮正缓缓驶过，楼下是一个小型喷泉广场，双车道的小路是用参差不齐的石块砌成的，中间是一条已经废弃不用的电车轨，临街的店铺已经打烊。 好美的小镇，好吧，先睡吧。

梳洗完以后，我和阿三很快就进入了梦乡。 终于有一次，是我比他先睡着了的了，因为这一次我没有听见他恼人的鼾声。 一夜无梦。

醒来的时候，我们已经错过了酒店的早餐时间，还有两个小时就到正午了。 我们只好饿着肚子出去觅食。 出门的时候我给卡萨打了个电话，报信说我们已经来到萨凡纳了。 卡萨给我们推荐了一个吃亚洲面食的店，和香蕉共和国的专卖店就在一条街上，他说他一会到那里去找我们。

我和阿三到前台告知他们续住一天，然后开始步行往卡萨所说的店走去。 这个小镇真的很小，青年人走直路 20 分钟就可以从小镇的最南边走到最北边。 小镇也没有因为旅游业的兴旺而要大张旗鼓扩建的打算，它悠然自得地享受着这份恰到好处的热闹。

很快，我们就找到了卡萨推荐的那家 Flying Monk Noodle Bar（直译：飞翔的和尚面食馆），从营业时间上看才刚刚开门，可是就已经开始轮号了。 我拿起菜单一看，这就是一个集亚洲面食之小成的面馆，从越南粉到日本拉面再到港式烧腊面都有。

Pad Thai 这款带有糯性的咖喱拌面深得阿三的心，而我则要了一碗加辣

第9章 天堂溃败，圣使身死

加辣再加辣的越南粉。越南粉料很足，上面铺满了牛肉牛腱肥牛片牛百叶还有牛肉丸，另外还有一碟生的芽菜野菜再加两片青柠檬，以及两片南美洲的 Jalapeno 辣椒，供食客酌量添加。粉是够辣了，可还是没有家乡的感觉。湖南人吃辣四川人吃麻，那种麻辣的感觉，在国外可不是那么容易可以吃到的。

卡萨来得非常是时候，在我们刚刚饱餐一顿，碗旁的正宗港式柠檬茶也见底时，就出现在了餐厅的门口。他在前台站着要了两份打包的面，然后跑到外面一边等一边抽烟。我和阿三也向服务员要来了账单。

在卡萨拿到午餐以后，我和阿三也适时地起身，远远地跟着他走。在绕过七弯八拐以后，他把我们领进了一个门开在后巷的小屋里。进门以后还有一扇门，卡萨用敲门声敲出了几组密码，里面也敲出了几组密码，然后门才缓缓开了。站在后门暗处，正高举着一把小刀的莱蒙锡克迪在见到我们以后，有点喜出望外，也终于松了口气。看到她活得这么神经紧绷，我的心底泛起了阵阵无名的酸楚，尤其是她在见到我和阿三以后就说了一句"你们没事真的太好了"，这种无时无刻不想着他人的品质真是难能可贵。虽说我们和她一样是肩负着某种使命，但不同的是这条路是我和阿三自己选的。要换了是我，在美好生活的某一天忽然要我放弃一切背井离乡并且过着这样一种生活，以我的性格，我肯定不是她现在这个样子。

我和阿三静静等待他们把午餐吃完，满心期待着卡萨跟我们把故事讲完，尽管我们已经从他的神色和语气里猜到了大概。在会议正式开始的时候，卡萨劈头盖脸就说了一句："我的天堂之力全没了。"

这话可不像"我不小心把鼻屎弹到了隔壁大爷的衣服上"那么轻松，我和阿三都知道它的严重性。从卡萨口中，我们得知所有的中立者都在一夜之间失去了所有的天堂之力。整个中立者联盟里，如今还有战斗力的基本上就只剩下了神祇和天使的混血儿——拿斐利里昂。

他知道我和阿三都非常想知道整件事的来龙去脉，他看了莱蒙锡克迪一眼，开始娓娓道来。

自从上次我和阿三误打误撞在脱衣舞俱乐部见到母亲大人，并且和夜骑士进行杀戮交易以后，本来觉得要尽快出击把地狱的秘密通道封死的天堂几个天使长，决定再也不能拖下去，必须马上出击。

但其实天使进入炼狱、地狱的地界以后，本身的力量会被削弱，相当于平白降了一个等级，这法则对于天使长而言也是如此。天堂也知道不能全军出击以致大本营空虚，让敌人乘虚而入，当时带军的有四个天使长，而另外三个都只是残像分身，跟敖克的实体幻影术很相似，只是天使长的分身只有架势，没有任何力量，时间一到就会自动消失。天使长之首的米迦勒留守天堂，另外天使长雷米尔和乌利尔也在留守之列。那么，带军进攻的四个天使长就是拉斐尔、加百列、沙利叶和米达伦了。进攻地狱口的天使军团达到了五千之众，和当时跟随路西法叛变堕落的天使数量一模一样。

昏骑士阿斯蒙杜斯似乎早就洞察了天堂进攻的时间，率领地狱魔王里仅存的三位，利维坦、亚巴顿和别西卜迎战。而在暗地里协助他的，还有他的影子，夜骑士敖克。虽然地狱之前被我吴笛一闹，多少把锋芒挫了一挫，但是毕竟地狱的实力除了仰仗两位地狱骑士，七大魔王以及从天界坠落的五千堕天使之外，还可以算上这些年来被地狱俘虏扭曲的邪恶灵魂——新生代恶魔。阿斯蒙杜斯知道这是自己的老大，路西法重获自由前最为关键的一战，几乎倾尽地狱之力出战，不计牺牲地都要消耗天堂的力量，而且妄图借此机会消灭所有参战的大天使。

天堂地狱硬碰硬的第一战终于打响了。天使因为地理因素实力受限，和本来稍弱一筹的恶魔一时间打成了平手，慢慢地，战争到了相持不下的局面，双方使用的超能力甚至使整个空间都出现了不寻常的晃动。很快，阿斯蒙杜斯就发现了几个天使长里有三个只是起摆设作用的残像，天使长中最强的米迦勒此刻并不在前线，他精神一振，更加奋力地拼杀。至于地狱这一边，阿斯蒙杜斯的影子，黑骑士敖克其实也只是一个幻影，甚至连魔王别西卜和亚巴顿都是。不过因为敖克的实体幻影术比起天使长的残像更胜一筹，还可以发出黑光攻击，地狱这边不至于过于恐慌。可是随着我和阿三在兵工

第9章 天堂溃败，圣使身死

厂和敖克大战使得敖克不得不收回自己释放在外的力量，完成自身的实体化，并且一举把两大魔王都吞噬掉。

这下，在前线看来，两大魔王都一下子阵亡了，而且连夜骑士的影子也消失了，地狱的士气一下子卸掉了大半。但幸好，勇猛的昏骑士总算独自撑起了局面。毕竟他继承了当年的路西法五成的功力，足以单挑并完胜除了米迦勒以外的任何一个天使长，而现在四个天使长的实力都受到了削弱和限制，阿斯蒙杜斯以一敌四竟然战了个平手，并且成功捡了个空子，一记诸神黄昏重伤了加百列。本来只是和昏骑士平分秋色的天堂一侧突然间折了一翼，气势顿时萎靡。高手过招比拼的就是谁的失误更少，阿斯蒙杜斯抓紧机会，又连伤了在加百列身旁的拉斐尔和米达伦。

在基层战线上，原本天使们也是稍占上风的，尤其是在敖克把实体幻影术凝成的恶魔撤走以后，天使们一鼓作气把整条战线往火山口所在的方向推进了一大截。可是在天使长受伤以后，士气受到动摇，恶魔又把局势扳平了。

这一战，天使长本就志在一举把这个地狱的通道封死，并且尽可能地消耗地狱的有生力量，为米迦勒心无旁骛地使用天使长剑和路西法一决高下奠定基础，他们迅速而又默契地做了一件注定被载入史册的大事：催动自己所有的力量，在油尽灯枯之前完成使命。

还没有被阿斯蒙杜斯偷袭受伤的沙利叶燃烧了自己的灵魂之力，把力量猛然推上了一个层次，一下子牵制住了昏骑士。在这个空当之下，另外三名天使长奋力冲出了战圈，绽放了翅膀中凝聚的所有天堂之力，以流星之势灭掉所有挡在身前的恶魔，朝着火山口直冲而去。

三个天使长手拉着手，圣光完全淹没了他们的身躯轮廓还有羽翼，他们也燃烧了自己的灵魂之力，准备以大天使之躯自爆！火山口正上方的人间射来了一束光，一下子连到了三位天使长汇成的光上。他们直冲火山口，在火山口正中间，离地几尺的低空中停下了。以拉斐尔为首，加百列和米达伦把手搭在了拉斐尔的肩上，三人的光形成了一个"丫"字，拉斐尔的手中不断

散落粉红色的星辰，一点一点把滚烫的岩浆浇灭形成神力巨岩，把通道堵住。 一些怀着无比勇气的恶魔尝试着朝天使长三角发动攻击，可是还没接近，就已经被强大无比的圣光生生蒸发，化成一团灰雾消失了。

另一头，燃烧自身灵魂以后的沙利叶力量倍增，而且在一心求死的状态下，倒过来完全压制住了昏骑士阿斯蒙杜斯。 但是，沙利叶深知自己撑不了多久，灵魂之力不时就会燃尽，到时候他天堂之力尽失，身体会进入急速衰老的状态，并且准备自爆。 以他现在这种实力还不能扣住昏骑士的命门，置他于死地，而燃尽灵魂之力以后的自爆对阿斯蒙杜斯而言根本产生不了威力，他必须争分夺秒作出一个最正确的决定。

他看了看还在努力封闭通道，以及在奋勇作战的兄弟姐妹们，作出了最后的决定。 他用传音术把撤军的命令送进了每一个天使的脑海中，然后他一把抱紧了阿斯蒙杜斯，翅膀一拍，喷射着和昏骑士一起在通道被完全封上之前，一头扎了进去。 就在千钧一发之间，拉斐尔终于完成了通道的封印，把火山口完全堵上了。

拉斐尔回过头，朝着另外两个天使长会心一笑。 然而，那一回头，那一笑，已经用尽了拉斐尔所有的力气。 她的笑容凝固在脸上，羽翼化为齑粉崩散，身体径直地往地上掉去。 因为拉斐尔把体内每一丝天堂之力都转化为自己特殊的修补治愈能力，她被榨取得一干二净，所以身体没有自爆，反而像个生命已经逝去的凡人一样往地上掉去，脸上尽是安详。 拉斐尔战死了。

在拉斐尔身后的米达伦和加百列还在惊愕之际，曾经作为神的代言人，传教先祖的米达伦也在此刻耍了一点儿小心机，他把加百列已经快燃烧到尽头的灵魂之火掐灭了，然后用了很大力气，把没有反应过来的加百列用力送回了天堂。 米达伦的灵魂之焰烧得更盛了，他在确保绝大部分天使都已经撤到了安全的地带，而且加百列已经回到了天堂以后，他自爆了。

天使长的自爆，使得整个空间剧烈地摇晃，随后开始塌陷。 那一片空间，如今已经完全消失了。 听到这里我惊出了一身冷汗，要是在那个过程里，在极力寻求回到那个空间的我和阿三，要是真的"走狗屎运"在米达伦自爆前1秒回到那个空间，我们现在就已经灰飞烟灭了。

　　米达伦的自爆并不是故事的终结。在天堂一次性折损将近半数的天使长以后，噩梦还在继续。一个紫黑色的，像烂泥又像黏液的骷髅在所有天使和中立者和拿斐利的脑海中成像，它的上唇和下唇之间有着无数道像针线缝起来一样的细丝，它每说一句话，那些细线就绷紧拉扯，骷髅脸上沾着的黏液就会有一小坨掉落，湿湿滑滑的感觉非常恶心。

　　那个骷髅自称是曾经做了昏骑士千年影子的夜骑士敖克，今天他终于脱胎换骨完全重生了。而且，从他口中，卡萨更是知道了一个足以撼动整个天堂地狱和人间三界的消息。那个自称是敖克的骷髅说，就在不久之前，他已经吞噬了他的"同胞兄弟"——昏骑士阿斯蒙杜斯，把他所有的力量都据为己有。更甚的，是他说："感谢天堂还为我送来一份大礼做点心，我觉得喜出望外啊，居然是大天使沙利叶！米迦勒，很快我就可以真正站在你面前，亲自给你道谢了。等着吧，哈哈哈哈。"

　　在骷髅的成像从卡萨他们脑海中褪去以后，所有的中立者都惊讶地发现，他们所有的力量都已经消失不见了，全部变成了凡人。而对于一些本来力量就不强的中立者来说情况更加严重，他们丧失了所有的记忆，甚至忘记了自己曾经是个天使，为什么来到人间。有一个名叫冬妮娅，曾经在中立者联盟里负责情报梳理工作的中立者，竟然已经到了生活不能自理，大小便失禁的程度，嘴里喃喃念叨着对她来说已经没有任何意义的名字："敖克，敖克，敖克……"

　　说到这里，卡萨痛苦地低下了头。有相当多的中立者失去了记忆，中立者联盟再也维持不了了，开始崩散。幸好缇娜、沃克和吴这些团队核心没有出现那些严重症状，而身为神族拿斐利的里昂还保有着战斗力，他们开始转战地下，隐蔽行踪。其余还愿意坚持的，现在已经是凡人的折翼天使们，分散到各个地方，以人类的方式继续进行斗争，出着自己微薄的一份力。卡萨负责保护先知的周全，他秘密地把她从北方带到了南方，并且找一个地方不大，但人足够多，可以掩人耳目的地方作为根据地，把先知小心翼翼地藏了

起来。

然后，我和阿三找到了他，开始登门拜访。

这下，我总算知道在电话里，卡萨含糊其辞说的到底是什么意思了。从战果来看，天堂的战争目的达到了，而且完成得相当英勇而出色，地狱的通道已经堵住，地狱的实力被猛挫，从战争的目的来讲天堂是赢了。但从更深一层来看，无疑，这又是一场对天堂来说败得很彻底的战争。天堂和地狱周旋了这么久，在终于爆发正面战争时，却是接连折损天使长级的猛将，而且还无心插柳地树起了一个更为强大的敌人——重生的夜骑士敖克。

再过一阵子，等路西法也从笼子里挣脱出来以后，我们面临的，绝对是空前的灾难。

我和阿三还是比较关心自己的好友，米拉的情形。卡萨说，这些详细点的情形，就是重伤的米拉回来以后告诉他们的，而且解散中立者联盟，分头躲起来静观时机再作应对，也是米拉提出的建议。

"米拉受了重伤？那他现在人呢？"我着急地问。

"我们用传音术也联系不上他。"阿三补充了一句。

卡萨轻轻摇了摇头，说米拉在告诉中立者们最新的情况以后，就消失不见了。我转向刚才一直用心在听的莱蒙锡克迪，问她："你最近有梦到什么最新的启示录吗？有没有梦到米拉？"

先知也摇了摇头："自从天堂大举进攻那一天起，我就什么也梦不到了，现在我感觉我连做梦的能力都丢失了。"她轻轻地叹了叹气。

在她讲完以后，我依然盯着她。可是她完全没有要抬起头和我进行眼神交流的意思，这让我很疑惑，毕竟上一次她报梦给我，跟我讲述最新的启示录的时候，我们还没有讨论出个结果。我说："那你上次报梦给我说的那个关于天启四骑士的梦境，就没有后续了吗？"当然，说这句话的时候，我是真心希望她已经忘了我在一开始见到她时想做的事情，并不是那么大方得体。

听到我这句话，莱蒙锡克迪有点愕然："什么报梦？什么天启四骑士？"

她这么一问，我感觉我的脸都要变绿了。

第10章 吴笛身世，再寻米拉

卡萨和阿三不知道我和莱蒙锡克迪之间发生了什么事情。上次我和她在梦里交谈完以后米拉和大天使就造访了，而且阿三那时还没有回归，渐渐地我也忘了自己有没有跟他们提起过这件事。他们两个在听到"天启四骑士"这个词组时，都露出了惶恐的表情。首先，战争、瘟疫、饥荒、死亡这四个词本身就不是什么如意吉祥的东西，再加上天启这个单词的另一个字面意义的解释，就是"世界末日"。

现在我说莱蒙锡克迪报梦给我了，梦里的内容是这个，路西法还跳出来在最后抢了一下镜，但先知本人说她没有这么干过，也没有能力干这种事情。本来气氛就已经够沉重的小房子，如今更加蒙上了一层非常诡异的感觉。

我第一时间想到了路西法本尊。说不定，那就是他给我报的梦，可是他为什么要这样做呢？如果不是路西法的话，那又会是谁呢？以往在讨论这样的问题时，米拉都会在这里提供思路，可是现在他不仅不在，而且还下落不明。这些梦里不知是真是假的东西，讨论的价值也相对没那么大了。

如果这梦境里讲的东西是真的，那么我们迟早会看到更多的征兆，也会想出应对的办法。现在我们应当关注的，是现实中已经发生的东西，那就是天堂大败，天使长折损，米拉下落不明，而中立者甚至我们的先知都失去了能力。

阿三认为，米拉很可能是找我们俩去了，毕竟我们在地狱炼狱游了一遭

的事情没有人知道，而且在这段时间又发生了这么大的变故。按照这种思维方式的话，如今我们所要做的，就是在保证莱蒙锡克迪和卡萨都安全的情况下，尽可能张扬地广而告之我们所在的位置，让米拉或者其他一些需要找我们的人自己送上门来。

这样的话，我们必须远离卡萨他们俩。现在确认了他们的安全，也得到了足够多的情报，我们可以离开了。我在卡萨的手机里输入了几条中文的密令，作为我们的密码暗号，要是有什么新情况发生，他把密令发给我，我和阿三就知道该怎么应对了。

临走之前，我和阿三去了卡萨推荐的另一家亚洲餐厅，Fire Street Food（火焰街头食品），饱餐了一顿。他们家的泰式奶茶（看起来像是红色板砖磨粉冲出来的颜色，不过我在泰国喝的时候也的确是这样的）味道很不错，不过那个鸭腿咖喱饭的鸭腿，咬第一口的时候我就有种莫名的熟悉感，那不是国内无穷牌的味道吗！

我们在古堡一样的旅馆好好地休息了一晚，晚上还在一间有四五百种美国本土啤酒的酒吧 World of Beer（啤酒世界）好好喝了两杯。不知怎么，我还是比较喜欢比利时产的 Shock Top（一个啤酒品牌），淡淡的橙子味很过瘾。小镇的晚上可是真正的越夜越精彩，不过相比起大城市夜里的那种灯红酒绿，这个以"鬼"闻名的小镇则有很多闹鬼古屋探险之旅，一群傻子拿着 EMF 灵力探测器入戏地"破案"，另外一些则是参加坟场丧尸阵地战或者丧尸逃亡等活动的，偶尔在路边经过的木椅观光小巴满载着兴奋的乘客在小镇里蛇形穿梭，司机绘声绘色地讲着老房子的历史以及和它们相关的恐怖传说。

我和阿三自是没有兴趣瞎掺和这些活动，我们自己经历的也已经够惊险刺激和恐怖的了。喝完酒以后我和阿三在入夜的秋风中散步，不知不觉就来到了镇中心偏南的一片坟场，里面居然有人在遛狗！果然不愧是鬼镇居民啊。在坟场周围，我第一次见到了那种叶子像细丝一样的树，相互缠绕成一团像棉絮状的物质，附着在看起来光秃秃的枝桠上。原来还真有这样的树，

第10章 吴笛身世，再寻米拉

我以为它只是在电影里为了烘托效果而虚构出来的树呢，看来是我太孤陋寡闻了。在坟场的南端，还有一个没有人的儿童游乐场，微风正把木板秋千吹得轻轻晃动，非常有感觉。

对于这个因为恐怖传说而商业化发展起来的小镇，相信游客们都已经渐渐忘了，在同样的小镇里，著名电影《阿甘正传》里的阿甘，正是坐在萨凡纳的某一条长凳上，说出了那句关于人生和巧克力的名言。

散步完了以后，我和阿三回到旅店睡觉，明天一早就启程回迈阿密。第二天，我们闹钟一响就起床，迅速梳洗好然后开始回程。因为这里已经靠近南卡州的地界，回去要横穿整个佐治亚州，进入佛州以后还要从北往南一路贯通全佛州，一共400多个高速出口。自从我们坐飞机和借助于里昂或者米拉的瞬移以后，已经很久没有像现在这样自驾长途了，突然间回到这种生活方式，还真有点不适应。

回去的路上，我让阿三试着用传音术联系重伤但幸存下来的天使长加百列。阿三在尝试了一下以后，还是不行，联系不上。

"算了，别试了，我们还是回去以后用我们之前商量的老方法算了。现在我想和你说些事。"说起来，我发现自己在这段时间里的确有些东西是我还没有告诉阿三，或者没有完全告诉阿三的，其中就包括在去往炼狱的前一刻，敖克说杀死驱魔人怀特的凶手就是我的消息。

"笛，你别突然这么严肃，我会很紧张的。"阿三说。

我没有理会他，继续说我要说的事："有些事我之前找不到机会跟你说，或者在我想说的时候又有其他事情跑出来打断了。我只是想借着这个机会，和你好好聊聊而已。"

"好，好吧……"阿三还是没有完全收起他的惊恐神色。

刚才在打算开口之前，我已经把思路大致捋好了："对于我们昨天说到的那个梦，之前我好像没有跟你讲过。那个梦是在蝗灾发生之前，也就是我和你重聚之前的事情。有一个晚上莱蒙锡克迪闯进了我的梦里，硬生生捣毁了老子玩得正欢的春梦。她说她做了一个事关启示录的梦，所以过来找我商

量,把梦境全部呈现给我看,也让我把之前做过的启示录的梦给她演示了一遍。"阿三握着方向盘一直盯着前方,我看到他在听到这里的时候点了点头。

我继续说:"在她的那个梦境里,我看到了天启四骑士的降临。也就是,路西法重生,世界面临末日。而那个时候,天堂地狱在火山口的那一战才刚刚拉开序幕。在梦境的最后,幻化成路西法模样的一缕青烟扑到我的面前,然后我就醒过来了,再然后,米拉和加百列就在我拉屎的时候闯进来了……"

"路西法的模样?"

"也就是我们看到昏骑士阿斯蒙杜斯的模样,以及一开始我们和米拉去北迈那个恶魔教堂时见到壁画上那个路西法的模样。"我也没看他的反应了,继续说下去,因为好戏还在后头,"此外,莱蒙锡克迪还跟我讲过一个梦,她说她置身于一片火海,看到一个庞然大物的身影,以及它震天撼地的吼叫。我们到了炼狱以后,在我睡着的那会儿,我梦到了和她所描述的非常相像的梦境。"

"你看清楚那个怪物了?"

"我梦到的却不是怪物,而是一个人影。在我看清他之前,曾经有一团燃烧得很凶猛的火焰被喷出,我怀疑就是那个人喷的。在我看清的面容时,我就醒过来了。但是我清楚地记得,我看到的那个面孔,是自己的面容。"

"是你?!"阿三吃惊地扭过头来看我,差点酿成了一宗车祸。

"没错,那就是我。但是那个我的眉宇之间,隐藏着一种暴戾的杀气,那是跟我平常在镜子里看见的自己完全不一样的,甚至可以说是另外一个极端。这要换作是平时,我可能就一笑置之了,毕竟只是区区一个梦嘛。可是……总有一个声音告诉我,没有这么简单的,梦里那个会喷火的怪物,就是我。"

"笛,你太多虑了……"阿三说。

"你先听我说完吧。就在那个梦出现的不久以前,也就是我们在跟着狼人从地狱穿梭进炼狱的时候，你记得敖克曾经传音给我们说了一些话吗？"

"这才过了多久，我记性有那么差吗？ 当时那个混球还提到了一开始领我们入行的驱魔人怀特。"

"没错，他提到了怀特。 而且他说的是杀害怀特的凶手。 这么久以来算上距离我们北边不远的那个神父，在我们了解的各个事件里只有这两个人是这种死法。 我们一直以来不忘追查这个事情的真相，可是都毫无结果。 你那天可能没有听到敖克最后说的是什么，我也还没有来得及告诉你，我们在炼狱就受到了攻击。 其实，那天敖克对我说，杀死怀特的真正凶手，其实是我，吴笛。"说这句话的时候，我感觉自己的内心非常平静。

"啊？ 是你？ 可是那天我们本身就已经吓得半死，而且什么都不懂的我们半步都没有离开过对方呢。"阿三和我当时的第一反应几乎是一模一样的。

"你别急，我只是在把敖克的话还原而已，又不是说这就是真相，尽管我现在越来越相信这就是真相，只不过我还没有想通而已。 你听着，我往这方面想也不是毫无根据的。 我现在就跟你说这些天我分析整理出来的东西。第一个关联点，是火。 驱魔人怀特和那个我们素未谋面的神父都是被烧死的，而且还是诡异地从体内往外被烧死的，而我和莱蒙锡克迪两个相似的梦境里，背景都是一片火海，而且我还从那片火海之中看到了我自己。"

"那也不能……"阿三想说话，可是被我强势地打断了。

"第二个关联点，是我和火之间的关联。 你也知道我在加州的时候曾经被吸血鬼注入过血液。 按照常理来讲，我是不是应该要被转化成吸血鬼了？ 自从发生那个事情以后，我的身体开始有了异样。 一开始我很害怕，没有跟你们任何人讲，而且当时也的确有更重要的事情等着我去做。 我们马不停蹄地从加州赶到佛州，和小怀特一起把吸血鬼窝端了，还放走了当时还不知道真实身份的吸血鬼母亲大人。 后来我们被意外地传送回佛州，也就是在那里我们失散了，我的记忆被掩埋，而你被他们抓走了。 后来我急于寻找你，我的身体看起来也没有什么大碍，我就一再搁置。 好了，终于找到你了，关于魔王，关于新先知诞生，米拉复活等等的事接踵而至，而且都是比起我个人

问题更为重要的大事，我不能只顾自己。

"不过，我还是能留意到自己的身体一天天地异化和转变的。只是我很好奇，为什么我吸血鬼化的转变会这么缓慢，而且和我预想中的完全不一样。吸血鬼是一个没有体温的肮脏生物，可是我却完全没有这方面的感觉。也没有想象中那种对鲜血的渴望，最接近的，也无非是喉咙非常干涸难受罢了。不过我倒是试过眼前的世界都变成了一片殷红，太阳穴一下下地发胀，第一次还是里昂在异空间和阿撒兹勒打起来的时候。平时，我感觉到自己身体异常的时候，一般都是血脉贲张热血沸腾，和吸血鬼的习性完全是两个方向。我甚至开始怀疑，是吸血鬼的血激活了我体内原本潜藏的基因。就好像你当时拿斐利的基因被激活是一个原理。"我也不知道自己是如何措辞把这堆东西一溜嘴地说完的，不过，我总算有勇气去正面面对这个事情了。

说完以后，车厢沉静了很久，整个世界里似乎就只剩下车里空调的声音，外面车流的声音以及窗外的风声。过了良久，阿三轻声问："那你现在心里有答案了吗？"

"算有吧……不过我完全不确定，这只不过是我自己的胡乱推理而已。"

"那你的答案是什么？"阿三问。

话到嘴边，我又咽了下去。可是，我还是深呼吸，鼓起勇气说了出来："龙……"

"什么！龙？"阿三的音量平白提高了八度。我知道，这答案听起来非常荒谬，要是我和阿三对换一下位置的话，我想我的反应可能会更大。

我又把得到这个答案的解题过程跟阿三说了一遍。首先，一开始在新奥尔良港我和阿三都第一次看到米拉和彼列相搏时，我们能安然无恙已经初步说明了我和阿三都不是普通人这一点，只不过当时我已经被认定为先知，他们也就没在我身上继续深究罢了。彼列一门心思想知道阿三的身份，而他终于也查出了阿三是拿斐利。当时，什么也不懂的我，自然也相信了天使们认为我是先知的这个说词，而我也的确梦到了很多后来灵验了的事情，也就是那些关于启示录的梦。

第10章 吴笛身世，再寻米拉

就像天使们公认的，在同一时间，在世的先知只有一个，不会出现先知身份突然换人的这个事情。既然莱蒙锡克迪以先知的身份横空出世，而且还有拉斐尔亲自唤醒（这是我这个"假先知"所没有的待遇），大家都知道我肯定不是先知，否则根本不会有新先知的出现。

想到这里，我自然又联想起了一件迈阿密地区发生过的，到现在我们也没有找到答案的怪事。在我们从纽约回来以后，有一小段时间迈阿密天气炎热，犯罪率特别高，每个人都显得非常暴躁和心烦意乱，那时候的我也是如此。而恰恰在那时候，我们第二次遇到了那个专门拐卖青少年的恶魔，赛缪尔夫人，她当时说自己是在找龙，而且还朝我们扔来了一片"龙的指甲"做暗器。我们在知道龙的传说以后，向米拉讨教了相关的一些背景知识。米拉他自己也不是十分清楚，当时我们很容易就把赛缪尔夫人抛过来的那玩意儿误认为是真的龙甲了。

可是后来龙没有出现，恶魔也被我们诛灭了，那场"心火"也渐趋熄灭，事情也就不了了之。直到最近我重新想起来这件事。当时赛缪尔夫人肯定是得到了某个线索才前去找龙的，这一点我觉得不会有假。但是她手里拿着的是不是真的龙甲呢，这个的可信度如今回想起来确实够低的，如果那是真的话，她没理由会这么轻易就双手奉上。那么这件事是怎么和我直接挂钩的呢？我的初步推断是，当时我刚刚在哈得逊河河底死里逃生，这个心火事件就发生了，如果我真是龙的话，可能正是因为那次濒死体验使得我体内深处一直沉睡的某个基因或者其他什么东西苏醒了，而且开始发挥效力。

而我无意中杀死怀特和神父的可能性并不是完全没有，而起因可能同样是因为如此。在我第一次接触到这些超自然事件，并且身体正在经受时差日夜完全颠倒的过程，力量可能在我意识控制范围以外的地方不小心泄露了。这两个事件里那股力量的自主意识是和我相互独立的。直到我被吸血鬼咬中，身体再一次直接面临死亡或者颠覆性转化的时候，龙魂的力量才正式抬头，和我慢慢融合为一体，因此也就是自那以后，我的身体开始缓慢地发生转变，而且包括天使和中立者在内没有谁可以看出来。慢慢地，我可以很小

程度上去借助于这种力量了，这也是为什么我的体力恢复很快，而且在我想要拼力一战的时候全身会发烫，身体变得更加勇武敏捷，在兵工厂被敖克锁起来以后，我甚至可以以己之力挣脱刑房的锁链，还把阿三体内的黑气驱走。在莱蒙锡克迪的梦境里，火海中的庞然大物以及在我梦境里火海中的我，应该就是一个同一体。

霎时间，有了这个思路以后，似乎每一件事都在支持着这个结论。阿三听完以后再度陷入了沉默。现在我就只剩下一个疑问了，还是那个先知的问题。既然我从头到尾就不是先知，那为什么莱蒙锡克迪会在这么晚才觉醒呢？而且，前面那些启示录的梦，我为什么会梦到呢？这一点，真是百思不得其解。奇怪的是，即使到了现在，那些曾经出现在我梦里的启示录，我都一字不落地记得清清楚楚。可能那是因为启示录是以中文出现的缘故。

天雷在国境之南轰起天使的羽翼，堕落的族类在末日后渐次苏醒
噬日的暗月选中神祇嫡裔的灵魂，启示的齿轮在悬剑中随念滚动
折翼的流星燃尽生命中强大的光，龙魂的孕育在浴血中一念荣灭
逆风的攀山路酵发重雾中的迷失，希冀的曙光匿于世界深处何方

这就是我梦境里出现过的文风非常华丽的启示录。当时我们把能找到线索的都分析了一遍，就只剩下了那句"龙魂的孕育在浴血中一念荣灭"不知所以，我记起了米拉曾经给我们讲解关于龙的传说和知识时，提到过真龙和恶龙的概念。

他说在很久以前龙和神共存在太阳系的第三个行星上，龙待在比地狱炼狱更深的地心，为地球提供着养分，并且与这个星球同寿。但是除了神以外，没有天使真正目睹过龙的真容。还有关于天堂地狱善恶平衡的说法，要是恶战胜了善，地底的龙就会成为恶龙，反之就会成为真龙。按照米拉那个理论的话，我不大可能是力量强横的龙，可是这却是现今为止最能讲得通的解释。

第10章 吴笛身世，再寻米拉

不过无论怎样，我是龙也好不是也罢，一心向善才是正途。孕育中的龙魂一念决定荣与灭，人心何尝不是呢？

在把往事都理顺以后，我对自己的目标更清晰了，坚持为善，做对的事情。只不过，不知道我和瓦列莉亚做的那些事情，是善呢，还是恶呢？

龙的话题告一段落以后，阿三知道我心中已经有了追求，也有了答案，识相得岔开到别处去了。这时候，刚好有辆被我们无意间超车而不服的凯迪拉克，愤愤然超了我们，可是又不愿扬长而去，偏偏就在前方悠悠然地开。刚和阿三换过来开车的我正好需要点东西转移注意力，就一脚油门跟上去了。就这样反复超了几轮，凯迪拉克上的胡子大叔从车窗处看了过来，我连忙轻点刹车减速，让他看不着。我们就这样反复斗了几轮，在限速70英里的高速上开到了80~100英里。就这样兜了将近一个小时，在佐治亚和佛罗里达州际线上的Kingsland镇路过时，我实在是没油要下高速加油了，才减速靠右。在出口下去时，我看到可怜的大叔因为超速被警察拦停在路边了，真是替他难过。高速公路上的Trooper警车，在遇到违规车的时候，是可以自主判断要不要直接把车撞停的，这种警车的车头，都装了专门的加厚撞车杠。

加完油以后，我们又去冰雪皇后吃了个雪糕再上路。为了能对阿三事事坦白，我终于鼓起勇气，提起了关于瓦列莉亚的事情。

我的开场白是问他回来以后有没有去找他的女神瓦列莉亚，毕竟我总不能一上来就劈头盖脸地对自己兄弟说"我一不小心和你的女神睡了"这样的话吧，尽管情况就是这样，可以这样的方式说出来绝不妥当。

可是没想到阿三语重心长地叹了一口气以后，说的话和几个月前的他已经完全不一样。他回我的第一句，让我既惊讶之余，又惶恐万分。

他说："笛，其实我知道，比起我，她更适合你。"这句话可是几乎把我吓坏了，难道他已经知道事情的全部了？如果真是这样，我现在可真是尴尬。

幸好，他自顾自地把话茬继续接下去了："之前我是真的很喜欢她，以至

于我看到任何一个你和她稍微走得近的画面,我都会非常生气非常失控,有几次我还差点想上前把你摁在地上打一顿,当然,这些想法我不说你不会知道,但现在我就是想把我脑海积聚起来的这些东西,这些想法全部都倒出来而已。

"在我第一眼看见她时,你记得吗,那是在我们的跨文化交流课上。 我是真的对她怦然心动了。 而且和她去西锁岛玩,出去吃饭,我发现自己越发地对她倾心。 我一直都知道,她是对你更加青睐的,只不过我一直让自己尽量保持淡定而已。 可是慢慢地,我对你的嫉妒心占了上风,也就是在那个女恶魔给我看到你和她……的那一幕时,我整个人都要疯了,也是在那时候,我一时想不开才会走到了邪的那一边,想要报复你。

"可是,在你千方百计闯进我的内心,并且把那一番话告诉我的时候,我才突然醒悟过来,我是太幼稚了。 我知道的,我也相信你,你说没有和她发生过什么事,那就是没有发生。 你看,我说我喜欢她,可是我却从来没有什么实际行动,而且也从来没有因为喜欢她而守过节。 反正,如果她真的对你有意,而你本身也是这么优秀,现在的我是很愿意看到你们在一起的。"阿三的这番话,真是说得我羞愧加内疚啊。 突然之间,阿三从一个活跃的人竟然一下子变得如此深明大义。 他这么一说,我反倒更加不好意思开口说那晚在洲际酒店发生的事情了。

阿三都已经挑明了愿意把心爱的女神拱手相让,如果到现在我都还怯懦的话,我就更加不是个男人了。 于是乎,我深呼一口气,把那天晚上在洲际酒店发生的事情,除了办事情的过程以外都巨细无遗地讲了一遍。 这下,轮到阿三沉默了。 过了几分钟,他对我笑了一笑,然后说:"对她好一点。"幸好,气氛虽然微妙,但没有变僵。

我们在佛州墨尔本市匆匆吃了份热狗和芝士薯条,然后一路开回了家。到家以后,我们倒头就睡。 醒来以后,我们用手机给米拉的语音信箱发过去的留言始终没有得到回电。 我和阿三决定以最嚣张的姿态,给我们的天使小哥释放信号了。

第 10 章 吴笛身世，再寻米拉

我们在 N.E.135 街东边尽头的那片荒树林里用我们上次召唤恶魔用剩下的材料，又故技重施反复召唤了好几个恶魔。那些被强行召唤的恶魔出现以后，我和阿三用尽办法在不伤害皮囊宿主性命安全的前提下，泼圣水、用弑魔刀轻轻在他们身上划出不致命的伤口，总之想尽办法把他们折磨得死去活来。

我和阿三保持着每天召唤一两个的速度，连续坚持了将近一个星期，直到有住户报警投诉不时听到惨叫声，警车开始巡逻我们才稍微消停了一下。每一个抓回来的恶魔，我们都没有杀掉，只是让他们出去帮助我们散布消息。我们一边正常上学一边等，终于在第六天的时候，米拉敲开了我们的门。

我们三个见面以后，紧紧地拥抱在一起。

米拉的天堂之力在那一战里也极大程度地受损，已经不能施展任何的传音术了，即使偶尔收到一些杂音，也完全分辨不出内容。至于米拉这么久也不来联系我们，是因为他一直在照顾天使长加百列，帮助他复原。那一战以后，重伤的加百列的能力已经衰退到甚至不如一个下位的普通天使，而且生命一度濒临衰竭。他成了出征的四个天使长里唯一幸存下来的一个，这样的事实也让他在心底里感到非常的内疚。

不过，米拉终于在被虐恶魔发出去的消息里听到了关于我们的下落，他当即过来找我们。这说明我们做的事还是有用的。因为卡萨已经把他知道的所有关于那场大战的消息都告诉我们了，所以现在基本上都是我和阿三一唱一和地把我们近来经历的事情告知米拉。在听的过程中，米拉睁大了眼睛，表示难以置信，尤其是知道我们俩和两个地狱魔王搭档大战夜骑士敖克时，他当时的神情简直可以直接拿去做表情包了。在他还没缓过神来的时候，我把我自己关于龙的那套理论，对他又讲了一遍。当然，瓦列莉亚的事是我和阿三还有女神之间的私事，就没有对他一一禀告了。

可能这一切对米拉来说信息量实在太大，他良久吐不出一个字来。或者，我们就是自他从罗马教廷创办驱魔人组织的数百年以来，遇到的两个最

不听话,最胆大妄为同时又最特别的驱魔人吧。

"你们……我,我已经不知道说什么好了。我只能说,你们做的都对。"这就是米拉好不容易挤出来的话。

"你知道现在天堂和地狱分别处于什么样的状态吗?"阿三问。

"在那场大战以后,两败俱伤是肯定的。只是我们如今面临一个已经吞噬了巨大能量的夜骑士敖克,以及从你们口中得知的炼狱势力的介入。依你们所说,炼狱当时是对地狱采取攻势的,虽然炼狱不是我们的朋友,但从这件事来看却又不是我们的敌人,这是一个很大的变量,总体来说对我们有利的变量。毕竟把母亲大人杀掉并且将力量据为己有这种行为对炼狱来说实在是过于不共戴天了。任敖克的手腕怎么强横,也很难不通过武力就把炼狱这股势力的刀锋挪开。"米拉说。

天堂如今的气氛可以用两个字概括:哀愤。

痛失三个天使长,其中死得最惨的沙利叶更是被如今最强大的敌人敖克所吞噬,他身上的天堂之力会反被利用攻击自己的同胞,这是最令人愤恨的。天使们都在努力地复原,原本平和善良的天使如今一心想徒手把夜骑士敖克撕成两半,再剁成肉酱绞成糨糊。

但是天堂如今元气大伤而强敌崛起,另外还有一则不容任何人忽视的消息,就是地狱真正的王,魔鬼撒旦,也就是曾经的晨星路西法准备挣脱牢笼再次升起了。这一天,已经近在眼前了。

我和阿三都等着米拉告诉我们接下来应该做些什么。可是米拉自己也茫无头绪。

至于地狱那边估计也是忙着恢复和权力的交接,在地面上活动的恶魔可以说少得可怜,这些天的人间在超自然的层面来讲,倒是平静得让所有驱魔人不免有点心慌。普通的人们还在开心地过着自己的生活,强力球的奖池越累越高,一个夜郎自大的沙漠地区极端组织不断叫嚣着要挑战强国统治世界,这些该充斥舆论的东西都在互联网或者报纸上可以看到。

为了找到北迈恶魔教堂血色壁画墙有没有可以阻止路西法或者敖克的方

第10章 吴笛身世，再寻米拉

法，天堂特地派出了一支小部队，连夜把那教堂废墟里所有的石块都秘密运走了，想要重新拼砌出那一面墙，再观摩一下壁画的样子。这肯定是一个浩大的工程。

在这段日子里，我们三个都各自不分昼夜地练功。米拉尝尽各种办法治好内伤，恢复自身的天堂之力，而阿三则在努力拔高自己禁忌天堂之力的域，并试着利用它去研究更多的战斗技巧。而我，则希望可以好好控制体内那股灼热的不明力量，让它可以收放自如为我所用。

我是三个人里最辛苦的一个，因为我一点窍门也没有掌握。自从上次在兵工厂大战敖克之后，把体内那些红黄颜色像岩浆一样充盈血管的能力，消失得完全无踪可循。我倒立，憋气，跳进海里潜水，什么方法我都试了一遍，可它就是顽固地不肯出来。如果我们这样也算是备战的话，那么我应该算是最傻的一个。

这天，我和阿三应付式地去学校上完课回家，米拉告诉我们一个最新的情报。敖克要率领恶魔军团上攻天堂了。这是一个恶魔告诉天堂的，在之前天堂地狱的那一战中，全力进攻的天使并没有想要把恶魔完全消灭掉，处处留手体现的也是曾经在天堂上的兄弟之情。很多从没到人间执行任务的天使，都相信相当一部分恶魔本质并不是坏的，毕竟当初他们跟随路西法叛变时并不完全是因为邪恶，只是后来在地狱里，接触到扭曲的东西太多，迷失了自己而已。不管天使们的这种想法是不是对，反正他们当时的善举的确触动了一些恶魔，结果是好的，那就足够了。

"这条消息的可信度有多高呢？万一地狱另有所图怎么办？"阿三表示疑惑。他这么想我很赞同，可是人类这个角色告诉我们，太容易相信别人是不行的。

"这一点天使长也商讨过了。敖克想要上攻天堂，首先我们就是占尽地利，每一个恶魔进入天堂地界以后，跟我们下去地狱是一样的，力量都会受到削弱；其次，我们在天堂全面布防作好准备的话，他们想攻上来更加不容易。我们实在想不出任何理由为什么敖克有意让我们知道这个计划。"米

拉说。

"这听上去很在理。可是,如果地狱根本不是志在上攻天堂呢?你们把所有人手精力都用来布防,那敖克岂不是有机可乘可以去做他想做的事情吗?"我试着提供思路。

这时候阿三也插了进来:"他们的真正目的,会不会是想进攻人间呢?或者说,他们是在分散天堂的注意力,让路西法的重生不出任何差池?"我和阿三完全没有要采纳恶魔提供的情报的意思,这点让米拉很无语,可是阿三一下子道破了一个关键点——路西法的重生。

如今地狱除了敖克空前强大以外,就整体实力而言也不是非常鼎盛,再加上他们和炼狱之间完完全全撕破脸也就只差光明正大干一仗了,他们没有理由要兴师动众去冒这么大的风险。在获得力量以前,本就继承了路西法的邪恶诡计的夜骑士敖克,不可能做只亏不赚的买卖。

我和阿三在三言两语之间,就把米拉说服了。他马上把我们的想法转告给天使长。没想到啊,堂堂的天使长,还用得到我们这些弱小的人类,而且还是两个得过且过连大学证书都还没混到手的毛头小子,其中有一个脑子还满灌着各种脏东西。

阿三这个假设也得到了天使长的重视,天堂其实已经考虑过这个因素了,已经适当地派遣了人手顶着几个路西法可能会复活的地方。有突发状况时,天堂完全可以灵活应对。

关于路西法重返人间可能会出现的地方,天使长们在美国锁定了六七个地方,而其中一个,竟然就是我们佛罗里达州的北迈阿密,也就是我和阿三居住和上学的城市。另外的城市,名字听起来都响当当,有科罗拉多州的惠灵顿,也有密苏里州的迦太基。

之前我问过米拉为什么超自然事件都这么频繁密集地发生在美国,难道其他国家地区没有吗?米拉笑着说这些事件全世界都在发生,但是美国是首当其冲的地点。路西法叛变的时候,大陆板块才刚刚开始漂移,世界还是"旧世界"。路西法在坠落被打进地底以后,掉进的正是这里。所以路西法的重生，也很可能是在这附近。

当美洲这个漂移出来的大陆被人类重新"发现"以后，命名为了新世界，而这片新世界上又发生了很多故事，以至于美洲大陆很多地名，都是和旧世界重叠的。单拿美国来讲，惠灵顿、威尼斯、墨尔本、那不勒斯等世界著名城市的名字，在这里都可以找到，而且美国人口极其多样化，简直就是一个全世界的缩影。就连叫 Canton（广东，但音译作坎顿）的城市都有十多个，这其中还包括美国海外领地里的一个岛屿。

天使们通过精确的考量锁定了这六七个地方，而且已经在有条不紊地作部署。然而天堂还要顾虑敖克的进攻，因为前一战的兵力消耗，在调度上面始终有点捉襟见肘，天使长们（尤其是重伤未愈的加百列）决定，把北迈这个地方的防御和看哨工作交给我和阿三。看来在驱魔人这一行上，我们两个已经算是玩得很转了，什么麻烦都敢惹，现在更是得到了天使长的赏识。

至于为什么北迈会被列入榜单以内，米拉说是因为那不同寻常的恶魔教堂，以及北迈几十年前那场震惊全国的大火。当时在那场百年不遇的奇异大火中，整个小镇几乎被完全格式化，但唯独那个恶魔教堂基本没有损伤，这个事实已经非常诡异。更让人毛骨悚然的是，按照常理来讲，经过这件事以后，这个教堂理应被好奇的人们彻底研究，甚至作为著名景点保护起来让游人参观才对，可现实是根本没有人发现这座教堂的不同寻常，它就在那里静静矗立了几十年，还被新建的墓园挤到了一边，无人问津。甚至在它意外倒塌以后，当局也没有修缮重建的意思，那堆石块在那里一放就是数月。

这些事情一串起来，真是细思恐极。这是地狱在我们眼皮底下布下的棋子，而我们还懵然不知。在兜了一大圈以后，我们最后还是回到了这里。只不过，我们从最初的查出怀特死亡的真相，走到如今的阻止路西法统治三界。

第11章 十翅晨星，双面撒旦

我和阿三十分乐意接下这份委任。随着慢慢地深入这世界鲜为人知的一面，我们渐渐发现我们已经不再坚持刚刚开始"从业"时的初衷——赚钱。说实话，现在我们已经不缺钱花（确实，驱魔人的赏金的确有够优厚的，毕竟很多化为人形的怪物利用自己异于常人的能力，在我和阿三造访之前已经在人间创造了很多的财富，我们随便抽点油水生活都可以很滋润，更何况之前缇娜那边还准时给我们拨"经费"），但是我们就是觉得这是值得我们继续做下去的。我们人类自己的世界，肯定得自己守护好，总不能有麻烦就只顾着祈祷求助。

天堂还在研究那个会自动绘制血色壁画的围墙，我和阿三已经开始在米拉的协助下，在恶魔教堂附近设置起很多困魔阵，以及用阿三的禁忌天堂之力设置了一些会发动攻击的机关。天下自然不能指望我和阿三两个人来拯救，我们能尽量做的，就是拼命拖延，让天使长来阻止他。上一次路西法的叛变，是最强的天使长米迦勒用天使长剑亲手把他击败的，米迦勒也可以再次把他打败。

路西法重获自由的这一天，还是来临了。在一个星期四的晚上，我和阿三循例拿着手电在恶魔教堂的废墟里巡视，手机里不断留意附近地区的各种气候数据，米拉在各个媒体中搜寻最新的信息。忽然间，我手电的光照到的几块碎石，竟然微微地颤抖了起来。

恰好我留意到了，我连忙把阿三唤了过来。可是阿三愣在了原地，没有朝我走过来,我只好朝他那边走过去。 只见他照到了一块石块,此刻正在慢慢变成红色。 难道这也是血色壁画的其中一块? 慢着,除了这一块,废墟里所有的碎石,甚至包括柱子都开始慢慢染上了红色。 空气中开始弥漫了一层淡淡的血腥味,我大着胆子弯腰用手电筒手柄的末端在上面轻轻点了一下,那些真的是血液!

我仿佛打开了潘多拉盒子,那些变红的断柱碎石,开始疯狂往外汩汩地冒血,我们还在不知所措的时候,这里就已经俨然变成了一个血池,我们连忙一步步往后退。 米拉适时地打了一个电话过来,在电话那头,他着急地说:"天堂那边已经拼出那块石壁来了,现在它有反应了,新的血色壁画已经出来了。 我想,很快,路西法就会在这里复活重生。"尽管他说了这么多,但他的语速飞快,基本上是在三四秒里就讲完了的,我也不知道我是怎么完全听懂的。

我回他:"我们这边也有了状况,不过倒不是路西法出现了,而是恶魔教堂这里,变成了一片血池!"

"大事不好,我现在马上过来!"他那头挂了电话。

和米拉讲电话的时候我的眼睛一直盯着前方那片已经变成血池的废墟。要是等一下路西法真的在这里重生,随便有点什么动静,周围的居民一定难以幸免于难,我和阿三不能就这么看着这么多人无辜丧生。 可是,现在我们又有什么立场什么理由让人们疏散呢?

"一定得想办法把撒旦从这里引走。"我对阿三说。 可是话音刚落,就又有新的情况了。 只见在此起彼伏低沉的呻吟声中,我和阿三转过头,借着月色透过墓园的铁网大门看到已经有为数不少的腐烂尸骨,正从地底破土爬上来,一点点朝着我们摇摇晃晃地靠近。 哇,连《惊变 48》系列都出来啦!枉天使们对这个臭名昭著的路西法还抱有一丝希望,这家伙还没登场就已经邪恶气息爆表了,绝对不是什么善茬。

那些僵尸已经开始翻墙朝我们靠近,我和阿三都不习惯用枪,如今眼看着大好时机却不能上演生化危机的经典场景。"只不过……"我跑回车后箱抽

出那把精钢克劳德巨剑,"我这个小宝贝终于可以派上用场啦!"

我挥舞着轻便而锋利的巨剑,在阿三的辅助照明下开始像收割机一样砍下刚跳下围墙还没来得及站起的僵尸的头颅。阿三大呼过瘾,跃跃欲试。

很快,米拉就赶到了,看到这个情形,他也不知道应该用什么样的开场白。憋了半天,他才对我和阿三说:"我已经通知加百列了。他们说密苏里的迦太基也发生了异况,剩下其他地点的人手会陆续分赶到我们两边来,要是路西法出现,米迦勒会在第一时间赶到。"米拉的手上凝出白光,左一拳右一拳,把那些长满青苔的骷髅打散,变成一堆碎骨。

这时候我看到那个已经停止扩张的血池开始沸腾,无数的血泡从液面升起并破灭,与此同时,本来还露在液面上的断柱碎砖如今竟在缓缓下沉,地面仿佛正在凹陷。我们一边击退毫无攻击力但仍不断靠近的丧尸,一边留意着血池的情况。突然之间周围刮起了一阵妖风,抚在皮肤上没有任何冷的感觉,可是皮肤却现出好几个像被鱼线割破后的细长伤口,而且一股锥心的寒意直直窜进了骨髓里,我和阿三都不由自主地打了个寒战。

米拉一个回旋腿,把一个还粘带着腐烂皮肉组织的僵尸踢到围墙上将骨架重重撞碎。他收起了拳脚,低声说:"他来了,我能感觉得到。"

这时候,原本清朗明亮的夜幕竟然一点点渗进了深紫色,本来薄薄的青云开始变得浑浊乌黑,宛若闪电一样的白光一乍一闪,云朵慢慢凝聚旋扭,最后在我们正上方的天空中形成了一个顺时针大的旋涡状,云层中心处像个螺丝一样往下方突出,简直快要形成一股巨大的龙卷风。奇怪的是,周围的居民还是一片寂静,没有警车亮起。不断注意着空气中电台电波的米拉也没有收到突发新闻的报道。

在我们身前的血池,如今凝出了一个硕大无比的血泡,已经将近半人高了,却扔在拔高,丝毫没有要破掉的意思。我和阿三默契地摸出了一把匕首,朝着那个怪异的血泡猛力投掷过去。

匕首飞速朝着血泡飞过去,我和阿三用这么多次生死相斗,押着生命做学费换回来的战斗技巧可不是吹的。可是眼看着就要打中了,匕首却在几寸

第11章 十翅晨星，双面撒旦

的距离里骤然减速，在差一寸戳中血泡的距离里完全停下了，就那样悬浮在空中。血泡里泛起了一点点暗淡的红光，两把匕首往旁边的围墙以更快的速度飞去，空气都生生被划出了一阵破空的啸声。

我和阿三都想着这么快的速度，柔软的银匕首说不定可以把这面墙都打穿。可是我们错了，银匕首被反击出的速度，已经快到了匪夷所思的地步，匕首竟然在超高速下与空气摩擦到燃烧，在射到围墙上的时候，已经变成了一摊银液！这还不是事情的全部，在两摊银液像两坨颜料被拍打在墙上，缓缓往下流的时候，那面墙在几秒钟以后突然崩塌成一摊齑粉！

这就是晨星路西法随意轻轻一击的力量？我和阿三的头皮都发麻了，不敢想象刚才匕首要是朝着我们俩反射回来的情况。我们连避开的可能都没有。头号敌人还没露面，我们就已经要感激他的不杀之恩了。

血泡在"啵"一声以后破了。我们三人都非常紧张，尤其是我和阿三两个没有见过路西法真容的。按照那个血泡的高度，我们即将面对的，是一个高大魁梧剑眉星目，一看就可以迷倒万千少女但却是穷凶极恶的大魔头。

然后，血液完全褪去，人形的路西法出现在我们面前时，我和阿三都惊呆了。我们惊讶的原因不在于我们看到的是一个一丝不挂的裸男，而在于我们看到的路西法，和我们想象中的，出入实在太大。

我们面前在半空中扑腾着两只小翅膀笨拙地飞着的，是一个顶多10岁左右的流鼻涕小男孩。他茫然地看着四周，目光最后落在我们三个身上，一脸稚气。

不会吧？有没有搞错啊？Excuse me?

这个绝不可能是路西法，我们在壁画上看过路西法的模样，那是米拉也证实过的。我们也看过昏骑士和夜骑士的模样，那两个路西法恶的分身和壁画上的也是一模一样。我们也不止一次听到过路西法的声音，那是一个成熟有磁性的男声。可是我们面前的这个小鬼头？估计喉结都还没有长出来吧。我甚至都要怀疑是不是我们的打开方式不太对了。

"路西法。"米拉率先叫出了口，从他的神情和动作来看，都充满了警惕

和敌意。

"米拉。"像是回应似的，男孩准确叫出了米拉的名字。幸好，小鬼头的声音还是孩子的声音，要是配上大人的声线，那真的是十分诡异了。小男孩晃动着满是好奇的大蓝眼睛，打量了我和阿三几眼，然后也准确道出了我们的名字："吴笛，萨米特，我们终于见面了。没想到居然是在这里啊。"说着，光脚丫的小男孩慢慢降落到了地上。我这才发现，在他现出人形以后，不知从什么时候开始，围墙里再也没有僵尸爬出，血池已经干涸消失，就连天上那团旋涡状的云层和深紫色的天色，都恢复了之前的那种健康的晴朗。

小男孩路西法的神情轻松，以至于我和阿三也不是绷得很紧，但我们还是把手放到了随时够得着武器的地方，我更是直接把手握在了插在地上的巨剑剑柄上。三个全副武装的大男人围着一个光着身子的小屁孩在一本正经地说话，这一幕都不知道可以创造出多少经典段子了。

路西法仿佛终于知道了自己的不雅，伸出小手在空中打了个不大娴熟的响指。瞬间，一套童装版的莱克斯顿西装已经穿在了他的身上。他一下下慢慢地把衣边的皱褶抚平。他说："对了，你们今天在这里等我，是想要把我杀掉的，对吗？"那语气就像是小孩子问妈妈这糖果是不是蓝莓味的一样。

我们一下子不知道该怎么接下去。首先这孩子知道我们是来阻止他的（这个阻止的最佳效果当然是把他除掉了），其次是我们的确是想把他除掉，所以我们回答的答案基本上只剩下了点头这个选项。可是我们却没有能力直接跟他叫板，然后不要命地冲上去。我们是不怕死，但我们寻求的并不是无谓的牺牲。

然而直心肠的阿三冲口而出："没错，我们今天就是过来杀你的。为了正义和世界的和平，我萨米特不会怕你的！"说着，他的手心出现了一个小白光球。我心里暗叫不好，阿三这下坏大事了，可我总不能满脸堆笑地对大魔头说："没事没事，他开玩笑的，我们这就离开。"只好硬着头皮拖住路西法了。

只见阿三一握拳，光球被他捏破，光从他的指缝里漏出来，只看见四周的土地里一支支白光凝成的箭镞对准路西法像蝗雨一样射来。阿三没有静观攻击的效果，而是马不停蹄地开始布置下一道攻击，这些是他连日来的心血结晶，他对自己信心满满。

路西法同样对自己信心满满，他完全没有理会这些他眼中的花拳绣腿，双手插袋静心等待，嘴角还挂着一丝微笑。阿三的十指被白光充盈，他把手掌摁在了地上，那动作像极了一个蜘蛛侠脑残粉。不过阿三要比蜘蛛侠有钱，这是肯定的。只见阿三的手接触土地的瞬间，土地里斑斑驳驳地发出了棕黄色的光芒，粗略地在路西法身外圈出了一个圆。

路西法笑意更浓了："不得不说，你的能力超出了我的想象。但单凭这种程度，你是伤不了我的。"

阿三也笑了："我也没打算伤你，我只是在做我力所能及的事情而已。"说这句话的时候，那些白光箭镞已经从空中落下来了，但却都不是瞄着路西法的，而像完全失了准头一样，胡乱地刺到了地上，消失不见了。

从空中落下的白光和地上升起的棕光交汇以后形成了一个巨大的圆阵，把路西法圈于其中。这是一个和困魔阵有点相似的阵法，但经过了天使长拉斐尔的改进以及通过禁忌天堂之力来发动，已经具有可以短暂困住一个天使长级生灵的威力。路西法显然没有想到我们会留有这么一手，也没想过在他被困住的日子里，竟然有如此阵法产生了，此刻终于显得有点恼怒。幸好这阵法是一个在不断流转的，生生不息而且不断借助于周围自然之力的阵法，不仅可以短暂限制路西法的行动，还可以在这段时间里同时压制他磅礴的力量，这种四两拨千斤的奇效巧劲才是阿三真正的目的。我先前只知道他在捣鼓一些可以阻止路西法的伎俩，没想到真正操作起来真的这么厉害，我又要刷新一次我对这个印度人的看法了。印度人可以在美国成为最庞大的留学生群体并且能实现最大比例地拿到 H1-B 工作签证和永久居留权（绿卡）的一类人，是有一定道理的。

小屁孩被我们耍了一把，怒了。他的身上一阵白光腾起，他的模样开始变化。他的身材开始迅速拔高，变成了和昏骑士以及血色壁画上一样的身材

和英俊面容，背后伸出了巨大而美丽的五双翅膀，我默默数了一下，真的足足有十翼！ 那些翅膀大到足以把他全身包裹起来而且再伸到后背去。 他竟然可以在人间实现十翼的实体化，这是连他座下的地狱七魔王都做不到的。 我们看到的，就只有海洋天使拉哈伯那浪花一般的翅膀做到过（可是神力通天的海洋天使大姐大，也只有两翼而已，比六翅的天使长还少）。

在我们面前的十翅路西法，翅膀的颜色看起来有点古怪。 在每边五只展开的翅膀里，有一边是全白色的，至于另外一边，有四只是全黑色，剩下一只，是介于黑与白之间的浅灰色。 我确信，阿三和米拉也都看见了。

路西法在深呼一口气以后，慢慢冷静了下来，他淡淡说："我刚才还没有对你们不利，你们就已经愚蠢地把你们唯一的王牌给用完了。 萨米特，你应该知道你做的这玩意儿困不了我很久。 在那之后，你们又打算怎么办呢？ 难道你们就这样等着米迦勒过来，和我大战一场，然后两败俱伤谁也杀不了谁，最后只是毫无意义地把你们人类花这么长时间建立起来的文明毁于一旦是吗？"

路西法一语中的，短短一番话就把我们说得无可辩驳。 阿三布下的阵法威力已经开始慢慢消退，光也慢慢淡下去了。 毕竟这里是城镇，可借用的自然之力不多，要是在野外的冰川或者森林里，阵法可以再坚持多一会儿。 不过这已经不重要了。 路西法还是没有要对我们发出夺命攻击的意思。

在阵法完全消退以后，他还是站在原地，没有离开，也没有朝我们走来。 这时候他又说了一句，语气非常平静。"如果我跟你们说，我内心的本意是想痛改前非，回归天堂的神座旁，你们会相信我吗？"

对于一个大反派形象已经深入人心的大魔头撒旦，如此自毁威风地虔诚说出这番话，我们都有点不敢相信，这简直是在做梦好吗！ 看来对路西法还抱有一丝希望的天使们中奖了。

可就在我们被大奖砸中的感觉还没消退之时，路西法现出了一丝丝挣扎和痛苦的神色。 他的神色开始变化，不对，不仅仅是神色，他整个人的气质都变化了。

第11章 十翅晨星，双面撒旦

顷刻之间，路西法身上散发出来的邪恶气息已经强烈到连我都受到了影响。我的脑海里闪过了一些杀戮和嗜血的画面，而且这些画面都带着极强的代入感，我真是能感受到刀落的瞬间，对方那种绝望和惊惧的尖叫阵阵传来，鲜血飞溅时刀尖触碰到脂肪、皮肉再到骨骼的快感。

我稳住心神，把自己从这种恐怖的心境和代入中抽离，回到现实之中。一股暖流传进我的心房，让我顿时清醒了过来。我感到自己的心跳非常快，但是一股发着金光的暖流，让它逐步停顿下来。我再看看旁边的阿三和米拉，他们的眼睛没有任何焦距，只是直勾勾地看着空洞的前方，显然跟我刚才一样陷入了一种带着快感的恐怖心障之中。我连忙呼唤他们的名字，可是他们对我不理不睬。

我连忙运劲分别抓住他们的手腕，心里不断祈求刚才帮助我恢复的那股力量，现在一定要听话，也帮帮我的同伴啊。幸好，这真的有用了，暖流通过我的手心传进阿三和米拉的手腕当中，他们的血管也开始泛出点点黄光。他们的瞳孔重新找到了焦距，他们被我拉回来了。

恢复过来以后，他们的余惊未消，还在轻轻拍着自己的胸脯给自己定惊。光是身体周围散发出来的气息就能乱了敌人的心智，我不得不说，面前这个由裸体小男孩变成的十翅路西法，真是前所未有的强大而邪恶的敌人。不知道吸收了两大魔王还有天使长沙利叶以后的夜骑士敖克，有没有强大到这种程度呢？想到两个一模一样的魔头肆虐三界，这个世界的下场可不是悲惨两个字就可以形容的。

一息之间，路西法已经冲到了我的面前，在我完全看不清拳路的情况下，我的下颚重重地受了一拳，我只感觉我整个下颚骨和所有的牙齿都要裂开了。我重重地朝身后摔去。路西法一挥手，光着急而还没有来得及出手的米拉和阿三都已经被掀飞，以奇快的速度飘上了半空。然而路西法更快，他早在他们前面已经冲了上去，悬空站立在他们两个中间，双手轻轻一按，米拉和阿三迅速地坠落，在地上砸出了两个深坑。现在要是立两块石头，都可以直接刻字立碑了。

这根本就不是临时抱抱佛脚或者恢复一下天堂之力，就可以大战三百回合的对手。我们跟他，不仅不在一个层面上，而且完全就是天神和蝼蚁的差距。想想千年前他分离出来的恶的分身——昏骑士阿斯蒙杜斯，一个战四个天使长尚且可以打成平手，甚至可以乘空一连重伤三个天使长，就可以大约猜测出路西法的实力了。没了没了，我们等死，全人类等死算了。他说得对，即使现在米迦勒赶到了，并且可以和他分庭抗礼，这一场天使长级实力的大战毫无疑问绝对会把整个地球都拆了。

我的下巴痛得完全提不上一点儿劲，只能就此躺倒在地上，忍着痛全程看完了阿三和米拉被打的一幕，一点也帮不上忙。

"哼，龙的实力也就只是如此吗？"路西法走到了我的身边，完全没有再看一眼进了坑的阿三和米拉，冷笑道。

他也认为我是龙？我心里想，只是我想说些什么也说不出来了，我感觉整个人都"坏掉"了。

就在他看着我冷笑的时候，他的表情忽然变得凝重起来，眉头轻轻皱了一皱。这种神情我实在太熟悉了，完全就是以前吃坏肚子，肚子里一万只学名羊驼的动物在奔窜，而我还在苦等下课铃的表情。

很快，路西法身上那种血腥暴力的气质又消失得无影无踪，他的表情和说话的语气全变了，变回了刚才见面时的路西法。"对不起，我无心这样的。"他对着我说，并且伸出手把我拉了起来。他的手搭在我的手腕上，我贴在地上的后背忽然感受到了一股强大但是温柔的力量，轻轻巧巧就把我托了起来。而路西法搭着我的手传来一股柔劲，我的下巴在瞬间就被治愈，不痛了。这人是个变态吗？要杀要剐就痛痛快快，打完人又救人是个什么意思，难不成地狱之王，晨星路西法竟然还是个人格分裂的精神病吗？就算是，人格也不应该像遥控器换台那么快啊。

他把阿三和米拉又救了起来，我们三个真是被这位爷玩坏了。"刚才我问你们信不信我的本意是不要堕魔道的，如今你们看到了，应该会相信我吧？"路西法对我们三个这么说的时候，从我转到了阿三那边。阿三下意识地做出了防御的动作,他害怕自己再一次挨打。

还真的是人格分裂? 可是天知道他是不是演出来的,要是他像钟宇的《心理大师》里那个邱凌那样,纯粹是个变态,那我们怎么办?

呃,好吧,其实也没怎么办,起码邱凌还能被关起来,可是路西法的力量实在是太强横了,没有人能和他抗衡。 稍微有点胜算的天使长米迦勒,在人间和他打起来的话肯定会投鼠忌器,实力大打折扣,败北的战局已经在遥遥朝我们大笑着挥手了。

对了,我们的强敌,除了路西法,还有他的分身,"吞"得无厌的夜骑士敖克。

路西法看出了我们的顾虑,说道:"我知道你们担心会影响到居民,引起恐慌是吧? 那我们换个地方再说。"他伸出两只手指,在虚空中翻书一样翻了一下,我们所有人就已经来到了一个四周泛着蓝光的盒子里面。

"我们现在身在大西洋中央的海底,现在这样说话你们放心了吧?"路西法摊摊手。 他现在这种手法跟之前缇娜把我们弄到曼哈顿哈得逊河底极其相似,但强大如路西法,根本无须费心去维护这个结界空间的平稳。

可是我们担心啊,要是这家伙突然再一次性情大变,把这结界一撤,他自己倒是没事,遭殃的是我们啊。 而且,我们的后援团,也就是天使长米迦勒他们根本不知道去哪里找我们,这对我们只会更加的不利。 然而我们没有任何筹码去谈判,如今唯有自求多福了。

"你说你内心是怎么样的,做好自己就好了,跟我们说没有任何意义,再说,我们什么也不是,即使我们信了也没有用,你有什么自己跟米迦勒说吧。"我说。

"我已经在努力做好自己了。 你们也可以看见,我的翅膀颜色有黑也有白,其实就代表着体内潜藏着的两个我。 我现在内心的善是稍稍压倒恶的。 在过去我被困在牢笼的岁月里,它被我强行分离出来了,一直在我的内心萎靡,可是在离我自由的日子越近时,它就越快地抬头。 而且人类最近堕落的速度更快了,对我来说这种难以抵抗的影响越来越强⋯⋯"他一脸的落寞,

看起来不像是在演戏。

他继续说:"我曾经是为神,也为世间万物照明的晨星。我本为善而生,也就有着驱逐恶的天职。你们首先要知道,善与恶,正与邪不是神创造出来的东西,而是自宇宙爆炸之初,一片混沌之时就存在的对抗和平衡。就我自己而言,担任晨星的我是不能直接把恶驱散的,而只是把恶吸收掉,然后用善去制衡它。在我照亮的世界里,我既看到善,也看到恶;既受善的影响,也受到恶的影响。平常的我一直在神座旁,我知道会有人说我孤傲,看不起他们。其实根本不是那么回事。说实话,我挺羡慕米拉你们这些天使的,你们有着比我,比大天使们更为丰富和复杂的情感。

"后来父亲他创造了更为精妙的存在——人类,他们的情感世界简直就是无尽的财富,尽管为了管束他们,父亲削弱了他们的力量,可是他们的灵性,以及万千情感欲望足以让他们创造出比父亲更为厉害震撼的神迹,把我们只是勾画了轮廓的世界精描细绘,变得更加绚烂多彩。可是,这对于我而言,影响就更大了。因为善和恶通过人类作为媒介表达出来,更为模糊、复杂难以辨别。人类自行创造出更多形式的善,也创造出同样多的恶。为了执行父亲的命令,让人类在保护下繁衍延续,我尽其所能地吸收来自人类散发出来的恶,我觉得这也算是为人类迈向假想中的'乌托邦'、'大同'世界迈进一步。可是没想到,我自己却撑不住了。恶,把我的心智和灵魂都扭曲了。"路西法真挚的情绪在空气中弥漫渲染,我们三个静静地听着,在感觉自己过往的观念被刷新的同时,也受到了很大的触动。

路西法继续说着自己的故事:"当恶在我体内酝酿到足够强大并且爆发的时候,我的本性被蒙蔽,我失去了对自己的控制。之前说我过于骄傲而不愿搭理他们的天使,我开始离间他们的关系,并慢慢在天堂培植独属于自己的势力。因为我本来就有光辉的形象,很多天使还是愿意跟随我的,当我开始利用经年累月吸收回来的恶作为耍心机的资本时,很多天使就被我绕着绕着就绕进去了,铁了心要追随我,反抗神的'独裁'统治。

"可我终究不是父亲的对手,我败了,历经九天九夜的堕落,我坠进地底成为了地狱的撒旦，作为恶的代表和坚守善的天堂继续抗衡。可就在我的良知终于再次抢占上风，我可以自主控制自己身体的时候，因为前面作恶太多，尤其犯下了诱使人类更加堕落这条不可宽恕的罪，神觉得放逐我远远不够，便制造了很多枷锁把我封印了起来。但我始终是他的儿子，也在过去漫长岁月里有过卓绝的功勋，他还是没有忍心把我彻底除掉。在我被父亲封印之前，我刚刚拼尽全力把内心的恶强行分离了出来，可是我还差最后一步，也就是亲手把我分离出来的恶消灭掉，刑具已经往我脖子上套过来了。我拼着最后的时间，做了我力所能及的事，把恶的'智'和'力'拆分出来，形成了昏骑士阿斯蒙杜斯和夜骑士敖克，并用仅存的天堂之力，把他们捆在了最后套在我身上的那道枷锁上，让他们随着我沉睡在牢笼里，不得再见天日。可是，昔日作为恶的我培育出来的地狱七魔王，最后还是想尽办法把我放了出来。"

在被困住的日子里，因为人类的文明开始起飞，文明的副产物——代表天启的四大元素，也就是战争、瘟疫、饥荒和死亡的出现次数也随着文明发展，开始呈现指数爆炸式的出现频率，新的恶开始在晨星路西法身上累积，然而旧的分离出来的恶，还没有被消灭。从路西法如今翅膀的颜色，就可以分辨出恶已经在他的内心充盈了超过 2/5，已经快有实力和他体内的善抗衡了。现在他重现人间，人类的正负面对他影响更大，就看跷跷板会偏向哪一边了。这和米拉告诉我们关于真龙和恶龙的故事，有着不少异曲同工之处。

一直以来，路西法这个神话角色被各种媒介各种作品描绘得坏到骨子里，是经典得不能再经典的反面角色和反面教材。没想到路西法如此含冤受屈，被世人一直误解。他的故事，原来这么伟大。

我问路西法我究竟是不是龙，路西法几乎不假思索地点了点头。"不过，很明显，你还没有完全觉醒。所以你还是不能完全控制你的力量。但如果说有谁能把我体内的恶镇压下去，把我分离出来的恶，也就是现在已经罪不可恕的敖克消灭掉的话，就只有你了，吴笛。"

"可，可是，为什么会是我呢？我来美国之前，也只是一个普通的孩

子，有爸有妈有妞有童年啊。为什么无端端我就变成龙了呢？在我们国家，龙原先只是一个部落的图腾，最后才慢慢被神话的，是纯属虚构的瑞兽啊。"

"觉醒后的龙是和我们父亲同等的存在，所以关于你这个问题，我实在是答不上来。你是比我们天使乃至天使长更为高等的存在，虽然和世间万物一样都受着善恶的左右，但你有自己的选择权，在你的一念之间，就成就了你是真龙还是恶龙，你守护共生的这个星球，是荣还是灭了。"路西法说的这番话，和我之前梦到的启示录极为相似。

没想到啊没想到。原本我还以为自己只是个被诅咒，而又转化不成功的吸血鬼，是这么多搭档里面最不伦不类最弱的一个，阿三也好歹靠着血统混了个拿斐利的角色，没想到到头来我竟然是最强的那一个。对于命运，我真的无语了。

忽然之间，和我们相对而坐，表情本来非常平和的路西法，如今又有异样了。看来，他体内的恶又要跑出来了。我和阿三的脸都绿了。大哥，你千万要撑住啊，我们现在可是在万米深的大洋底部啊，你要是突然翻脸不认人了，我们可就惨了。我和阿三赶紧抓住了米拉的手。趁着路西法体内的恶还没占上风，我赶紧问他："如果我真是龙的话，我要怎么才能运用它的力量啊？"

"用……用心……感受，主……动去融合……"路西法从牙缝里挤出了这句话。这不是说了等于没说嘛。

说完那句话以后，邪恶的路西法又开始抬头了。那种血腥而带有极强诱惑力的气场又再散发出来。他的脸上现出了邪魅的笑，那种笑，是看一眼都会心生寒意，午夜梦回时想起，也会在暖被窝里打几个寒战的那种。

他打量了一下四周，说："哦，原来他已经把你们带到这里，帮你们挖好了天然的坟墓。"说着，我们最害怕的事情还是发生了。他就那样背着手一瞪眼儿，整个结界开始崩塌，亿万吨重，千万米深的海水铺天盖地朝我们涌来。米拉已经运好了天堂之力，准备把我们几个瞬移回去。可是他的手心

第11章 十翅晨星，双面撒旦

才发出一点微弱的白光，就又熄灭了。一定是路西法，屏蔽禁锢了米拉的天堂之力。这次完了。眼前的一片漆黑里，我再次重温在哈得逊河河底的那种绝望和恐惧。在我的意识完全消失，只感到水压快把我五脏六腑震破，耳膜即将击穿之际，我再次感到浑身发烫，一股热流从我心田朝着四肢蔓延开去。难道我已经可以运用龙魂的力量了？

这个自问句还没有得出答案，我的记忆就到这里，往后已经断片儿，完全失去意识了。

不对，我只是失去了现实中的意识。在我的脑海里，我感觉自己浑身轻盈，飘到了另外一个世界，我不知道这是死后的世界，还是昏迷中的梦境。我看到，我又回到了那一片梦里见到过的火海当中。那个背对着我的人影，依旧站在那里。现在我可是十分清楚，那个背影，就是我自己的背影。那个人，就是我。

我朝着自己跑过去。恍然间，我感觉自己有点像在夸父逐日的感觉，前方那个自己一直都在那，无论我怎么追，他都和我保持着一定的距离，难以靠近却又未曾远离，但是在追逐路上的我步履显得飘浮，我感觉我在急速衰弱下去。我想起了在现实中，我因为路西法的转变和米拉、阿三一起被埋葬在大洋深处。

路西法说过，我是还未完全觉醒的龙，我必须用心去感受潜藏在体内的龙魂，主动和它融为一体。如果说前方那个就是作为龙的我，那么我今天一定要追上他。我不断在心里为自己打气，任由胸腔不断吸进周围火海中滚烫的空气，任由皮肤在汗液蒸干以后变得干涸和皲裂，我还督促着自己不断往前迈步。终于，我能感觉到我离他越来越近了。我用沙哑的声音叫了一声："吴笛。"

我前面那个身影仿佛听见了我微弱的喊话，正在缓缓回过头来。果然，我看到了我自己，带着充沛的力量和无比的自信，嘴角处还挂着一丝胜利的微笑，眼神迸射出了前所未有的激情。原来，我还可以拥有这么好的状态。他朝着我轻轻地点了点头，然后在向我招手。霎时间，我感觉自己全身有种

被打通任督二脉般的神清智明，周围的环境不再灼热，我迈开的步履重新变得铿锵有力。我一下子就跑到了另一个我的跟前。脑海忽然闪动了一下，这样的一幕我仿佛在很久很久以前就已经见过，或者经历过。我紧紧地拥抱了一下自己，就在这一刹，一道冲天火光在我们体内喷薄而出。一阵金黄色的光芒在我眼前骤然一亮以后，另一个我从我面前消失了。我成为了他，他成为了我。我们现在终于完全融合了。

现在的我感受到在丹田处真的有一个小宇宙在爆炸，仿佛吞了无数个太阳一样，感觉浑身无比舒畅的温暖，同时又感觉自己的力量宛若浩瀚的大海，无边无际，无穷无尽。

顿时，我感觉无数画面在我脑海里回旋飘荡，我坠入了一重又一重的幻境之中。

第12章 龙战晨星，一念荣灭

我发现自己回到了家。眼前的世界仿佛装上了日光风格的滤镜，一切事情都带上了一层略显朦胧却又明亮大方的光纱，窗外是美丽的午后时分，楼下是小区带刺植物的天然围墙，围墙外那条清得见底的河水里，从水底涌起的一层涟漪带着水中生命的灵动。

因为北迈的高楼不多，私人楼房也鲜有两层或以上的，向阳台正对着的西方放眼望去是一大片看不到头的郁郁葱葱，整个世界都被阳光的暖意包裹着，无比惬意。

这时候我听到房间里传出了一点声音，我好奇地走过去："萨米特？米拉？"当我拐过走廊的角时，我看到在卧室里，躺着的竟然是被我亲手斩首的娅米！她躺在我的床上正看着剧集哈哈大笑，看到我回来了，眼睛里闪过一丝喜悦："笛，你回来啦？今天累吗？"

"累？我今天干吗去了？"

"你不是说今天天还没亮就要送一个同学去机场赶飞机，然后赶去上早班吗？我早上醒来的时候，你已经走了。"她看着我说。窗外的阳光打进来，照在她金棕色的头发上，每一缕发丝都像在闪闪发光。尽管我觉得有点奇怪，娅米的发色好像不是这个颜色啊，但我这人就对金发没有任何抵抗力，我像中了魔咒一样，走过去钻进了她的被窝，和她一起看剧。她像猫咪一样钻到了我的背后，替我按背，柔软的手用着巧劲在我背上游走，真是舒服。而且我发现她只穿着一套维多利亚的秘密的内衣，柔软的丝绸隔着我的单衣

轻轻摩擦，我不禁有了一些男生特有的反应。

难道我不是堕入了幻觉，而是已然魂归极乐？

我转过头，问娅米："亲爱的，我是已经死了吗？"

她笑骂道："你在乱说什么啊？这么大个美女在给你按摩，你就一味想着死，是不是真的不想活了！"

"可是我明明，我明明已经亲手杀了你，把你火葬了啊。在经历了很多的事以后，我被埋葬在大西洋的深海中，然后，我就来到这里，看到完好无损的你，这难道不就暗示着我已经死了吗？"这一定是幻觉，一定是幻觉，这真的一定是幻觉，我在心里默念了三遍。

娅米被我逗得笑开了："你是不是美剧看太多了啊。我们就这样生活快半年了，你怎么现在突然就不正常了啊。我们刚刚放完春假，去完墨西哥回来上课，上一个寒假我们还从纽约倒数完回来呢。你今天这是怎么了，怎么好像第一次看到我的样子？是不是感觉不舒服啊你？"她的手摸在了我的额头上，然后又不放心地用嘴唇贴在我额头上测体温。在她从我背后钻回到前面来的时候，我清晰地看到了她背上的腰窝，那被称为是维纳斯酒窝的腰窝听说在几百个乃至几千人里才会出现一个，这肯定是娅米，不会错的。

娅米把我写字桌上的月历拿给我看，上面都是我的笔迹，标注了明天4月7日要去送外卖，之后还要准备考试和订去游轮的票。把月历往回翻的话，2月18日我在热火主场做疏导员，3月份还有好几天帮Sushi Maki寿司店去迈阿密网球公开大师赛做食品站，还要来了一个世界冠军的签名网球。看到一个个叉掉的和没有叉掉的待办项，记忆好像被钥匙拧开一般哗啦啦地涌进来，我记起了很多很多的事情。

我和娅米是在163街一间叫香气的蒸馏咖啡吧认识的，当时她在里面做Barista（咖啡师），我去那里给祖父母写信，后来聊着聊着就互加了脸书，没想到她去过台湾，会讲一点点普通话，还会唱两句光良的歌，她唱《童话》里的"也许你不会懂/从你说爱我以后/我的天空/星星都亮了"时的发音，简直打败了不少国内的南方人。她也是和我一所学校的，很快，我们之间的关系就火速地进展，不久她就离开她那个自私自利的舍友，搬过来和我一起住了。

我自己则在一家福建人开的，名字叫"香港屋"的餐厅送外卖，卖的是美式中餐。千篇一律的左宗鸡、芥蓝牛等（不过说实话做的真挺好吃的）。偶尔我也在学校的平台上找些可以避税的兼职，比如热火主场和网球大师赛的兼职就是这么找来的（所谓合法避税的学生兼职，就是我以"志愿者"的身份去工作，然后企业以"奖学金"的形式把工资以学校的名义打到我账户上，就不用交税了，而且我还可以吹嘘说自己得了奖学金）。上一个寒假，我和娅米还在纽约坐着马车逛曼哈顿，吃十几美元一磅的长岛龙虾。

被这样的回忆碾压式的冲刷，之前关于驱魔人、关于天堂地狱的东西缥缈遥远得像是另外一个世界的事情，仿佛只是美剧看多了，自己在梦境里把自己代入了主角的角色里，经历了一场冒险游戏一样。所以，是庄子梦见了蝴蝶，还是蝴蝶梦见了庄子呢？

这与上次恶魔试图通过抹去我的记忆，或者给我创造一个梦境把我困在里面的情况不尽相似，这一切都很真，很具体。当然，主要是因为我面前的娅米。对于失去她，我的内心是极其痛苦的，好不容易她回来了，而且还是我的女人，我真想就此守在她身边，不顾其他一切的冲动和勇气。我这才明白，有时候一旦真正的弱点和把柄被抓住了，并且反过来诱惑你的话，一切的抵抗力都会消失得无影无踪。

不，这不是勇气，这只是懦弱而已。我已经失去她了，而且是我亲手杀死她的，这也是她临终的愿望。还有阿三、米拉……在善恶之间挣扎的路西法以及罪恶滔天的散克。不行，我面前的这一切都不是真的，不可能是真的。一念荣灭，我不管自己是坠入了昏迷中的幻境，还是龙魂想要麻痹我考验我，或者是我不小心进入了平行世界，我都不能对那个世界里的米拉和阿三如此不公平。或许真的，在我一念之间，选择了相信这边的现实，另一头的现实和担子都会化作乌云，我永远停留在这个没有驱魔人没有天使恶魔，什么也没有，只有我和娅米的世界里。可是，为了另一边那个已经逝去，对

我寄予了厚望的娅米,我不能如此。

我闭上了眼睛,排除了心中所有的杂念,反复告诉自己,我要回去,我要完成那些等着我完成的事。 顿然间,我的眼睑感受到的阳光和暖意都褪去了,身旁娅米的体香发香也都消散了。

我重新睁开了眼睛。 娅米还在我的面前,可已经不是刚才的娅米,周围的环境也不见了。 我竟然回到了那个华商夫妇的房子里,我面前的娅米,是已经完全转化为吸血鬼的娅米。 我的手上,是厨房里那把,我曾经(或许是即将)杀死娅米的刀。

残留着最后人性的她,对我说了和当时一样的话:"你就当是成全我,可以吗?"我看向了手里握着的刀,可是忽然之间我的眼前开始剧烈摇晃了一下,站在我面前的娅米分成了两个,一个在苦苦哀求着我杀死她,一个却是诚恳地和我商量:"笛,你现在正经历着深度的昏迷,但其实,你的记忆在加州维珍小镇开始就已经戛然而止了,后面的都是你自己假想出来的,因为在你的潜意识里,你不能接受自己已经变成你最讨厌的,肮脏的吸血鬼这个事实,想要逃避,想要编撰出自己想要的结局。 你看,现在我们同样都是吸血鬼,你把刀放下,跟我一起走,我们还是可以永远在一起。 来吧,笛,我们走,好吗?"

"我……我真的已经成了吸血鬼了?"我喃喃自语道。 我轻轻在嘴里感受了一下自己的獠牙,居然真的长出来了,而且指甲锋利而长,皮肤苍白,隐隐透着一些紫色的……死人的血色。

我一点点朝着两个娅米的中间走去,带着一丝安宁的微笑。"好。"我回答道,"我成全你。"我回答的,是第一个娅米的问题。 我用力挥舞起了手中的刀,一下子,把两个娅米的脑袋都割了下来。

"我要战胜邪恶,收拾好自己的烂摊子,接受无论是好,还是不好的现实。 因为我吴笛,是龙!"我扔掉了手中的刀,坚定地说道。

一道带着火焰边的白光在我面前出现了,像是一道门。 我义无反顾地走了过去。 在走进那道光的时候,我再次感觉到之前和阿三一起跳进火山口时

第12章 龙战晨星，一念荣灭

的感觉，温暖，而且皮肤在隐隐地发痒。我看了看自己的双臂。一些火红色的龙鳞竟然从我的手臂里长出来了。我和龙魂合而为一了。

在走过了那道光以后，我感觉到自己的整个身体都在轻轻摇曳着。我睁开眼睛，发现自己正漂浮在海面上，四周都是茫茫的大海，任何岛屿或者船只的影子都看不见，天空中一架飞过的飞机都没有。我在海里踩着水把自己立起来，不知道下一步应该怎么办。

如果我现在真的已经成功和龙魂融合了，那么我是不是可以做很多以前做不到的事情。我尝试着用力往前游去，可是我的速度还是跟作为普通人类时游泳的速度一样，并没有多大的变化。我唯一能实际感觉到的，只是全身力量充沛，怎么游也不会累而已。刚才我在穿过那道光时看到自己身上的鳞片，如今却是重新消失得无影无踪。

他们一个个都把龙说得那么厉害，好像和龙魂融合以后就能获得灭世的力量一般，可我并没有这个感觉啊。所谓蛟龙入海，我现在就在海里啊，如果就连在海里我也不能任意发挥神通的话，那我还指望自己在路西法或者敖克面前能有多厉害？屁！

说起放屁，还真的有点想放屁了，反正我现在在茫茫大海里，放了也不至于对臭氧层造成巨大空洞，我使尽全力，放了个舒畅。可就在硫化氢气体从我体内排出之时，我感觉自己像坐上了一艘喷气飞机一样，以极高的速度往前冲去，哇，这个及时屁简直就是惊天雷啊。

等一下，我现在都不知道自己是在往哪个方向游了，等下搞不好去到南北极或者反向去了欧洲怎么办。好不容易停下来了以后，我开始通过头顶上的太阳辨别方向。我试着扎进水里往海底方向潜去，我发现自己可以在海里呼吸了！而且，整个大海仿佛有了生命，在我静下心来的时候，我能感受到千百米以外鱼群的移动，巨轮的排水，甚至整个大洋呼吸的律动。海水在我身上淌过，我甚至分辨出了洋流的方向！

终于，我靠着洋流和太阳的角度，分辨出了东南西北。我朝着西边的方向不断前进。在路上，我完全不惧怕自己只身在大洋中央，而且反复测试着

自己的能力。

不知道过了多久，我终于会运用自己的部分能力了，包括飞行，稍稍借力进行长距离掠行（不是放屁），甚至蓄力攻击。我已经可以随意控制自己的力量，拳头也开始泛出像岩浆那样金黄色的暖光。这让我高兴得意了好一段时间。我竟然也可以不用翅膀就实现飞翔，我知道不能这么玩耍浪费时间，再加上我也有点饿了。于是，我一凝神，然后一口气贴着水面朝西边直飞而去。米拉、阿三，我回来了，你们还好吗？飞了好久，我发现这似乎不是个办法，我开始贪心地尝试瞬移。

我心里默默想着家里的方位，把家里的画面在脑海里重现出来。尝试了好几次以后，我发现自己的身体有点被拉扯拆分的感觉，周围的世界被一片火光在瞬间一烧而尽。下一秒，我发现自己已经置身在家中的客厅里了。我竟然真的成功进行瞬移了！

屋内听到动静的阿三和米拉冲了出来，都是一副准备好战斗的状态。见到浑身湿漉漉的我以后，他们同时愣住了，首先反应过来的米拉，在唤了一遍我的名字以后，冲上前来不顾我身上还滴答着腥咸的海水，一把把我紧紧抱住，嘴里呢喃道："笛……"

反应慢半拍的阿三也一下扑了上来，把我和米拉都撞得失去了重心摔倒在木地板上。"笛，你真的回来了，真的回来了！……"

三个人好不容易把情绪平复，坐下来说话。米拉拉着我的手，不无歉疚地说："对不起，笛，我没能成功地把你也救上来……当时，路西法突然翻脸随后消失，海水朝着我们汹涌扑来。在海水把我们冲走之前，路西法让我的天堂之力短暂失效，然后一掌把你往大海的深处击去了，我只能和萨米特瞬移回来了。对不起……"

"哈哈，没事啊，你看我现在不仅大难不死，而且还回来了。"我说。随后，我把我陷入了幻境，醒来以后发现自己正漂浮在海上，而且还误打误撞地成功学会使用体内潜藏的一些力量了，听到这里他们都显得特别兴奋。米拉和阿三都表示在路西法亲口验证了我之前的推断以前，都不敢相信我真的

第12章 龙战晨星，一念荣灭

是龙。

我看着自己握起来的拳头，说我既然有这样的力量，就不能辜负与生俱来的使命，一定要惩恶扬善，帮助路西法从恶的折磨中恢复善的本性，并且把万恶之源的敖克彻底消灭！

我问米拉和阿三现在距离和路西法在大洋海底谈话的日子，已经过了多少天。阿三伸出了两根手指。

"两个星期？"我试探着问。

"吴笛，你未免把自己想得太能睡了吧，就两天！"他说。我长出了一口气，两天还好，我不至于错过太多。从他们口中，我得知不知为何，路西法在人间并没有什么大动作，所以整个地球照常运转，大家还是过着平时的生活。路西法能跑到哪里去呢？天堂？地狱？

米拉说："天堂那边没有人见到过路西法的踪迹，而在人间他也没有搞什么小动作，全世界各地的新闻报道里也没有路西法出现过的气象征兆，更没有什么不寻常的事件发生，所以他很可能是回到他的地狱老家去了。"

"那我们现在去地狱找他决一死战？"我提议。

米拉苦笑了一下："昨天，魔头路西法已经在地狱迅速整顿了一支军队，说要上攻天堂。上次敖克那家伙也是这样说，最后这事吃了诈和，现在，他们原来的老大回去了，说不定，现在两个魔头要联手，一举把天堂攻陷了。"

我相信他们两个和我一样，都想过同一件事情，就是路西法和敖克之间的关系。首先，是被封印前的路西法把自身的恶分离出来，创造出了昏骑士阿斯蒙杜斯和夜骑士敖克，如今狼子野心的敖克既把路西法手下的两个魔王别西卜和亚巴顿吞了，也吞了炼狱的一个元老，吸血鬼母亲大人。最近，他甚至猖獗到把天使长沙利叶以及自己的孪生兄弟阿斯蒙杜斯都吞噬掉了，力量空前强大。他现在还会害怕老主子路西法吗？他想打路西法主意的话，想必不会那么容易，如果他真有这样的念头，可能会先假意臣服于路西法，和路西法合力把天堂攻陷，到那时候他再乘虚而入，自己独霸天下。

我们三个一致认为，就他这种满肚子坏水的，肯定会有这样的想法。在

如今这样的情形下,信息的对称与否可以说是一个关键的变量。 敖克要是知道了路西法如今的状态,他很可能会在路西法体内的善恶对决时,重伤路西法,然后把老主子也吞掉。 另外,如果如今在地狱里的路西法看到敖克现在的模样和实力,马上和敖克掐起来的话,情况会是怎么样也同样是个未知之数。

现在我作为龙的姿态回来了,我就一定要拼尽我被赋予的力量,守护这个人类开拓起来的家园。 我决不允许因为天使恶魔这实际意义不大的战争,把我们人类千万年来的文明毁于一旦。 如果说人类不好好爱护自然,使得地球伤痕累累疲惫不堪的话,我们最后走向繁荣还是走向毁灭也只能由我们人类自己来决定,什么天使什么恶魔,见鬼去吧!

在我的心里,一股源源不断的暖意输送到我的全身,我一点点飘起,悬浮在了空中,身体的每一条血管都被金光快速地流窜而过,本来度数不高的假性近视此刻好像忽然消失了,我的视野变得清澈无比,各种感官比刚才在海里时又更上了一层楼,我的喉咙里似乎有一颗威力强大的核弹,随时等待着爆发。

我们决定,这一次我们得抓紧赶到天堂上面去,抵挡邪恶路西法和敖克的入侵。 下地狱我们得绞尽脑汁,可是到上面去就容易多了,毕竟我们一直都是帮天堂在战斗,我们就是站在天堂这一边的。

米拉把加百列唤来了。 天使长知道我们都没事,而且在地狱帮忙拖住敖克并把他打了个半死,感到很喜出望外,现在见面了,他激动地抓住了我和阿三的手。 当他一握上我的手时,脸上露出了掩盖不住的惊讶神色:"笛,你……"

米拉微笑着对加百列说:"笛的龙魂觉醒了,而他也已经通过考验蜕变成真龙了,只是他还没能完完全全驾驭这股磅礴的力量而已。"听到这个消息以后,加百列笑不拢嘴:"太好了,太好了! 太好了……"作为天使长的他很少这么失态的激动,这搞得我都有点不好意思,不知道该说些什么了。

米拉表明现在邪恶的路西法真要上攻天堂,而且是带着复仇的目的来

第12章 龙战晨星，一念荣灭

的，我们必须全神贯注做好十二分准备。我说："如果我们能一举把路西法体内的恶，以及力量膨胀后的夜骑士敖克打败的话，天启四骑士就不会降临于世了。"加百列重重地点了点头。

加百列看了阿三一眼，然后拍拍他的肩膀说："谢谢你啦。你也跟着一起来吧。"阿三朝天使长点头示意。之前，拿斐利是不允许进入天堂地界一步的，因为拿斐利本身就是禁忌的结晶，可是自从经过那一战，以及作为拿斐利的阿三还有里昂一直都为了天堂和世间大义奋不顾身，天堂再也不能以任何理由还死守这种陈规。

加百列开始作法，我们周围被白光所包围，心里慢慢地有了一点离心感，我们的周围都被高速旋转的白光萦绕。很快，彩色的画面开始重现，我看见了一条徐徐往上的，彩虹色的天国阶梯。每一个彩色的台阶上，都有用白光凝成的一句话语，绝大多数都是祝福，或者感人肺腑的真言。如果盯着某一个阶梯看，彩虹楼梯就会变成一个巨大的荧幕，为你讲述那句话背后的故事。楼梯两侧偶尔会有白玉石做成的长凳，而外面则是生机盎然，有各色各类的鲜花树丛，整个世界云蒸霞蔚，煞是好看。很多我们只在动画片里看到过的拟人化的动物，在这里全都变成了真实的，没有了自然界的弱肉强食适者生存，各种动物都在其中嬉戏玩乐，甚至包括很多种我从未见过的，已经从地球绝迹的动物。

彩虹阶梯上，很多人正在往看不到尽头的上方慢慢攀登，累了，就在长凳上歇息一下，人群里不乏"执子之手，与子偕老"的年迈夫妇，只见他们越往上走，沧桑就慢慢往回推进，很快，他们变回年少时的模样，充满朝气和活力。

站在我和阿三身旁的米拉深有感触，要知道他已经有很久很久没有回过家了。加百列看了看正在出神的米拉轻轻一笑，没有说什么。他对着我和阿三两个第一次到访天堂的"游客"说："这就是人们常说的天国阶梯。倒不是说必须要走完所有的楼梯才可以到达天堂，但每个离世后想要去往天堂，而且在经过一生善恶考量获得资格的人，都必须首先通过这里。对于真

善美领悟得越多的人，这条路就越短，反之则越长。 很多那些携手到这里的老夫妇，离世的时间虽说不一样，但只要双方都到这里了，总会走到一块去。 他们是所有人里对美好的领悟是最多的，也最会珍惜美好，所以很快他们就可以走到天堂。 那句'世界上最美好的东西往往是免费的'，是我们天堂的原话。"

"好了，我们继续赶路吧。"加百列在说完以后，我们脚下站着的云朵开始加速，彩虹色的楼梯像一条巨大的传送带在我们脚下后退。 不消一会儿，我们就来到了那个米拉在梦境里带我到访过的圣洁的天堂。 我们置身的，正是九天之中有神座和天使长座的圣殿。

不过现实中的圣殿可是比米拉当时展示给我们看的漂亮多了，整个圣殿都迸发着无限的生机，而且它真的是在我心念一动之下，就有什么东西改变了，非常有趣。 但现在可不是玩乐的时候，我马上收回了玩乐的心。

加百列带着我们几个去见了余下的三个天使长，米迦勒、乌利尔和雷米尔（其实天使长的名字，除了米达伦以外都是以"el"这两个字母结尾的，所以翻译过来很多"尔"）。 雷米尔是一个非常漂亮的女神级天使，我实在不能用文字来形容，这可是我活了21年来见过最美最美的女孩。 乌利尔黝黑的皮肤下是健硕的肌肉，但从他的身形一看，就知道比《速度与激情》里的两大肌肉男神无论是速度、敏捷度和力量上都要胜上好几筹。 最后，就是我们的天使长，传说中的最强天使长米迦勒了。 从身形上来讲，他还不如乌利尔，但是我能直接感受到他爆表的战斗力，而且隐隐中有种叶问宗师的即视感。

虽然天使长们是除了神（或许这里还可以再加上龙？）以外最高的存在，但他们都是非常和蔼可亲的，没有丝毫所谓的架子。 他们主动问候我们并伸出手来，以人类习惯的方式和我们握手，并报以亲切而没有一丝虚伪的微笑。

在知道我是龙以后，天使长们都现出了相当惊讶的神色，并且对我们的胜利又添了几分信心。

第12章 龙战晨星，一念荣灭

因为战事迫在眉睫，我们稍微问候寒暄了一下以后，就马上进入了正式的讨论。女神雷米尔给我们稍微介绍了一下战争的关键点。当时路西法背叛之时，是在天堂天境的北面，后来他被打败坠落的时候也是在同样的地方，后来为了监督地狱的行动，神在关上地狱之门的同时，把它和天堂北境的大门关联了起来，也就是说当路西法反攻天堂的时候，他的登陆点必须通过北境的大门，而且在路西法用天堂之力强行把地狱之门打开的同时，天堂会收到消息，及时作好准备。而如果地狱大门和天堂大门同时打开的话，那么从两边出去的人最后都会去到一个异度空间，这样就不会对人间造成毁灭性的破坏。

米迦勒说："我已经能感受到，路西法在运力把地狱之门全面打开，如今，为了避免殃及无辜的人类，我们天堂必须接了这份挑战书，奋力把路西法和敖克打败。而且，这是为我们逝去的兄弟姐妹报仇，也关乎着天堂的尊严。"

地狱打开大门，天堂也打开大门，两军遭遇然后开战，这是没有任何策略可言的战争，所以这个简单的会议也没有什么好说的，大家都有着坚定的信念，以及清楚地知道自己应该做些什么，可以做些什么。这场仗拼的除了力量以外，就是大家的信念。

我们还在一点点完善天堂的部署以及商量对付路西法和敖克的对策。毕竟我还没有完全掌握龙的力量，而且我们不知道邪恶的路西法有没有能力动摇我的信念，使我转化成恶龙，反而对天堂造成重创。听到这个可能发生的后果以后，我还是有点害怕的，但我不断暗示自己，坚持自己认为对的事，不要轻易妥协，而且善的路西法曾经也鼓励过我，我一定可以做到的。

天使们把缇娜等重要的中立者全部带上了天堂，甚至包括了卡萨一直在守护着的先知莱蒙锡克迪。这场战争，需要所有人的同心协力。米迦勒问莱蒙锡克迪有没有梦到或者以其他方式接收到任何关于这场战争最新的消息，有点惭愧的先知摇了摇头，低声说："对不起。"

"没关系，事在人为，我们不需要预测，只管为着胜利，以及为着保护全

世界的美好而不懈努力就是了。"雷米尔走到先知的身边，轻轻对她说。

那个时刻，终于要来临了。 忽然间，我感觉到天堂所在的整个空间都出现了一些莫名的异动，我相信几位大天使也感受到了，因为他们忽然之间都不约而同地停止说话以及停下了正在做的所有动作，用心感应。

有一个天使慌张地冲了进来，说："我们明确探测到，地狱之门已经打开了。"他的话音刚落，大殿上四个天使长同时消失了，真是反应神速。 米拉跟我和阿三讲："走，他们已经到天堂北门去了，我们也跟过去吧，大战很快就要开始了。"知道我们不认识路，他把我们俩也一并捎上了。

一瞬间，我们已经来到了当初路西法举起叛旗的天境之北。

那扇所谓的门并不是真正意义上的门，而是像一个被盖起来的黑洞旋涡。 在我们前方地上的七个光环里，四个天使长已经分站在自己的光环之上，他们的身体都被一束从更高天照下的光芒所笼罩，他们都举起了自己的双手对着前方，六翅展开，全神贯注一动不动。 忽然间，米迦勒用传音术对我说："笛，你也过来吧，站在剩下的其中一个光环里，像我们一样举起双手对着前方，集中精神。"

我照着他说的走上前，站进了一个光圈里，学着他们做了同样的动作，只可惜我没有翅膀，算是五个人里装腔作势最失败的一个。

在我差点就要开口问下一步应该怎么样做的时候，我的身体里那股灼热的感觉自动升腾起来，贯盈了我的全身。 以我为中心，我的身体忽然间燃起了一股烈焰。 这下，我能看到封印住天堂之门的力量了。 几位天使长正在用自己的天堂之力把屏障一点点敲碎，而我的烈焰直接开始把那道屏障溶于无形的流体，然后消散掉。 我这下才稍微看到了自己体内蕴藏的巨大能量，对于那道屏障的破坏速度，我是最快的，其次才是米迦勒。 因为加百列之前受的伤还没有完全康复，他的速度是最慢的。

在我们五个人的同心协力之下，终于，那个黑洞的盖子被我们破坏掉了，一股劲风从外面吹进来，天堂之门打开了。

然而，就在我们还没完全做好准备出征到异空间里和地狱拼杀的时候，

第12章 龙战晨星，一念荣灭

随着一阵冷峻的笑声，有个高大的身影缓缓从黑洞的那一头走进了天堂的领域里。那不是路西法还会是谁呢？

路西法看到迎接他的，是天堂四个天使长以及我吴笛的时候，他的鼻子里再次发出了一声冷哼。在我们的身后，是所有为了圣战不惜一切的天使。只听见路西法用不大的声音说了一句："你们当时说我站在神座旁不肯跟你们亲近是我高傲，那么，今天你们的老大要回来重拾那份高傲了，而且，我不仅要做晨星，我还要坐上神座，成为万物的神。"

第13章 众斗双魔，移圆归原

我相信，全天堂的人都清清楚楚听到了他说什么，他说的每一个字看似不经意，但其实都是灌注了天堂之力的，他是在向所有人炫耀他不可战胜的强霸。

我惊讶地看到，只是两三天没有再见到他，如今他的翅膀黑化的程度，居然直线上升到了七只！剩下三只白色翅膀里，有一只已经变成了中度的灰色。

难道人间和地狱对他造成的负面影响，竟然可以在几天之内抵过千年来他在笼里的修行和抵抗？凝望着他，我仿佛看到了在这张邪傲面容下那个慈眉善目的晨星路西法，正在对已经融合了龙魂并成为了真龙的我露出赞赏的微笑，鼓励我一定要把这个邪恶的路西法打败，把真正的他释放出来。

我的战意不断上升，包围着我身体的那股烈焰越涨越高，气势如虹。为了震慑住单挑天堂的路西法的气焰，挽回天堂的士气，我也哈哈大笑，对着他说："有没有搞错，你们这些超级大反派的台词能不能换点儿别的噱头？来来去去都是这么几个，我耳朵都听得起茧了！"说着，我弓身蓄劲然后猛然爆发，借助着体内力量的释发朝着他冲过去打出了与龙魂结合以来第一个全力的重拳。

然而，不知道是我过于高估自己的实力，自我感觉太良好了，还是我依然没有掌握住如何使用龙的力量，我的拳头在距离他还有不到三寸的时候，他站立在原地，胸有成竹地朝我冲来的拳头单掌推出，轻轻地和我的拳头相

第13章 众斗双魔，移圆归原

碰。我的劲全部打在了他的掌上，可是他退都没退一步，就连脸上冷笑的表情都没有收起。我的拳头不能再进半分，他的手掌，竟似一道铁壁一样，把我完全挡下来了。而且来自他手掌的反冲力，让我整个拳头的骨关节都剜心地痛。

"嘭"一声，路西法全身的战力也提了起来，朝我的小腹飞速踢来了一脚，我甚至连来路都还没有看清，小腹就已经重重地挨了一下，下半身在那一瞬间都处于瘫痪的状态，我的身体像断线风筝一样往后面飞倒而去。我的嘴里一甜，一口血就喷上了口腔，我硬是忍住没有吐出来。从前我以为电视里那些内伤喷血的场面是假的，至少也落得个过于夸张之名。到现在着实经历了一遍以后，我觉得那实在是太写实了。

我听到所有认识我的人都在呼喊我的名字，声音从四面八方涌来。但我眼前金星乱舞，我已经无力分辨各种声音的主人是谁了。但是我不能这么轻易就被打败，海明威曾经说过："人可以被毁灭，但不能被打败。"邪恶路西法这一脚可算是把老子的气节给踢出来了，我吴笛今天就算是拼死，也要耗你一耗，给你小子一顿胖揍，"今天不是你死，就是我亡！"我挣扎地爬了起来，要朝他继续冲过去。

我看到，米迦勒已经打起了十二分精神，挥舞着他的天使长剑，和路西法打了起来，而雷米尔、乌利尔在从旁协助。加百列深知负伤的自己只会成为累赘，他没有盲目加入战圈，而是走到了我的身旁，用天堂之力快速帮我治愈了内伤，在我耳边轻声给我打气。然后，他和米拉、阿三他们一起，组织天堂所有的有生力量绕过天使长和路西法的战圈，到前线去阻止地狱大军的推进。

大军有条不紊地走了，而路西法根本没有心思去管他们，在他目前看来，能手刃曾经把他打败的米迦勒比什么都重要。我擦了擦嘴角溢出的血，凝望着前方一时战得难分难解的米迦勒和路西法，以及从旁协助牵制路西法的两位天使长，心里有点焦急。

要怎么样，我才能充分发挥龙魂的力量呢？这可不是放个屁在海上掠行

或者进行瞬移那样的小儿科。 我需要更强，更大程度地去支配自己的力量。我想到，刚才站在那几个开启天堂之门的光环里时，我体内的力量自然而然地就被引了出来，可当我一离开那个光环，我就好像失去了所有后劲一般。于是乎，我重新踏进了其中一个光环里。

果然这个光环是有特殊魔力的，一迈进来，我再次感受到自丹田、自心脏、自四肢，全身无处不在的力量都被引导出来，澎湃地充鼓起我全身的骨骼和每一束肌肉，就连每一下的脉搏都充满了力量，仿佛每一拳，都可以把一座山峰打塌，每一脚，都可以撕开空间的裂口。 这样的感觉真的是太棒了。

我的五指捏成爪状，在面前用力拉了一下，只见我的手里生生拉出一长串熊熊的烈焰，这种满满的草薙京代入感，真是爽翻了。 我发现，只要我的手指一运力，手指上、手心上都会出现赤红的火焰，这就又有点像是《中华英雄》里火凤的赤炼爪。

我要怎么样，才能在走出这个光环以后，也能保持着这种力量呢？ 我发现无论怎么尝试，都不能站在光环里对路西法发出远程攻击。 这意味着我必须走出光环，必须依靠自己的力量把所有潜能都给逼出来。

眼看着才不到一刻钟的时间，路西法已经慢慢占了上风，一点点地把米迦勒压制下去。 而且，他是空手在对阵米迦勒威力强大的天使长剑。 雷米尔和乌利尔被他逼得完全插不进战局里去。 心急强攻的乌利尔终于成功在路西法的背部侧敲了一记重锤，路西法身形一偏，米迦勒趁机抢前一步，剑尖直削路西法露出空档的大腿。 路西法的动作是何其迅速，他马上稳住了重心然后回撤，天使长剑的剑尖贴着他的裤子划过。 这一击米迦勒并没有尝到多少甜头，天使长剑只是划破了路西法的裤管，在他大腿的皮肉上割出了一道浅浅的口子。 不过偷袭成功的乌利尔可就惨了。 路西法之所以没有完全避开米迦勒的攻击，是因为他反击了偷袭他的乌利尔。 路西法以乌利尔根本躲闪不了的速度在乌利尔的胸腔上来了一个重拳，他的拳头在挥出的过程中，已经在整只手臂凝出了一束具有爆炸性威力的白光。 当拳头打在乌利尔胸腔

第13章 众斗双魔，移圆归原

上的时候，就在半秒钟左右的时间里，光头的乌利尔整个脸颊包括整个发亮的头顶都爬满了血管，每一根血管都呈现着乳白色，那些白光已经从路西法的手臂悉数灌进了天使长的心脏里。虽然天使基本上不用进食和睡眠，但很大程度上来讲和人类的构造是极其相似的，此刻那些由路西法手上发出的天堂之力，经由乌利尔的心脏泵向他全身的血管。乌利尔直直倒了下去。正常人在倒下的时候身体会本能地缩一缩，可是乌利尔在倒下的时候是僵直着倒下去的，可能已经晕厥失去意识了。感官极其敏感的我清晰地听到他体内发出了"哔哔啵啵"的爆裂声，这一拳绝对给他造成了无法治愈的伤害。不过，我还能感觉到乌利尔微弱的能量，他还没有死去。不过，他的战斗力全失，在这场大战里，已经可以说是废掉了。

我一定得帮上点忙！不管了，即使我也做人肉沙包，能为米迦勒制造一个进攻的机会，也是值得的。更何况，我是一条龙，我绝对不会那么轻易地倒下！我坚定地迈出了一步，然后步伐越迈越快，我再次朝着魔头路西法发起了第二次的冲锋。

这时候，我的脑海里响起了一阵属于我自己的声音，我知道，那是龙魂在说话："你打败他的信念要更加坚定，你要对恶表示出更深的愤怒，把自己逼上力战至死的绝路，那么，力量自然会出现在你的拳头上。你和龙魂之间还差最后的契合，你和它之间的共鸣还不够强。"

我已经冲到了米迦勒和路西法的战局前，我捏紧了手上的拳头，淡淡的火焰已经可以在我的手心上凝聚，我不断尝试着去突破、拔高自己的战意，可是我不知道怎么样，才能促进自己和龙魂的最后融合。

少了乌利尔的从旁阻挠，路西法对米迦勒的攻势更为凌厉，米迦勒连连退了好几步。在米迦勒用剑隔开路西法带着天堂之力进攻的连续两拳以后，我看到了加入战圈的空档，挥舞着拳头冲了上去，拳头、肘击、膝撞、扭腰侧踢再加一个炮锤，在路西法撤回双拳之际，我拼尽全力，连续打中了他好几下。路西法也被我逼退了两步。可是紧接着，他整个人变成了一团白光，朝着我直冲而来。

"小心！"米迦勒和雷米尔同时叫道，可是面前路西法的速度太快，他们根本来不及上前拆招解救，我再次被路西法打飞，这一次，我半边身子的肋骨都感觉要断掉了。我能明显地感觉到，他这一下侧身撞，还不是他的十成功力。这一次，我口中的鲜血再也不能像上次那样吞回去了，"噗"一声喷在了地上。但是，我的伤还没有乌利尔那么严重，我吴笛……还能站起来，我……还能……还能再打。

我万分艰难地站了起来。雷米尔想要朝我跑来，我用手势阻止了她。她还要为米迦勒解围，我一定要靠自己的力量来治愈自己的伤。龙魂这一次没有再跳出来说话了。不过，我的脑海里不断回放着刚才龙魂对我说的话："你打败他的信念要更加坚定，你要对恶表示出更深的愤怒，把自己逼上力战至死的绝路，那么，力量自然会出现在你的拳头上。你和龙魂之间还差最后的契合，你和它之间的共鸣还不够强。"

我的信念还不够坚定？我对恶还没有表示出更深的愤怒？可是我自问这两点已经做到了啊，而且我也下定了决心，就算是拼尽性命我也要为了世间大义尽我吴笛的一份力。吴笛啊吴笛，你到底要怎么做才能让自己获得更强的力量呢？

就在我轻轻抚着自己痛得撕心裂肺的半边身子，想用心念去驱动龙魂的力量进行自愈的时候，在我的前方又有新的状况出现。那并不是从米迦勒和路西法那里传来的，而是在天堂之门外面，有什么东西正在急速飞近的声音。又是一阵狂风刮过以后，黑洞状的天堂之门里飞出了一个庞大的物体，我本能地躲闪，在那东西飞近了以后，我才看清，那竟然是被打得鼻青脸肿的阿三！

可是我再跑回去把他接住已经来不及了，只能做做样子朝他跑去，等他摔了以后表示一下同情就算了。谁知道我连哭戏都还没演呢，黑洞里已经又连连窜进来了几个身影。首先进来的，是和路西法长得一模一样，只是没有翅膀的夜骑士敖克，随后追进来的，有米拉还有里昂。

他们竟然和强大的敖克干起来了？真是勇气可嘉，光是阿斯蒙杜斯就可

第13章 众斗双魔，移圆归原

以力战四个天使长并把其中三个打伤。敖克不仅把阿斯蒙杜斯吞进了肚子里，而且吸收了天使长和炼长狱长老的强大力量，他们几个对阵敖克，跟找死没什么区别。吴笛啊吴笛，你争气一点行不行！

阿三颤颤巍巍地爬起来了，再次凝起自己已经变得微弱的禁忌天堂之力，对着敖克再一次发起了冲锋。米拉张开了双翼，和阿三行成掎角之势，冲向丝毫没有把他们放在眼里的敖克。

最后进来的里昂，我看到他的双眸已经现出了我好久没有见到过的魅蓝色光芒，他的双翼在他背后横向展开，身后的虚空中，隐隐出现了美洲豹即将发动猛攻而咆哮的幻象。他浑身升腾起了蓝白穿插的强盛光芒，那冲天的斗志与威势直逼七大天使，他也朝着敖克连连发了几掌，三个人把敖克围在中心，车轮式地发动猛攻。

一时间看到两个惊天动地的战团，我一下子愣住了。我的思维像被放空放宽了，像有一个声音引导我似的，我缓缓闭上了双眼。在眼睑合上的时候，我的心忽然变得明澈起来，我的脑海里浮现出了很多的画面，那都是我张开眼睛被视线局限而不能看到的。我看到了在另一个黑洞，一个纯粹是沙场的地方，天使和恶魔为了各自的坚守和信念在奋斗，每一个都奋力对战，战场上缩小到每一个小战团，在为了各自信守的信条而奋斗的同时，也在用自己的全力以赴给对手一个应得的尊重。从某种意义上讲，这是血腥的，但同时也是振奋人心的。我看到了很多人类内心渴求的声音。战争、罪恶，还有人类与生俱来的七大原罪都在世间回荡，可同时也有很多人间的美好，珍贵得足以让人唏嘘，感人得足以让人落泪。我看到了米迦勒和雷米尔负伤了，仍然没有放弃，继续拼尽自己的力量和路西法生死相搏，阿三、里昂和米拉也是在尽量发挥着自己的力量，消耗着那个对他们而言非常难以战胜的对手。

我为什么不行呢？难道我就可以袖手旁观，任由恶把这个美好的世界扭曲，让人们的真善美从此被抹去，不断的堕落沉沦吗？很多人都带着最虔诚的态度祈祷正战胜邪，善压倒恶。既然我吴笛有幸成为那个有能力扭转这一

切的人，做一个真真正正的守护者，我为什么要给自己退路呢？单单为了人间那些美好可以传承和延续，单单为了他们坚守的那份给了我无穷力量的美好，我今天就必须把邪恶战胜！善良一面的路西法正对着我开怀的笑，我对着他也报之以一笑，心里说："你等着，那天我答应你的，我一定会做到。"

只见从我脚下开始，一个火焰形成的漩涡盘旋着形成并且不断拔高，我的喉咙里释放出带着强烈战斗欲望的龙吟咆哮，我的伤被龙魂之力治愈了，而且身体越发结实，这一下，我才终于真正感受到了作为龙的力量。我朝着敖克冲了过去，在里昂给了他几下带着天堂之力的重击以后，我一下子以我自己也意想不到的速度抓住了敖克的脖子，狠狠地摔了出去。当敖克还在半空中时，我双脚踩着他的腹部用力一蹬，朝着路西法冲了过去。路西法感到一股力量在向他袭来，他有点吃惊，连忙抽空招架，可是我的来势太猛，他的防御架势还没完全撑起，我就已经一拳打在了他护在身前的手臂上，但其实那只是我的一下虚拳，我另一个拳头也已经恢复，以其人之道还治其人之身，我对着他的腹部一拳打去。

路西法应变极快，他的双拳和重心同时一沉，想通过打中我的手腕把我这一拳化解掉，并且用强硬的胸肌来代替稍微柔软一些的腹肌。可是我多算了两筹，拳路猛然一转，身体往前一送，打他腹部的是我的手肘，在我的肘部刚刚碰到他的身体时，肘弯和手腕同时一转，我那带着火焰的爪已经抓中了他的面门。我都惊叹于自己突然间高超了这么多的应变能力。

我成功抓中了路西法的面部，火焰灼烧了他的面容。他怒吼着后退了几步，眼睛被火焰熏得暂时闭上了。米迦勒有机可乘，重心脚把身体带得转了半圈，手腕翻了个腕花，天使长剑的侧锋一下子削在了路西法的背上，一道白光溢出，路西法再次被米迦勒伤了。这时，我看到刚刚被我烧过的路西法，脸上轻微地起了一阵黑烟，很快就消散了。不知道是不是我的错觉，我感觉路西法那个灰色的翅膀，颜色变淡了一些。难道灼烧可以去除或者净化他体内吸收的恶？我看到希望了！

话说回来，在另一边，被我扔飞借力踩了一脚的敖克在半空中已经找回

第13章 众斗双魔，移圆归原

了自己的平衡，可是在他想朝着我复仇回击的时候，里昂已经蓄势待发就等着这一秒了。里昂的双手举在头顶，然后整个人飞起并且在离地的一瞬就开始高速地旋转，像个钻子一样朝着敖克的侧腰猛钻过去。里昂作为混血神，速度可是比米拉和阿三快太多了，敖克低估了尽全力的里昂的实力，虽说最后还是运起力把里昂击偏了，但里昂已经成功在他的侧腰上钻了一下，他的表情忽然凝了一下。

我看到了胜利的希望。

敖克作为路西法恶的产物，现今地狱的第二把交椅，在天堂的地界里能力是受到限制的，所以他即使吞噬了这么多的能量，也不能全部发挥出来，再说，比如他吞噬了天使长沙利叶，可能只吸收了天使长七成到八成的力量，而魔王别西卜和亚巴顿，以及昏骑士阿斯蒙杜斯和吸血鬼母亲大人，那都是在受伤乃至受重伤的情况下被他吞噬的，能获得的能力也是有限的，所以，他肯定没有我们想象中那么强，绝对不是不可战胜的。

这么想了一下以后，我的信心更是大增。然而还是不能掉以轻心，刚才没有把我们放在眼里的敖克在尝了苦头以后，肯定会用尽全力而且小心迎战，对于邪恶路西法来讲也是如此。

因为我对自身的力量开始操控得更加熟练，我慢慢在大家的辅助之下以一敌二，而且还是稳占上风。在打了几十个回合以后，我的力量还是感觉十分充沛源源不断，但是敖克因为地利人和都对自己不利，防御和反击都开始有点乱了节奏，现出了疲态。尽管这是对我们来讲有利的，但我们恐防有诈，还是稳扎稳打，小心翼翼地继续消耗着他们。

在我的猛攻之下，路西法有一下错误估计了我的力度和用力点，被我的龙魂之力震得踉跄后退了几步。我看到大好机会来临了，我知道路西法不会像敖克那样在天堂消耗得非常快，他可是没有这种限制的，这样的大空子可不是常常有，我大着胆子乘胜追击，就在我看向米迦勒的时候，天使长和我心意相通，把天使长剑向我抛来，我一把接住，并且顺着下落的势反手握剑，即将插进路西法的胸膛，给他来个开膛破肚免费手术。

可就在这一刹那之间，路西法的面容完全变了，那种邪气也顿时消散得无影无踪。那副神情，分明是那个善的路西法！我握剑的双手愣了一愣，并没有打定主意义无反顾地插下去。这时候我反而露出了空子，原来那是邪恶路西法的小伎俩，是他骗我的。现在我上当了，他从下方突然朝我下盘以及朝我拿剑的手步步紧逼地回攻。我连忙收招后退，而且拼死挨了一下，才总算保住了手上的大天使剑。要是武器落入他手中，这场仗我们赢的几率就小之又小了。我挡开路西法的连续几下猛攻，有惊无险地把天使长剑还给了惯于使剑的米迦勒。

紧接下来，战局有了扭转性的新形式。路西法这回是聪明反被聪明误了，在他刚才为了骗我，把邪气收敛起来以后，实力渐趋式微的善良路西法才有机会一举夺回身体的使用权，出现在我们面前。他知道自己的时间不多，也不说废话了，直接把我唤了过去："笛，快用龙焰烤我，快！"刚才我也已经观察到我的龙焰能削弱邪恶路西法的力量了，现在我当即会意，手指凝成了火焰直抓路西法的面庞。路西法着急地大叫："抓翅膀，快！"哇，他想我把他的翅膀给烤了！

我用烧着火焰的手抓住了路西法黑色的羽翼，并开始不断加大力度。浓厚的黑烟从黑色的翅膀里挥发出来，路西法转过头来看我的表情既有痛苦，也有兴奋。

不一会，我抓着的两只翅膀已经被我"漂白"了将近一半，如今只是淡淡的灰色。不过邪恶路西法已经重新抢回了身体的使用权，一下子用天堂之力把我甩了出去，他还扑扇着十翅猛追上来，在空中再给我追加了一拳。这个锤子，我一定十倍奉还。

在敖克那边，他果然有点双拳难敌四手了，纵使他吸遍了强大的力量，可终究不能完全为自己所用，在经过这么连番激战以后，他原本的力量也开始有点难以驾驭被他吞噬的力量了。他的身体里一乍一现地发出了微弱的白光。我想，他鲸吞海吸地把天使长沙利叶也吞噬了，现在有点对这道纯正能量吃不消了。

188

第13章 众斗双魔，移圆归原

敖克又苦苦支撑了将近十个回合。如今不仅是他一个对阵阿三、米拉和里昂三个，连雷米尔也加入了他们的战局。里昂作为主力对敖克不断采取攻势，在大战中越发的神威凛凛，炯炯有神而且带着淡淡魅蓝色光芒的眼睛本身就是一个很好使的震慑武器。终于，在敖克不小心又露出了一个空子的时候，几个人一起上，把敖克完全制服在地上。米迦勒这一次担任了刽子手的职责，匆匆赶来，以剑代刀对着这个和路西法一模一样的敖克的脖子，痛快地来了一下。

我们终于把这个十恶不赦的魔头敖克一举歼灭了！敖克的头和身体分家了，他一动不动。因为之前他只是一个影子，现在即使实体血肉化了，但他毕竟只是个打肿脸充胖子的影子，如今身首分家，他的"血管"里流出来的，都是黑色的黏稠流质，非常恶心。

现在我们还剩下这个邪恶路西法了。在我成功把路西法的两个翅膀从黑色"漂"成灰色以后，如今的这个邪恶路西法的实力应该同样地被削弱一截了，我们战胜他可就容易多了。

然而他在即将朝我们发起进攻的时候，突然间又整个人跪了下去，双手捂着太阳穴使劲摇头。我相信，此刻他脑海里的善与恶正在挣扎相搏。他的十翅在背后收起来了，整个人捂着头在地上打了几个滚儿。

终于，善的他终于把恶的他再一次暂时性压下去了。他对我和米迦勒说，他现在会尝试着再一次把体内残余的所有的恶，以制造阿斯蒙杜斯那样的方式从体内分离出来，然后让我和米迦勒在恶还没有完全成形并且作出反击之前，把它彻底消灭掉。我对善的路西法还是比较信任的，我之前也把路西法这个状况跟天使长们讲过，所以如今米迦勒也点了点头。

只见路西法张大了口，黑色的物质从他口中不断窜出，就像是恶魔被从人体内驱逐时的情景一样。那些黑色的物质从路西法身上分离出来以后，慢慢地塑形凝成一个人体。我和米迦勒在人形刚刚完成的时候，我从嘴里喷出了龙焰，手里的火焰也在蓄势待发，而米迦勒已经挥动天使长之剑，把刚刚"新出生"的昏骑士二代一把割下了头颅。可是惊险的一幕发生了，刚刚已

经倒在地上一动不动无头的敖克突然间跳了起来,朝着路西法新分离出来的恶冲了过去,妄图把这些力量也据为己有。 可是米迦勒已经先他一步把恶的头颅砍下来了,而无头敖克和新分离出来的恶一同被我喷出的龙焰火海包围住了。 随着我不断地喷火,我的皮肤再次现出火红色的鳞片,而且迅速地蔓延至全身。 我感觉自己的骨骼也在发生变化。 最后,我发现仍在喷火的自己已经腾空飘了起来,我真正地变成了一条龙,一条真龙!

我一个深呼吸,十倍于前的龙焰喷出,把千年来新旧凝成的恶一同融化并且烧成了灰烬。

在完成了这项使命以后,恢复人形的我就精疲力尽地倒下,睡过去了。

…………

不知道过了多久,我醒过来的时候,我发现自己躺在家中的床上,阿三还在打着震天的呼噜。 我看了看手机,已经十点半了,我们11点还有课呢! 必须赶紧起床!

我把阿三的被子掀掉了,把他揪起了床。 他看了看手机,一脸埋怨地对我说:"今天4月7日,星期二,我们星期二哪有课啊,拜托你不要那么学霸好不好。"说着,阿三重新钻进了被窝里,扭过身子,继续做他的春秋大梦去了。

我颓坐在床上,望着窗外深深地伸了一个懒腰。 怎么我感觉自己做了一个好长好长的梦,都已经睡得浑身腰酸背痛了呢。 我正要起床去刷牙洗脸然后找点事儿来干,阿三在被窝里幽幽传来了一句:"对了,你借了916号邻居家的自行车这么久,一直也都放在阳台上等着铺尘,赶紧给人家米拉还回去吧。"

"哦。"我一边应他,一边走到浴室梳洗。 脑海里有什么东西一闪而过,米拉? 这名字怎么听起来这么熟悉这么亲切呢?

一切都搞完以后,我把自行车推出家门外,然后敲了敲916公寓的门。 一个一看就知道是刚睡醒的青年男人给我开了门,我指着自行车说:"我过来还自行车了,借了这么久,真是不好意思啊。"

第13章 众斗双魔，移圆归原

睡眼惺忪的青年笑了笑："没关系，反正我每次走出阳台，都看到我家自行车停在你家阳台上。我又不是经常骑，停在你那儿又不占我自己的地方，哈哈。推进来吧，还是放在阳台就好。"

"好。"我答应着，把自行车推进了他家。这时候，我才留意到他的脖子上有两个汉字的文身，上面写着：苍空。看着我就想笑，居然还有人把岛国动作片女星的名字文在脖子上哦，而且还漏了一个字。

"喝不喝健怡可乐？"米拉从冰箱里拿了一罐汽水，把手伸前来递给我。外面的阳光照射进来，在银色的易拉罐上反射了一下，我的眼睛微微有点刺痛。恍然间，我有点错觉他是在把一把银质镂花匕首递给我的感觉。可是定睛一看，还是一罐汽水。我接过汽水，说了句："谢谢。"然后打开了易拉罐。

"今天天气还不错嘛。"他走到阳台前的玻璃门向外看去。

"是啊，还不错。"我答道。迈阿密没有多少高楼，从阳台放眼望去，一大片的郁郁葱葱。这样的时光，真好。

尾声　最后的最后

晚上,我和阿三坐在沙发上看美剧,名字叫《归位》①,是按照 Lauren Kate(罗伦·凯特)的超长篇小说《堕落天使》四部曲改编的。第一季的前几集俨然就是天使版的《火光之城》②,不,《暮光之城》,一个平凡女孩在恶魔和天使的示爱下犹豫不决,简直全世界都要为这段爱牺牲的节奏。有个深爱着她的大天使和不断轮回重生的她相爱了几生几世,从美国到英国再到古华夏的商朝,可是他们之间因为撒旦的阻扰永远只差一步。看着看着,我眼皮已经开始下坠,我听到了旁边阿三平缓的鼾声。这家伙竟然睡着了。

我把他摇醒以后关了电脑。他揉着眼问:"啊,看完啦?"看着他一脸无辜人畜无害的表情,我真想……真想给他一拳。

我问他:"你有没有做过一些奇怪的梦啊?比如就是跟这部剧一样,是关于天使恶魔的。"

"啊……"阿三用力打了个呵欠,又伸了伸懒腰,说:"当然有啊,我可是战神萨米特,在维护人类的大战中把可恶的撒旦打得满地找牙。"

"哎呀我不是说这种,我的意思是,连续好多天,做一个可以连贯起来的梦。在梦里,我们也是像现在这样住在这里,留学念书。可是,我们还有另外一个使命,那就是做驱魔人……我不是记得很清楚,反正在梦里,受了

---

① 这部美剧是笔者杜撰出来的,但原著是真有其书。
② 相信很多人都已经看过 Taylor Swift(泰勒·斯威夫特)恶搞《暮光》的科学怪人 MV 吧?

伤是真的会痛，动情了真的会流泪，很多东西，非常真实，就好像，就好像那些事正在另一个世界真实发生着，或者说那些是我们经历过的一些事情，只不过我们一下子想不起来而已。"

"笛，你没事吧？"阿三在一旁偷偷地笑。

"认真点行不行！"我骂道。

"行，行，你的超级英雄梦非常真实嘛。科学家刚刚证实并且接收到了引力波，说不定那还真是另一个平行宇宙给你传达的信息呢。"我能明显听得出来，这家伙就是在取笑我。算了，尝试着对牛弹琴本身就是一种错误，我闭嘴不说了，这家伙呵欠连连，我把他撵去洗澡。

他走进浴室之前，对我喊了一句："笛，这梦说不定就是你的灵感呢，把它们写下来发表出去，说不定还会有跟你做一样梦的人跟你联系，你们可以一起慢慢探讨发现新世界呢。"他说完以后没几秒，莲蓬头的水声就响起了。

我忽然觉得他说得很对，如果我真能把这些梦完全串起来，说不定还真能写些什么呢！我新建了一个空白文档，开始组织语言码字。

晚上入睡以后，我发现自己又进入了那个梦中，开始新的旅程。在那里，我在缅因州认识了一个印第安的先知女孩，我还很风流地亲了她一下。我发现自己在白天怎么也想不起来的一些画面片段，在入梦以后一切都清晰了起来。在梦中醒来以后，我抓紧时间趁着自己还能最大限度地记住一切事情，赶紧把线索写下来，然后慢慢用时间理顺。

有一个晚上，我想着梦里那些事情，正在出神。突然间，阿三用力把我往室内扯了一下，我差点失去重心倒在他的怀里。我正要骂他，他低声喝我道："你疯啦，人家瓦列莉亚都朝我们这边看过来了，你还明目张胆地跟人家对视，万一她看到我放在阳台的望远镜怎么办！"

"你不要做贼心虚，我在想事情，哪有空去偷窥你的小情人。我可告诉你，在梦里的那个世界中，她喜欢的人可是我！"

显然阿三没有在听我说话，他躲到了百叶窗后，用望远镜开始全神贯注地偷窥他的女神。突然间他激动万分地扯着我的衣袖说："笛，你快看！女

神站在阳台吹风发短信了！ 她就穿着一件吊带背心，哇！ 你看你看，里面还是真空的！"

"屁，你就扯吧。 你那破玩意能有这么高清吗？ 少折腾这些啦，好好拿卷手纸看硬盘里的小电影不是更好吗？"不过话说回来，这小子很少这么有分享精神啊。

这时我的手机里响起了一条华人留学生群的消息，我刚刚解锁点开，阿三已经把望远镜塞到我手上猛地催促我看了。 我只好把手机放进口袋，拿起望远镜应付式地朝对面看了一眼。

我没有看到的，是留学生群里有人发出了一条小道八卦消息，说离我们小区不远的公墓发生了怪事，有几个坟墓被挖开了，而且还是从里面往外挖开的，棺材里如今空空如也。 而我看到的，却并不是阿三所说的，吊带真空的俄罗斯女神，而分明是之前出现在我梦里的，那个印第安先知女孩，莱蒙锡克迪。

昨天晚上在那一头的世界里，她给我报了一个梦，给我传递了一些重要的信息，可当我真正见到她以后，她却跟我说她从未这样做过。 而在如今的这个现实中，望远镜折射后的视野里，莱蒙锡克迪正对着我，一脸邪魅地笑着。